AZ
アルバカーキ
CA
サンディエゴ
ティファナ
8
ファレス
バハカリフォルニア
西シエラマドレ山脈

# ギターを抱いた渡り鳥

チカーノ詩礼賛

越川芳明

思潮社

# ギターを抱いた渡り鳥

チカーノ詩礼賛

わが恩師、岩元巌筑波大名誉教授とわがボーダーの導師《グルー》
コリン・ロドリゲス・グリスウォルド君（一九七九—二〇〇五）に捧げる。

For Professor Emeritus Iwao Iwamoto of the University of Tsukuba, my mentor,
and Colin Rodríguez Griswold (1979-2005), my border guru.

ギターを抱いた渡り鳥　チカーノ詩礼賛

◉目次

第二部 エル・デスペラード——国境の無法者 171

不思議の国のアリス



チカーノ詩人の叫び

ブックデザイン——奥定泰之
カバー装画——沢田としき

# ギターを抱いた渡り鳥

チカーノ詩礼賛

詩は民衆の文化だ。たとえ詩を書かなくても、私たちは詩人なのだ。
――ニッキ・ジョヴァンニ

消滅した文明が滅びたのは、戦争と征服を渇望したからだ。
――アルフォンソ・リンギス

旅をしない者が人間の価値を知ることはない。
――ムーア人のことわざ

# 序文

## ボーダーの視座

　荒涼とした原野のつづく米墨国境線沿いに、まるで飼い主に見捨てられたペットみたいに、ぽつんとメキシコ国道二号線が走っている。

　いま、ひとりの男がその国道でヒッチハイクを試みようとする。アクーニャ市まであと十八キロという標識が見える。だが、待てども車は一台も拾えず、しかたなく町まで歩いてゆく。黒いズボンに黒いジャケット、なぜか旅行鞄の代わりに黒いギターケースをぶらさげているこの男、日本風にいえば、流しの歌手で、レストランやバーでギターを弾きながら歌わせてもらい、客からのチップで日銭を稼ぐ。自分の喉と腕だけが頼りこの稼業、メキシコでは「マリアッチ」と呼ばれる。

　メキシコ北部のコラウィラ州の街道をトボトボと歩いているこのマリアッチ野郎、小林旭主演の日活映画にならっていえば、〈ギターを抱いた渡り鳥〉。メキシコ系アメリカ人のロバート・ロドリゲスが七千ドルたらずの低予算で作った快心のデビュー作、映画『エル・マリアッチ』の冒頭のシーンだ。

　だが、ロドリゲスはなぜ舞台としてボーダーを選んだのだろうか。

　通常のハリウッド映画であれば、メキシコ的な風情を醸しだすために、どこかで甘くロマンティックなマリアッチ音楽を使うはずだ。でも、メキシコシティやマリアッチの発祥の地といわれるグアダラハラなど、大都会ならいざしらず、ギター片手に町から町へ、店から店へと流しの歌手が渡り歩くロマンなど、いまではどこにも見られない。

果たせるかな、ロドリゲス監督は、劇画的な誇張法を用いて、いまや時代遅れになったマリアッチ野郎のロマンを打ち砕く。ギターを抱いた男がアクーニャの町にたどりつき、最初にはいるカフェバーには、すでに同業者が職を得ている。しかも、店のオーナーに指図されて、店の隅のほうから超高速の〈早回し映像〉で現われた同業者は、ギターを弾く代わりに電子ピアノをセットして、自動演奏を開始する。ここでは、世界に取り残されたようなこんな田舎町でも（いや、それだからこそ）、米国から最先端のハイテクの波が押し寄せて、マリアッチのような旧態然とした表現スタイルが斬新なテクノ音楽に取って代わられていることがそれとなくコミカルに暗示される。

しかしながら、映画にはもうひとヒネリある。主人公〈エル・マリアッチ〉は職にありつけないだけでなく、人違いで地元のギャング団に付けねらわれるという二重の苦境に立たされる。が、その苦境をきっかけに、突然、埋もれていたこのダメ男の才能が開花する。それは銃器の扱いにほかならず、かれはギャング団を相手にたった一人で立ち向かう。

かくして、この映画は、恐ろしい異世界への旅を通じて、時代遅れのマリアッチ野郎が自らの中に、自分の知らなかった自分（「他者」）を見いだし、新時代のボーダー・ヒーローになるプロセスを描く傑作ボーダー映画となる。のちにコロンビア映画配給となるが、もともとは自主制作だったこの映画、凡百のハリウッドでつくられた他のボーダー映画と決定的に違うのは、マリアッチ音楽ひとつをとっても、紋切り型のメキシコ表象におもねない点だ。国境地帯を舞台にすることで、ロドリゲスはのちの作品『フロム・ダスク・ティル・ドーン』と同様、米国にもメキシコにも媚びない第三のスタンスともいうべき「ボーダーの視座」を獲得できた。

いまわたしたちも、ロドリゲスにならって、日本でもなくアメリカでもなく、はたまたメキシコでもない「ボーダーの視座」を持って、世界を見つめてゆくことにしよう。そのためになすべきことは、ただひとつ、それぞれの国に見られるステレオタイプな物言いから極力遠ざかることである。とはいえ、ステレオタイプな物の見方はわたしたちの無意識の世界を侵略しているので、それらを断ち切ることは案外難しい。

たとえば、みずからの生命を賭けて米墨国境を違法で越える者は、英語で「ウェットバック」（濡れネズミ）、スペイン語で「モハーダ／モハード」と呼ばれる。それは、米国とメキシコの大手マスメディアが喧伝する、みじめで貧しいメキシコ移民のステレオタイプなイメージである。ときの体制が押しつけるそうした安易なイメージに対して、われわれのボーダーの視座はどのようなオールタナティヴなイメージを提示できるのか。

わたしが本書のタイトルの〈渡り鳥〉というイコンに託して伝えたかったことのひとつは、米国におけるメキシコ系移民と、ヨーロッパやアジアからの移民との違いである。メキシコ系移民は、他の移民と違い、かれらの文化遺産であるスペイン語や宗教や生活習慣などを新しい北の土地で継続できた。しかも最近の考古学の発見によれば、メキシコ北部のチワワ州の現カサス・グランデスのあたりに交易の中心と思われる街があり、先スペイン期に米国南西部の諸部族やメキシコの諸部族との間で、人と物の盛んな交流があったことが証明されている。そうした移動の記憶と伝統が、近代国家の政治的な縛り（国籍や国境）よりも部族の精神性や生活習慣を大事にしているメキシコの先住民たちの間で、継承されていると考えるのは不自然ではない。とすれば、メキシコ系移民の移動は移民《イミグレーション》というより、鳥の渡り《マイグレーション》やアメリカ大陸の先住民である遊牧民《ノマド》の季節移動に近い感覚ではないだろうか。

### 米墨国境地帯の歩き方

米国とメキシコの国境地帯は、現代世界の縮図である。

第一に、「第一世界」のリーダー米国と、「第三世界」の大国メキシコが隣りあい、歴然とした経済格差が見られる。国境の壁を隔てて、北にはモノであふれるこぎれいなショッピングモールが、南には衛生状態の怪しいスラムが存在する。自由市場の原理で動く歯車の中でも、経済的な勝ち組と負け組の逆転がおこらない。システムは少数の勝ち組のためにあり、いわば勝ち組が運転手だとすれば、負け組は自動車のエンジンや車輪であり、永遠に走らされる運命だ。負け組は負け組に甘んじることをシステム化されており、貧富の格差それ自体が構造化されている。

第二に、そうしたグローバル時代に特徴的なシステム化された経済格差とジェンダーは密接に結びついている。国境のすぐ南に位置するメキシコの各都市（とりわけ、ティファナやフアレス）には、経済的グローバリズムの一形態としての保税加工工場《マキラドーラ》群が存在し、低賃金で働く人々のほとんどが女性だ。それは、企業側から見れば、コスト削減の有効な手立てのひとつかもしれないが、働く人間の側から見れば、日本を含む「第一世界」の多国籍企業が「第三世界」の安い労働力を使って莫大な利益をあげるという、産業資本主義時代の「奴隷制度」にほかならない。その経済的な「奴隷制」が「性差別」と仲よく手と手を取り合っている。

第三に、そうしたメキシコ北部の「第三世界」と「第一世界」の日本は地続き《ボーダーレス》に繋がっている。というのも、「第三世界」の安い賃金を利用して生産されたモノが日本に輸出されて、安く消費されるからだ。東南アジアからのエビ、中国からの加工品、衣料品と同じように、メキシコで作られた加工品が国境をわたって米国やカナダへ、そして日本へやってくる。

第四に、米国側の国境都市（たとえば、ロサンジェルス）内部にも「第三世界」は存在し、またメキシコ側の国境都市（たとえば、フアレス）にも「第一世界」はある。つまり、米国の中にも下層階級の貧困層（ワーキングプア）がいて、たとえば大手スーパーのウォルマートなどで信じがたいほどの低賃金で働かされている。一方、メキシコ人の中にも超富裕層がいて、米国側の都市（たとえば、サンディエゴのラホヤ）に別荘をもっていたりする。

米墨国境地帯は、わたしたちに秩序と混沌の桎梏にきしむそうした現代世界の本質をかいま見させてくれる。が、それだけでなく、低賃金肉体労働を外国人や貧しい若者に押しつけている日本の未来すら予見させてくれる場でもある。

米国とメキシコのボーダーランズから生まれてくるチカーノ詩は、日本も含めて、どこか他のボーダーランズから出てくる詩とかならずや連結するはずである。

## チカーノとは何か

「チカーノ」という呼称について説明しよう。メキシコ系アメリカ人を指すチカーノ chicano という用語の由来をめぐっては諸説ある。有力な説は、メシカ mexica（アステカを意味する）から派生したメシカーノ（メシカ人）mexicano が訛ったという説だ。チカーノという語は、一九五〇年代に急速に浸透して、それまでのメキシカン（メキシコ人）やメキシカン・アメリカン（メキシコ系アメリカ人）という呼称に取って代わった。

チカーノはもともと新来者に向けた差別語として使われていたが、黒人をはじめマイノリティ・グループが市民権運動を繰り広げた六〇年代後半には、むしろ民族の自尊心とルーツを再確認する呼称として新しい意味とパワーを付与された。詳細は、本書第二部のロドルフォ・

〈コーキー〉・ゴンサレスやホセ・モントーヤの章を参照していただきたいが、チカーノという名称は、自民族至上主義のキーワードであるアストラン Aztlán（アステカ人の故郷として幻視された米国南西部の土地）やラ・ラーサ La Raza（その土地の人びと）と同様、メインストリームのアングロ白人文化と対決する政治的な武器として、ブラウン・パワー発揚のために使われた。いまも、米国の大学において、メキシコ系アメリカ研究は「チカーノ・スタディーズ」という呼び名が一般的だ。

マニュエル・G・ゴンサレスという学者によれば、九〇年代以降には、メキシコ系アメリカ人のあいだで、政治的ニュアンスのつよいチカーノより、むしろメキシカン Mexicans という名称が好まれる傾向があるというが、本書が副題の一部に敢えてチカーノという語を使う理由は三つある。ひとつには、本書がボーダー・ピープルやボーダー文学、とりわけ米墨国境地帯のそれらをめぐるケーススタディーであることによる。社会の周縁に追いやられた人びとがどのような文学によって歴史的・社会的苦境に対処するかに焦点を当てるものであり、メキシコ系アメリカ文学を網羅的に記述することをめざしていない。わたしたちはメインストリームからチカーノと呼ばれ蔑視された人びとが反撃に出る姿勢や戦術を学ぶことになるが、それと同時に、チカーノ共同体内部に巣食うジェンダーの問題＝マチスモをも批評の対象にし、メキシコ系アメリカ人女性、すなわちチカーナの視点を重視する。一般に、世界のボーダー（紛争地域、難民キャンプ）には政治的経済的に力の弱い人びとが追いやられるが、そうした中でも老人や女性や子供や病人など、さらに周縁に追いやられる人びとがいる。そうした力のない人びとの視線で世界を見つめたい。

二つめには、六〇年代以前のチカーノ詩は、政治的自覚を持った六〇年代のチカーノ詩人＝アクティヴィストたちによって「発見」されたのであり、それらを「メキシコ系アメリカ詩」

と称することは、ことの性格を曖昧にする。六〇年代以前にも埋もれたチカーノ詩はあったが、チカーノ運動なくしてはそれらが発掘されなかったことを確認したい。

三つめには、名称をめぐる日本的な事情による。チカーノという呼称は、チカーノ・ミュージック、チカーノ・ラップ、チカーノ・アートなど、日本でも音楽や美術の分野ではすでに認知を得ているが、文学の分野ではまだ十分に流通しているとはいえない。しかしながら、チカーノ・ミュージックやチカーノ・アートがいかに多くの栄養をチカーノ文学（とくに詩）から得ているか（また、その逆も真なり）ということを考えるとき、それだけ別物のように「メキシコ系アメリカ文学（詩）」と呼ぶのは、かえって大事なもの（たとえば、チカーノ精神の連続性）を見失う可能性がある。よって、日本の読者にチカーノ・ミュージックやチカーノ・アートへの連結や連想を誘うべく、敢えてチカーノ詩という言葉を使うことにした。

チカーノの歴史は、いつ頃から始まると考えるべきなのか。常識的には、メキシコ系アメリカ人が「誕生」する一八四八年ということになるだろう。メキシコは、一八四六年から二年間つづいたアメリカ合衆国による「侵略戦争」に敗れ、〈グアダルーペ・イダルゴ条約〉を結ぶことによって、国土の北半分を米国に割譲する。国境線が南にさがり、その土地に住んでいたメキシコ人は居ながらにして「難民」となった。マヌエル・デ・ヘスス・エルナンデス＝グティエレスはそれをユダヤ人の「離散」に倣って、「メキシカン・ディアスポラ」と名づける。その後も、メキシコ人は一九一〇年代のメキシコ革命のときに戦争難民として国境を越えた。また、第二次大戦のときに米国での男性労働者の不足を補うために考案された〈ブラセーロ計画〉で北へ駆り出されたメキシコ人労働者たちが、六〇年代には違法移民扱いされた。ちなみに、一九四八年から六五年までの〈ブラセーロ計画〉で北へ渡ったメキシコ人は、四、五百万人といわれる。北で「難民」となったメキシコ系アメリカ人は、主流のアングロ・プロテスタント文化に同化するか、それともカトリック・スペイン語文化を維持して周縁におかれることを甘んじるか、といった苦渋の選択をよぎなくされてきた。

しかしながら、一八四八年という、メキシコ系アメリカ人の誕生する象徴的な年ではなく、五百年前をチカーノ「誕生」のときと考える人たちもいる。たとえば、グロリア・アンサルドゥアやロドルフォ・〈コーキィ〉・ゴンサレス、アルフレッド・アルテアーガ、エリザベス・マルティネスなどは、チカーノの一大特質を混血主体《メスティサヘ》と捉えて、ヨーロッパ人が新大陸の先住民と接触を始めた十六世紀初頭をチカーノの始まりと考える。チカーノとはヨーロッパ人と先住民との混血を指すので、国籍（メキシコ）に限定せずに、すべての混血、すべての有色との連帯も視野に入れている。

こちらのほうは、日本人のわたしたちにとっても刺激的な考えだ。島国である日本は、異国の人から切り離されて生きてきたというのは、日本人の「純血性」を信じる人たちの願望にほかならず、日本人はたえず海を通じて異国の人たちと交流があったと考えるほうが自然であるから。

## チカーノ詩とは何か

六〇年代には、マイノリティとしてのメキシコ系住民の中に政治的な自覚がめばえたが、そんな中で一番先鋭的だったのが、チカーナ（メキシコ系女性）フェミニストである。彼女らはアングロ社会に対してだけでなく、みずからの母体であるチカーノ社会の家父長制に向かっても異議申し立てを行なった。本書は、第一部で、七〇年代以降に登場するアンサルドゥアをはじめとする、チカーノ共同体内部の「他者」というべき女性詩人たちを扱い、チカーノ社会が一枚岩でなく、内部に差異を抱えていることをしめす。

次にチカーノ詩について語るときに軽視できないのが、〈口承伝統《オーラル・トラディション》〉である。コルデリア・カンデラリアは、チカーノ共同体における民間伝承（フォークロア）の重要性を説き、「コリード、伝説や神話、冗談（チステス）、迷信、癒しなどから成るフォークロアには、グアダルーペ・イダルゴ条約が強いた急激な社会変化を前にした、メキシコ系アメリカ人の精神状態や態度や経験がしるされている」と述べる。本書の第二部では、チカーノ文学のそうした「口承性」に焦点を当て、十九世紀半ばの「ホアキン・ムリエタのコリード」をはじめ、アメリカ合衆国に編入されて国境の狼藉者というステレオタイプを押しつけられてきたチカーノたちによる逆転の発想を、作者不明の歌〈コリード〉やチカーノ詩人たちの作品に探る。

　さらに、チカーノ詩を論ずる上で欠かすことのできないもうひとつのものは、そこで使われている言語である。スペイン語はもちろんのこと、メキシコの先住民の言語（ナワトル、サポテカ、ミシュテカなど）や、アングロ白人が持ち込んだ英語が入り混じって使われる。スペイン語ひとつをとっても、米国南西部では地理的、歴史的な条件により、独自の発展を遂げている。十六世紀の古いスペイン語が残る一方、十九世紀半ば以降、メキシコから切り離されて、正式な教育がなされなかったために、活字ではなく口承のスペイン語が残ってゆく。音声学的な短縮がチカーノ・スパニッシュのひとつの特徴である。たとえば、dとかbといった摩擦音は、弱く発音される傾向にあり、ほとんど聴こえない。動詞 estar（ある・です）の過去形 estaba が está になったり、名詞 usted（あなた）が usté になったりしている。

　チカーノ詩の観点からみると、カローと呼ばれるスペイン語が興味深い。カローとは、四〇年代にだぶだぶのズートスーツできめたチカーノの不良パチューコたちが使っていた隠語である。バト vato やカルナル carnal（ともに仲間への呼びかけ、英語であれば "Bro" とか "Man"）、プラカ placa（警官）やランフラ ranfla（車）など、仲間だけにわかる特殊な語彙を使って独特のイントネーションで発声し、チカーノの共同体からも眉を顰められる言葉遣いだったが、それはチカーノ若者にとって自己のアイデンティティを確認する手段だった。のちにホセ・モントーヤに見られるように、政治的に目覚めた詩人がカローを意識的に取り入れた詩を書いた。

カローを使わない詩人でも、アルリスタ、ジミー・サンティアゴ・バカ、アンサルドゥア、アルテアーガなどは、英語とスペイン語を混ぜこぜにして、コード・スイッチングを行なうインターリンガルな詩を書いている。インターリンガルなコミュニケーションは日常の会話を再現するだけでなく、自らの内面や精神を表現するもっともふさわしい手段であるので、それを戦略的に有効に取り入れられるかどうかは、詩人の優劣を決める条件になる。そうしたコードスイッチングは、米国、メキシコ両国のメインストリームから、規範を外れた言葉遣いとして蔑《さげす》まれてきたが、蔑まれた私生児のような言語を彫琢して洗練された詩をつくってしまうところに、パチューコの反逆精神を受け継ぐチカーノ詩人たちの面目躍如たるものがある。

さて、本書は、チカーノ詩の紹介や解説のみならず、それに先立ってトラベローグ（第一部）やロードノヴェル（第二部）の形式を採用して、米墨国境地帯の歴史や文化の紹介に務める。英語・プロテスタント文化が主流のアメリカ社会の中で、チカーノ文学の担い手たちの属するカトリック・スペイン語文化の知識が最低限必要だと考えるからである。

チカーノ文学を語るときに無視できないのは、演劇や小説である。六〇年代にはチカーノ政治運動と連動して、さまざまな演劇活動が行なわれた。とりわけ、ルイス・バルデスに率いられた〈テアトル・カンペシーノ〉の活動は、体制への抵抗をうながす政治装置としての機能をはたし、農場労働者たちに結束や自覚をもたらした。また、小説では六〇年代以降、キント・

ソル、アルテ・プブリコ、バイリンガル・プレスなどチカーノ文学の媒体となるインディペンデント系の出版社が登場し、ルドルフォ・アナヤやトマス・リベラ、イノホサ＝スミスなど、スター作家が生まれるが、すでに二〇年代以降、『ラ・オピニオン』や『ラ・プレンサ』など、チカーノ・バリオのあるロサンジェルスやサンアントニオで刊行されたスペイン語新聞がスターを生み出すための文化的土壌を育成していた。しかし、本書はチカーノ詩に対象を限定しているので、演劇や小説についてはほとんど言及していない。次の課題としたい。

米墨国境地帯の文化研究・文学研究としては、近年、フェミニズム理論にもとづいてチカーノ詩を論じる研究はもとより、アメリコ・パレデスやマリア・エレラ＝ソベクをはじめとして、コリード研究に大きな進展が見られる。かたや、わが国においては、今福龍太（『荒野のロマネスク』）や管啓次郎（『コヨーテ読書』）を先駆者として、大森義彦（『アメリカ南西部メキシコ系の文学』）や斉藤修三などの研究により、チカーノ文学研究はようやく端緒についた感がある。

本書は、チカーノ詩の代表的なものを網羅的に読解し、わが国におけるチカーノ詩研究の基礎づくりをもくろむ。九〇年代以降急激にラティーノ化の進むアメリカ合衆国の「国家アイデンティティ」や、WASP中心の「アメリカ文学」の概念の問い直しを迫るだけでなく、南北アメリカ大陸を縦断する視点を持って、二十一世紀の国籍・国境を超えた「トランスアメリカの文学」に繋げてゆきたい。チカーノ詩とは、メキシコ系アメリカ人だけのものではなく、周縁に追いやられたアメリカスの人びと、あるいはアジア、アフリカの「ストリート」から生まれる詩と地続き《ボーダーレス》で繋がるものであるはずだから。

Los Angeles
10
CA
AZ
アルバカーキ
リオグランデ川
サンディエゴ
8
NM
エルパソ
ティファナ
ファレス
バハカリフォルニア
西シエラマドレ山脈
10
TX
サンアントニオ
10
ピエドラス・ネグラス
イーグルパス
東シエラマドレ山脈
モンテレイ
リオグランデ川
Golfo de México
Sol
Océano Pacifico
メキシコシティ
ユカタン半島
オアハカ
Bohemia
チアパス
AIKO SAWADA
BORDERLAND

# 第一部 ボーダー・ウーマン

すべての偉大な師は説いてきた。人間性を再発見するために、人は愛着を捨てて旅に出なければならない、と。

――ブルース・チャトウィン

# 1 サンイシドロ

サンディエゴのダウンタウンにある駅の自動販売機で二ドル五十セントの切符を買い、メキシコ国境の町へと向かう市電に乗る。三両編成の赤いトロリーだ。

西海岸にあるワシントン、オレゴン、カリフォルニアの各州を鉈《なた》で縦にまっぷたつに割ったように貫いているインターステート・ハイウェイ五号線のわきを、しゅるしゅると空気圧の音を立てて突き進む。全米をくまなく走りまわるブルーの長距離バスがグレーハウンド犬なら、この快速トロリーはさしずめメキシコのテリトリーを自在に飛行するといわれる、アステカ伝説のケッツァルコアトル(1)かもしれない。

終点のサンイシドロに着く前に、電車はナショナル・シティやチューラ・ビスタといった町を通り抜けるが、サンディエゴから乗り込んできて、それらの町で降りる人のほとんどは、スペイン語を喋るメキシコ系の人だ。

電車の中で、わたしは老婆を連れた中年のメキシコ人女性に声をかけられる。中年といってもわたしより若く、おそらく四十代と思える女性は、腹の突き出た体にこぎれいな普段着を着ている。老婆のほうは、顔が皺だらけで髪も真っ白で、地味な服にくるまり窓際で小さくなっている。一見して母娘だとわかる二人連れだ。中年女性にはティファナに所帯持ちの弟がい

サンディエゴのトロリー

(1) 羽毛を持つ蛇。アステカの神。十世紀のトルテカの王に由来する説もある。

て、この週末、弟の家に泊まって教会主宰のコンサートに行くのだという。

　わたしは、二人がどうやって米国に再入国するのかに興味をひかれる。

「グリーン・カード（永住ビザ）でも持っているんですか？」

「いいえ、アメリカ人と結婚したことがあるの。だからアメリカの市民権もあるのよ」

　ということは、税関にうるさくいわれることもなく簡単に国境を越えられるということだ。

「あなたはどこから？」

「日本です」

「ご家族は？」

「日本にいます。娘がふたり」

「どこへ行くの？」

「ぼくもティファナです」

「観光？」

「ええ、まあ」

　そういって、わたしはズボンのポケットから財布を取り出す。財布の中から一枚のカードを抜き出して、中年女性に見せる。〈グアダルーペの聖母〉の絵が描いてあるプラスティック製のカードだ。

「メキシコシティのグアダルーペ教会で買ったんです」

「すてきね」

「でしょ。カトリック教徒じゃないけど、グアダルーペはぼくの守護神なんです」

「メキシコは、いいでしょ？」

「ええ、大好きですよ。食い物はうまいしね。暮らしやすそうだし」

グアダルーペの聖母のカード

「そうよ。アメリカと違って、メキシコは乞食が商売できる国なの」

「えっ？」

「たんに気候の問題じゃない。道路に乞食がいたって、アメリカみたいに汚らしいゴミ扱いしないで、ちゃんと小銭をわけてあげたりするでしょ。だから、乞食が自尊心を失わないで生きていける。物価が安いから、乞食でも、けっこう食べていける」

「メキシコは大好きだけど、嫌いな連中もいますよ」

「そりゃ、メキシコにだって、一握りの金持ち連中や腐敗した政治家もいるけど、それは世界中どこでも同じでしょ」

　快適な座席に揺られながらそんな話をしていると、終点のサンイシドロに着いてしまう。メキシコ国境の手前にある、アメリカ合衆国側の小さな町だ。サンイシドロ駅といっても、駅舎はない。改札口もない。駅舎の代わりに、マクドナルドを含むカフェテリア形式の食堂が入っている真新しい建物があるだけで、まるでテーマパークの中にある駅みたいだ。

　トロリーから降りると、わたしは南国特有のオレンジ色の太陽が照りつける中、いかつい怪物のように聳え立つ税関の白い建物の前に立つ。その前で、ロータリーみたいなものを作ろうとしているのか、土埃を立てながら掘削工事が行なわれている。

　わたしは税関に向かうメキシコ人の母娘に別れを告げて、反対方向へ向かう。いきなりメキシコに入らないで、サンイシドロの町をぶらついてみよう。

　そう思うものの、歩いていける国境近辺は住宅地ではなくて商業地域だ。メキシコを自動車で観光しようとする人たちが車に乗ったまま自動車保険を買えるよう、ドライブスルー方式の保険販売店があり、それらの大きな看板がやたら目につく。ドルとペソの両替屋の小屋も並んでいる。国境の手前で観光客の自動車を預かる巨大な有料駐車場もあり、国境に近くなるほど料金が高くなる。車社会であるカリフォルニアらしい駐車場ビジネスだ。まさに〈トチは金なり〉。

また、日本の百円ショップにあたる九十九セントショップ、大型安売り店、ファーストフード・レストランなどが並んだショッピングモールもある。ここもまた人工的に作られたテーマパークのようで、こぎれいだが、まったく生活の匂いがしない。

大量の安物の衣料品や鞄や古着などを、だだっ広い倉庫のなかで売りさばく〈スワップミート（物々交換の市）〉の会場が近くにあって、市が開かれる日には、サンイシドロ駅の近くから無料のシャトルバスが出ている。合衆国側に住んでいる人たちは、自家用車で会場に乗りつけるので、シャトルバスを利用するのは、ほとんどがメキシコ側のティファナからやってくる人たちだ。

シャトルバスに乗って会場に行ってみることにする。ここでも、主役はおばさんとお婆さんたちだ。ここで安い衣料品をいっぱい買い込み、それをティファナに運んでいき、あちらの市場で売りさばくのだろう。

会場の一角から、サンイシドロ駅へ帰るシャトルバスのほかに、国境の向こうのティファナに直行する有料バスの掲示が出ていて、ベンチに数人が腰をおろしている。わたしは一通り会場を見てから、二ドル七十五セントを払ってその直行バスに乗り込む。

すると、わたしのあとから衣料品をいっぱい詰め込んだ黒い大きなポリ袋を抱えたふたりのお婆さんが乗り込もうとする。わたしはいったんバスを降り、手伝いましょうか、と訊く。老婆たちは黙って手押し車を引きずりながらバスのまわりをぐるりとまわって、最後尾まで行く。そして、後部のドアを開けるように、わたしに指示する。わたしはドアを開けて、通路に彼女たちの荷物をあげる。

自己満足とは知りながら、席に戻ったわたしは、老婆たちにしてあげた小さな親切に我知らずウットリとする。一体誰にわたしのことを咎められよう。か弱き人を助けるのは、とても気分のいいことなのだから。

席が八割方埋まった頃に、ようやく出発する。高速道路に沿った一般道を一路メキシコに向かう。と思いきや、なんと国境の直前にあるショッピングモールの中に入っていくではないか。バスはそのままとろとろ走って、やがて大型安売り店の前に停車する。ティファナ直行便というのはわたしの思い違いで、ここからも乗客を拾っていくのだ。

そのとき、さっきわたしが荷物をあげるのを手伝ってあげた老婆たちが、わたしの脇を通り抜けてゆき、そそくさとバスから降りてしまう。こんどは、さっさと自分たちだけで荷物を降ろすと、まるで次なる戦場におもむく少年兵士のように、血気盛んに安売り店のほうへ向かっていく。

あとで知ることになるのだが、このバスの料金は、ティファナの市内バスの四倍以上もするらしい。このバカ高いバスを利用するからには、何度も乗り降りして、ぎょうさん仕入れてごっつう儲けさせてもらうわよ！　というわけだ。

ティファナという町名は、もともと「ファアナ叔母さん」という意味の〈ティア・ファアナ〉が短縮されたものらしい。わたしは、沖縄の魚売りで有名な〈糸満おばあ〉たちにも決して引けをとらない、〈ティファナおばあ〉たちのしぶとさを、いきなり国境のこちら側で見せつけられたわけだ。

# 女性詩人の告発——バーニス・サモラ

ガバチョ[2]こそがわれわれの抑圧者だ
と絶叫するのは
仲間同士　カルナル[3]と呼び合うのと同じことよ
白人は　もはやわれわれを抑圧したりしないわ
「おまえを抑圧しているのはグリンゴ[4]なんだぞ　ベイビー」
と　わたしに説くあなたほどは

「グリンゴこそわれわれの抑圧者なんだ！」
と　あなたは高収入のメロディに合わせて絶叫する
けど　わたしは毎朝ひとりで目が覚め　ふと考える
「きょう　子どもたちに食べさせるものがあるかしら」

きょう　一日をやりすごすために
わたしは詩を書く
パハロ（鳥）やマリポーサ（蝶）
それとあなたの襟にただよう
香水の匂いについての詩を
あなたはたちまちわたしに噛みつく



（2）白人（スペイン語）
（3）兄弟（国境のスパングリッシュ）
（4）白人のアメリカ人（スペイン語）

おまえは社会の現実を
書いていないじゃないか
「おまえを抑圧しているのはグリンゴなんだぞ　ベイビー」

そこで　わたしは子どもの頃にビート畑で働いたことを書く
それから　夜中に八時間ウェイトレスをしながら
高校を出たこととか　お縫物とかタイプとか売り子をしながら
大学を出たこととか　大学院生の頃　週に七日二つの仕事をこなしたこと
とか　それでもまだひとりぼっちで　ふと考える
「きょう　子どもたちに食べさせるものがあるかしら」

おまえの人生を有意義なものにするために　と言って
あなたはわたしとセックスをする　路地裏で
借り物の高級車の後部座席で　一泊六ドルの安モーテルの一室で
ことが終わってから　あなたは
あなたの五人の子どもと妻のことを話す
あなたの妻は家で詩を書いているらしい
パハロ（鳥）やマリポーサ（蝶）
それとあなたの襟にただよう
香水の匂いについての詩を

（バーニス・サモラ「チカーナ女子学生の手記[5]」の前半）

（5）Bernice Zamora, "Notes from A Chicana 'Coed'," *Making Face, Making Soul : Haciendo Caras : Creative and Critical Perspectives by Feminists of Color*, Ed. Gloria Anzaldúa (San Francisco : aunt lute books, 1990), pp. 131-132.

グロリア・アンサルドゥアは、『ボーダーランズ』（一九八七年）という著書により、おそらく米国で最もよく知られている〈国境詩人〉、チカーナ詩人であろう。この本は英語とスペイン語のバイリンガルで書かれているだけでなく、前半が評論、後半が詩集といったように、自覚的にハイブリッドな形式を取りながら、アメリカ合衆国における〈新しい混血女性《メスティサヘ》〉のあり方を提示した、とても刺激的な本だ。わたしがすでに四十五歳を過ぎてから、遅まきながらスペイン語を習おうと思い立ったのも、この本をもっと理解したいという気持ちがあったことに起因する。

そのアンサルドゥアが編者となっている、有色フェミニストたちの批評や創作を集めたアンソロジーが二冊あり、そのうちのひとつに「チカーナ女子学生の手記」は収録されている。この詩は、別のメキシコ系アメリカ文学のアンソロジーにも収録されていて、そのことはこの詩が非白人系のフェミニズムあるいはチカーナ文学のための定番テキストとして、米国の大学で教えられている可能性を示唆する。インターネットで検索すると、案の定、カリフォルニア大学サンディエゴ校ほかで使われているようだった。

作者は、バーニス・サモラ。アメリカ合衆国に住むメキシコ系の女性詩人、すなわち〈チカーナ〉詩人として七〇年代にいち早く詩集[6]を刊行した先駆者の一人と見なされている。バーニスは一九三八年にコロラド州の山奥の炭鉱村に生まれた。オルティスという苗字を持つメキシコ系の父は鉱夫だった。育ったのはプエブロという町。幼い利発なバーニスには、カトリック教会の教理問答教室が学び舎だった。高校を出た後、銀行などで働き、サモラという苗字をもつ男と結婚。二児をもうける。が、あるとき教会の福祉団体の集まりで、八人の子どもを育てながら夜間大学で哲学を学んでいるという主婦に遭遇。二十八歳のとき、自分も夜間大学に通うことを決心。英文学と仏文学を専攻する。その後も研鑽をつづけ、七四年には離婚を経験し

（6） Bernice Zamora and Antonio Burciaga, *Restless Serpents* (Menlo Park, CA : Diseños Literarios, 1976).

つつも、西のハーバードともいわれるスタンフォード大学で博士号を取得。一九八六年、四十八歳のときだった。

こういう略歴からもわかるように、彼女は並みの学者や詩人とは違う。足が地についている。彼女によれば、文学テクストを分析することはテクストの理解に繋がるが、いっぽうでテクストをズタズタにして殺しかねないという。つまり、文学研究は諸刃の剣なのだ。また、詩作でも、自分が遭ったことがある、より立場の弱いチカーナたち――たとえば、大学に通いながら子育てをして生活費のために売春を余儀なくされているシングルマザー――の声に耳をすませて、彼女らの声をシャーマンのように代弁する。現在は、サンフランシスコの近郊サンタクララ市に住み、サンタクララ大学の英文科で教鞭を取っているらしい。

ここで取りあげた彼女の詩は、一見素朴な告白詩の形式を取りながらも、知的なアイロニーが効いている。六〇年代以降、マイノリティ・グループのひとつとして、メキシコ系アメリカ人は米国の体制に向かって政治的な発言を行なっているが、そうした市民運動の指導者の一人として、セサール・チャベス[7]はあまりに有名だ。おもに南西部で農業に従事するメキシコ人たちを集めて〈労働組合〉を組織し、黒人指導者のマーティン・ルーサー・キング牧師とともに、ワシントンＤＣを行進したこともある。

いっぽう、十六世紀の〈征服者〉コルテスの到来する以前に、南西部にあったとされる幻の帝国アストランに精神的なルーツを求めて、理論武装するメキシコ至上主義者もいる。また、第二次大戦時にズート服スタイルできめたロサンジェルスのメキシコ系の不良たち〈パチューコス〉もいれば、七〇年代以降、自分たちだけに通じる特殊な用語を使って仲間意識を高め、互いに抗争を繰りひろげるイーストＬＡの少年ギャング〈ホームボーイズ〉もいる。

そのように米国のメインストリーム文化に対抗すべく、ときに理知的な理論武装によって、

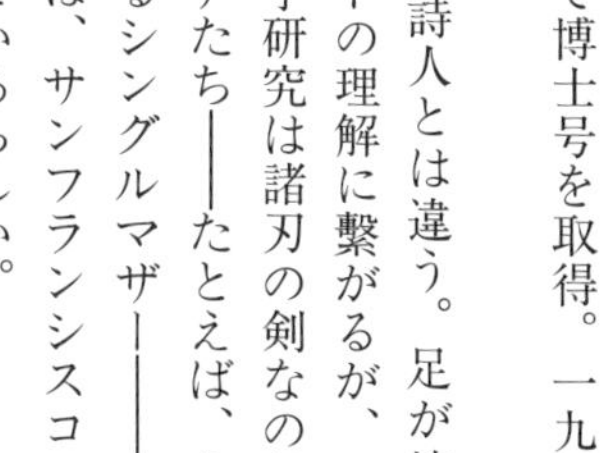

イーストＬＡの壁画。セサール・チャベスが中央で希望のろうそくを持っている。

（7）César Chávez（1927–93）一九六二年、ドロレス・ウエルタらと United Farm Workers of America（アメリカ農場労働者連合）を創設。

ときに反理知的な暴力によって運動を繰りひろげるメキシコ人たちの底に見え隠れする男性中心主義〈マチスモ〉。

「チカーナ女子学生の手記」の中で、語り手の「わたし」によって「あなた」と呼びかけられるメキシコ系の男性は、おそらく大学教師か何かの定職についている人だろう。すでにアングロ白人に劣らぬ社会的な地位と家庭と収入を確保している人だろう。にもかかわらず、アングロ白人に対抗せよ、と叫んでいるメキシコ系男性の欺瞞性に対して、チカーナ女子大生の皮肉は容赦ない。

語り手の女性の視点は、米国社会での何重もの劣位を反映している。シングルマザー（家庭人よりも）、身分不安定な苦学生（収入の安定した教師よりも）、女性（男性よりも）、マイノリティとしてのメキシコ系（主流のアングロ白人よりも）として、何重ものハンデを負っている。同じ周縁でもぎりぎりの端っこから社会を見ているので、その鍛えられた視点は強靭そのものだ。

それから　あなたは言うのだ
わたしのせいで　いかにグリンゴの抑圧の矢面に立たされてきたか
わたしのためだったら　牢獄に入れられても
構わない　と。なぜなら
「グリンゴがおまえを抑圧しているからだ　ベイビー！」

じゃ　あなたの「退役兵士特権」はどうなの？
あなたの「フォード奨励金」はどうなの？

ホームボーイズ（写真集「イーストサイド物語』より）

あなたの働く妻や　あなたの三人のガバチョの
ギサス[8]はどうなの？
わたしに論文を代筆してほしい　と頼んだ
ことはどうなの？
そう　わたしが問いただすと
あなたはたちまち叫ぶ
「そんな〈女性解放〉みたいな言い草はやめろよ
それはわれわれを分裂させるだけだ
〈民族〉のために一丸となって戦う必要があるのに
ガバチョがわれわれを抑圧しているんだぞ！」

そうね　カルナル　あなたにはどんなにでたらめな言い草だって許される
月の水は便秘に効くとか
ペンギンのスープは二日酔いに効くとか
北極海は朝ご飯のメヌード[9]だとか
そうよ　わたしたちはふたりともバリオで学んだわ
鳩の糞は容易に転がるって

それでも　ガバチョのせいで
わたしは詩を書かなければならない
パハロ（鳥）やマリポーサ（蝶）について

（8）愛人たち（国境のスパングリッシュ）

（9）臓物の入ったスープ（メキシコ料理）

それと　どこかでただよう
抑圧的な香水の匂いについての詩を

（バーニス・サモラ「チカーナ女子学生の手記」の後半）

# 2
# ホテル・バハカリフォルニア

サンディエゴのスワップミートの会場から乗ったバスは、国境越えの余韻にひたっている間もないほどあっけなくティファナの繁華街《エル・セントロ》に着いてしまう。

いかにも老チワワ犬があたりかまわず小便を垂れ流していそうなみすぼらしいバスターミナル。その周辺はいま米国からの観光客を当てこんで、道路といい建物といい、町じゅうのお色直しが進行中らしく、地元民しか利用しないバスターミナルは、そこだけ取り残されてしまったかのようだ。時刻表などという気の利いたものは掲げていない。だから出発時間と料金は各社のデスクで直接聞くしかない。市街地から少し離れたところにある近代的なバスターミナルのおまけのような存在でしかないのだろう。ここは空気も生ぬるく淀んでいる。だが、人の往来が激しいターミナル特有のせわしなさもない。

ここに来る前の税関によるチェックは、拍子抜けするほど簡単だった。まるで目立つことを禁じられた職業であることを誇示するかのように、恐ろしく地味な茶色の制服を着たメキシコ人が一人バスの中に乗り込んできた。その大柄の税関員は〈にが虫〉という新種の寄生虫を体内に飼っているかのようなコワモテ顔で最後の席までざっと乗客と荷物を見てまわり、バスから降りていった。その間、三分もかからなかった。バスの運転手もこの税関員には慣れなれし

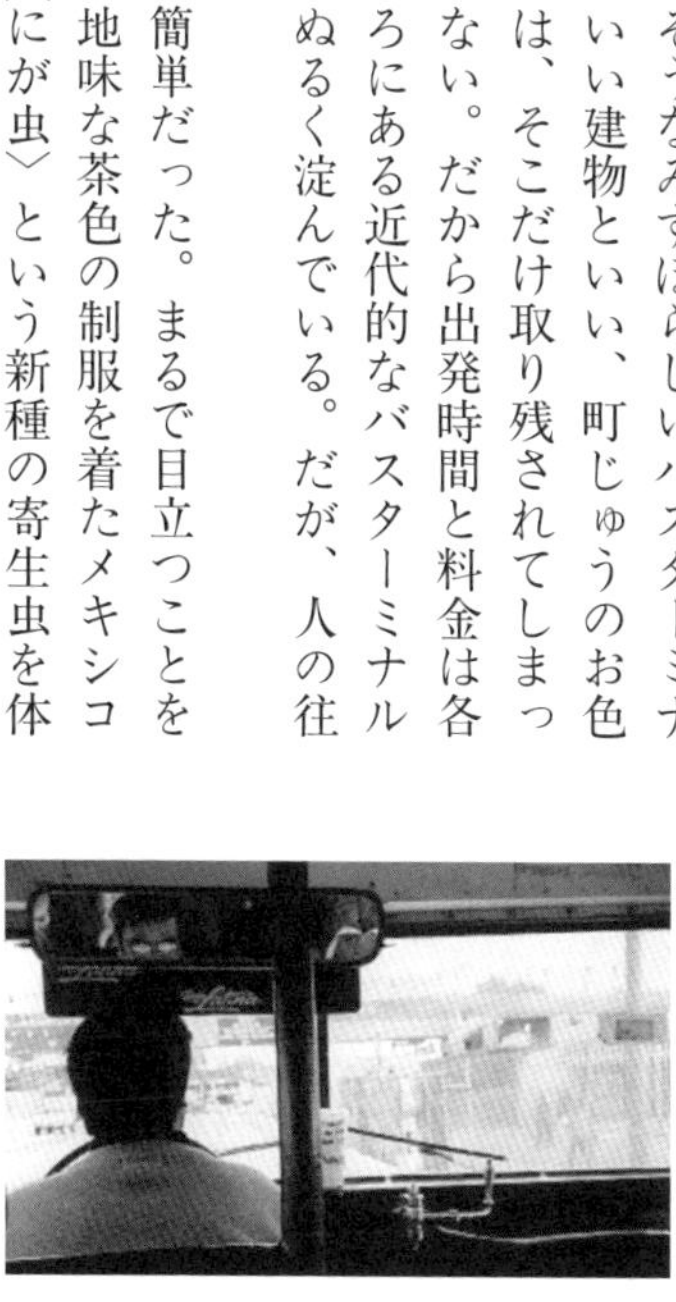

国境を通り抜けるバス。ドアの開閉も運転席の脇にある手動アームをつかう。

い軽口を叩かなかった。

バスがターミナルに着くと、そこからわたしは国境を背にして南のほうにあるホテルをめざして歩く。ホテルというより、駐車場とレストランを完備したモータリスト・ホテルだ。ターミナルもホテルも共にマデーロ通りにあるが、その通りにみやげ物屋は一軒もないし、観光客もいない。

ドル札と英語が飛び交い、みやげ物屋やドラッグストア、レストランやバーが立ち並ぶ賑やかなレボルシオン通りからたった一ブロックだけ逸れただけなのに、夕方になると、マデーロ通りの交差点にはタコスショップがいくつも出現して、肉を焼く煙と匂いに誘われて、露店のまわりはタコスをパクつく人々でにぎわう。客もオーダーするときはスペイン語だし、支払いもペソが原則だ。

そんなわけだから、まるでダウンタウンの中に異なる二つの国が同居しているかのようだ。現に、コンビニやレストランで支払いを済まそうとすると、ドルとペソの両方で値段をしめされる。ペソで払って、セントでおつりをもらうこともある。だから、財布の中はメキシコと米国のコインでごちゃごちゃになる。

「一人だけど、部屋ある?」と、わたしはホテルのフロントがある小さな部屋に入っていき、スペイン語で訊く。

「あるよ」と、糊のきいた開襟シャツをビシッと着こなした、怪傑ゾロ役のアントニオ・バンデラスそっくりの男がイーグルズの英語の歌を歌う。

「ウェルカム・トゥ・ホテル・カリフォルニア」

「クアント?」と、わたしはその冗談には乗らず、ビジネスライクに料金を訊く。

「キニエントス・シンクエンタ」

アントニオ・バンデラス(「レジェンド・オブ・ゾロ」より)

「百五十ペソ?」と、英語で確認する。

「キニエントス・シンクエンタ」

「ええっ?」

開襟シャツはわたしに向かって、このうすのろ野郎《ペンデホ》め!といいたいのをぐっと我慢して、もう一度さっきの単語を〈キニエーントス・シンクエーンタ〉とゆっくり発音して、メモ用紙に550と書いてよこした。一ペソで、およそ十二円ぐらいだから、七千円ぐらいか。

「もっと安いの、ないの?」わたしは壁に貼られた大きな料金表を指差しながら訊く。

「ない」と、そっけなく首を振る怪傑ゾロ。

「バレバレ。[1]でも、先に部屋を見たいんだけど?」

フロントにはこの開襟シャツの男しかいない。かれはメイドたちの仕事部屋に電話をかけて、代わりに案内を頼もうとする。だが、相手がなかなか電話に出ない。

「わるいな、ちょっと待って?」最初の印象とは違って、少し優しいトーンで、セニョール・バンデラスはいう。

「日本人かい?」

「ええ、まあ」

「めずらしいな」

「どうして?」

「日本人は金持ちだから、もっと豪華なホテルに泊まるんじゃないのか?」

「カミノ・レアルとか?」

「まあ、そうだな」

「でも、正直、そんな高級ホテルに泊まる金はないんだ」

(1) じゃ、いいよ

「じゃあ、こんなところに何しにきた？」

「メキシコ人に会いにきたんだ。米国やメキシコの資本家たちを潤しにきたわけじゃない」

「確かに、大勢アメリカから観光客がきても、潤うのはアメリカ資本のホテルとか、少数のメキシコ人経営者だけさ」

「ところで、いくら稼いでいるの？」

「俺かい？　八時間働いて百八十ペソだな」

　円に換算して約二千二、三百円。セニョール・バンデラスが三日間必死に働いて、ようやくわたしの一泊分の料金が払えるという勘定だ。

　こういう話を聞くと、なぜかわたしはバツが悪くなり、身のちぢむ思いがする。

「明日は、もっと安いのに替えてよ。頼むよ、セニョール」と、わたしはいう。

　ティファナがその北端に位置する半島は、バハカリフォルニアと呼ばれる。それは州の名前でもある。〈バハ〉というのは「下の」という意味で、したがって〈バハカリフォルニア〉というのは、国境によって区切られた「南側」のカリフォルニアという意味だ。「米国・メキシコ戦争」で負けたメキシコがアメリカ合衆国との間に一八四八年に〈グアダルーペ・イダルゴ条約〉を結び、他の南西部の州とともに、メキシコ領カリフォルニアは上半分をアメリカ合衆国に割譲させられて、南北ふたつに分断された。

　チェックインを済ませて部屋に入ると、わたしは大きなダブルベッドの上にねそべり、そっとティファナ市の地図をひろげる。それから、ちょうど手相の入門書をかたわらに置いて自分の手を見るみたいに、ガイドブックを見ながら地図上で、市場や乗合タクシーの乗り場、教会や文化センターなど、人々の生活の基本となる建物をひとつずつ確かめていく。ところが、なぜか市民の憩いの場である〈ソカロ〉が見つからない。どんな小さな町でも教会や市庁舎がその周囲に建ち、町の生命線になっている〈ソカロ〉がない。それを不思議に思いながら、ひと通り地図の上にマークをつける。

その作業を済ませると、わたしは隣町のロサリートに住むイサベルに電話をかけ、翌日の午後に会う約束を取りつける。イサベルは、翌日の午前中に夫と一緒にサンディエゴに行くので、その帰りにホテルに寄ってくれる、という。

翌朝八時すぎに、わたしはグアダルーペ教会に行ってみる。教会はレボルシオン通りから二ブロック西にいったニーニョ・エロエス通りと二丁目の交差点に建っており、ダウンタウンのほぼ中心のとても便利なところにある。縦型の建物にドーム型の天井を足した、平凡なかたちをしている。室内は、ドーム型の天井につるしたシャンデリアが唯一華やかな飾りつけといえる。ここにはオアハカのサントドミンゴ教会のようなめくるめくウルトラバロックの金箔や木彫りのレリーフは見られない。が、それでもメキシコの教会らしく、グアダルーペを正面に飾り、その脇にイエスの磔刑像をいただき、両方の側壁にも数多くの聖者《サントス》や聖母の像がひしめくように祀ってある。十字架も身体も黒い〈サン・アントニオ〉や、ガラスケースに入った白服の〈サン・フアンの聖母〉、右手に女の子を抱いて左手に玉を持つ〈ロレトの聖母〉、〈サン・フーダス・タデオ〉、〈サン・ホセ〉、〈サン・マルティン〉、〈ロサリオの聖母〉、黒服の〈悲しみの聖母〉など……。

なぜか、グアダルーペの聖母を発見した「功労者」で、二〇〇二年に、新大陸の先住民として歴史上初めて列聖されたフアン・ディエゴの扱いは小さい。一番後ろの壁、つまり正面入口のすぐ右手の壁に、肖像画が小さな額に飾ってあるだけだ。

人々はこうした多数の聖者や聖母の像の前に行き、イエス像やグアダルーペの聖母と同様に熱心に拝む。オルメカ文明の時代（紀元前一二〇〇年から九〇〇年ぐらい）から

ティファナのグアダルーペ教会。正面に聖母の絵が描かれている。

コルテスによって征服されるアステカ文明の時代（十四世紀から一五二一年）まで、メキシコは多神教の世界だった。バチカンから送られてきた宣教師たちは、太陽の神をはじめ、数々の偶像を信じるインディオたちを一神教に改宗させるべく腐心した。インディオは抵抗し、それに対して教会は弾圧を繰り返した。いま教会内部に飾られた多数の聖者や聖母のイコンは、教会と民衆（インディオやメスティーソ）が長い流血の歴史を経て見いだした妥協点あるいは知恵の産物に違いない。

教会の中に入ってゆくと、朝のミサが行なわれていて、およそ四百名収容できるベンチは平日なのに半分ぐらい埋まっている。質素な服に身をつつんだ老人や老婆のほかに、仕事にでかける前の労働者階級の男女も大勢いる。わたしはカトリック教徒ではないが、朝の教会でかれらに混じって、何にも考えずにただぼんやりと二十分ぐらいベンチにすわっていると、気持ちが落ち着いてくるのを感じる。あれをしなければ、これをしなければ、という日常の義務感から解放されるからかもしれない。だから、たいていは一時間くらいそこで過ごしてしまうことになる。最後のお布施はするが、カトリック教徒だという自覚はわたしにはない。ましてやキリスト教徒になりたいとも思わない。

# チカーナ・レズビアンの詩学――グロリア・アンサルドゥア

チカーナ詩人の呼びかけ

俺がやって来るとここに奴らがいた

ちっぽけなランチョ(2)でトウモロコシを作ったり
牛や馬を育てたりしていた
薪を焚く匂いや汗の匂いがぷんぷんしていた
奴らは誰が自分たちより偉いか分かると見えて
帽子を取って
胸のあたりに持っていき
俺の前で目を伏せる

もっとマシな生活がしたいといった気概もなくて
土地を自分のモノにしたいといった欲もなく　皆で土地を共有していた
連中を追い出すことなど朝飯前だった
臆病者で　根性なしときてるから
小難しいことが書いてある書類一枚見せて
連中に言ってやった　税金を立て替えてあるんだ
直ちに払え　でなきゃマニャーナ(3)までに出て行け
俺と俺の手下の者どもがその紙切れを
すべての家族にこれみよがしに見せてるうちに
端っこがすっかりぼろぼろになってしまったっけ
（グロリア・アンサルドゥア「こきたねえ奴ら(4)」前半）

グロリア・アンサルドゥアは、一九四八年にメキシコに近い南テキサスで生まれた。そこは

（2）牧場（スペイン語）

（3）明日（スペイン語）

（4）Gloria Anzaldúa, "We Call Them Greasers," *Borderlands/La Frontera: The New Mestiza* (San Francisco: aunt lute books, 1987), pp. 134-135.

メキシコ系の家族が四、五世帯まとまって集落をつくるような貧しく小さな共同体で、グロリアも小さいときから大人たちに混じって農作業をさせられた。十一歳までそうした農場で育ったが、その後小さな町へと引越しした。その町は「信号が一つ、教会が十三、バーが十三、それとミニマートが二つあるような」平凡な田舎町だった。十五歳のときに父が亡くなるが、グロリアは家の仕事を手伝いながら、高校、大学へと進む。家族はおろか近隣でも大学に進んだ者はないという。一言でいえば、子供の頃のグロリアは伝統的な労働者階級のエシック（倫理観）のもとで育てられた。父が生きていた頃、テキサスからアーカンソーまで一家で季節労働の旅に出たことがあり、そのときの体験は、大地で黙々と働く農夫《カンペシーノ》たちへの敬意をグロリアの中に育んだ。

メキシコ系の家庭では、子供たちは親の仕事を手伝うことになっていた。とりわけ女の子は料理、洗濯、裁縫など、母親の片腕になって働くべきであり、読書などは「怠け者」のすることである、といった価値観がまかり通っていた。女性たちがそうした父権的な価値観を自らの心の中に内在化させていた。グロリアは大学と大学院に進学するにおよんで、女性への教育を「無駄」と見なすような、自らの中に刷り込まれたチカーノ社会の伝統的なマチスモ（男性中心主義）を克服しなければならなかった。

アンサルドゥアは、アメリカ合衆国とメキシコの文化衝突、メキシコ系アメリカ人共同体における性の抑圧や女性の役割の強制といった題材を扱いながら、自らのチカーナ体験に即して語るだけでなく、歴史学・言語学・社会学・心理学などを応用した方法意識によって、独自のスタイルを築いた。

代表作は『ボーダーランズ』（一九八七年）であり、彼女は国境地帯の二つの対立文化（アングロ白人文化とラティーノ文化）にセクシュアリティの偏差をつけ加えることで、

詩集『ボーダーランズ』のジャケット

単純なステレオタイプ化した国境風景を差異化する。彼女は後年カムアウトして、レズビアンであることを公言するが、グロリアにとって、複数形で表された「ボーダーランズ」とは単に国家と国家との間にひかれた国境線の両側に広がる境界地帯のみならず、性の境界地帯すらも意味する。それは抽象的な理論ではない。グロリア自身の身体が性、ジェンダー、人種、階級といった複数の領域の境界線を行き来し、そのはざまを生きていることの証にほかならない。

ユニークなチカーナ・レズビアン詩人としてのグロリアの本領は、インターリンガリズムとも呼ぶべきユニークなスタイルにある。彼女の作品は英語からスペイン語へいつの間にか移りかわり、あるいはエッセイ形式から詩へとまるで季節労働者のように自在に移動してゆく。「エスニック・アイデンティティと言語的なアイデンティティは双子の兄弟であり、わたしという存在はわたしの使う言語によって規定される」と、アンサルドゥアはいう。

アンサルドゥアは、ときにはスパングリッシュ（英語なまりのスペイン語）というハイブリッドな言語（パトワ）を使う。社会的にネガティヴに見られがちなパトワは、性でいえば〈ハーフ・アンド・ハーフ（ふたなり）〉であり、人種でいえば〈メスティーソ（混血）〉。しかし、アンサルドゥアには、「奇形《アブノーマリティ》」にこそ超自然の神性が宿るという哲学がある。

ここで取りあげた詩にそうしたレズビアン哲学は直接には見られないが、傲慢なアングロ白人男性を〈視点〉に据えることで、強烈なアイロニーが伝わってくる。アンサルドゥアは、チカーノ社会のマティスモだけでなく、米国社会の白人優先主義にも批判の目を向けており、白人フェミニズムに対抗する〈第三世界の有色フェミニズム〉[5]を八〇年代後半以降先導してきた信頼できる活動家でもある。残念ながら、二〇〇五年に病に斃れたが、彼女の作品は長く生きのびるだろう。

グロリア・アンサルドゥア

（5）詩以外の分野における、第三世界の有色フェミニズムの躍進に関して、チカーナ壁画画家のジュディス・バカの仕事

連中は鶏や子供や女房や豚をオンボロトラックに
積み込んで　鍋や道具がトラックにいっぱいぶらさがり
がらんがらん音を立てていた
馬は連れていけなかった
夜中のうちに倅たちが追い払ってしまったからな
そうそう　なかにはトラブルおこす奴もいて
俺たちのことを〈侵略者〉だとぬかしおった
不動産の証書を持っている奴もいて
裁判所に訴えたりもした
まったくお笑い草だぜ
ろくすっぽ英語も喋れないくせに
俺たちが家を焼き払ってもまだしつこく
譲らない奴もいた
それと女どもだ――とりわけ　一人の女だけはよく覚えている

女は俺の下で泣きべそをかいていた
俺はこの鋤《すき》を使って
なんどもぐりぐり耕してやったが
メスキートの木(6)の下から男が見ていて

野生動物みたいに泣き喚く

が興味深い。「ジュディス・バカの、表向きには女性を讃美したスポーツの祭典オリンピック壁画は、シケイロスの「熱帯アメリカ」と「新しい民主主義」を本歌に取り、レーガン政権の中米政策をはじめとする政治的・経済的・文化的な搾取構造、家父長制、植民地主義・帝国主義的支配、覇権主義を批判したポストコロニアルなフェミニズムの思想の表象である」（大橋敏江「チカーナ壁画家ジュディス・バカの作品とフェミニズムに関する考察」、一二六頁）

（6）米国南西部の乾燥地帯に見られる。柳のように葉が垂れさがる。

とたんに俺はこの女が汚らわしく感じられた
まるい顔にビーズのような黒い目をして　まるでインディアンのようだった
ことを済ませたあとで俺は女の顔の上にケツを乗せて
女がもがくのを止めるまでそうしていた
こんな奴のために銃弾を無駄遣いしたくない
倅どもは俺の目を見ようとしなかった
俺は　女の亭主を縛りつけておいた木の下まで行き
顔にぺっと唾を吐いた。こいつを縛り首《リンチ》にしろ
俺は倅どもに言った

（グロリア・アンサルドゥア「こきたねえ奴ら」後半）

メスキートの木

# 3 市営共同墓地

「この近くの墓地は、どこですか?」と、わたしは拙いスペイン語でたずねる。

「ケェ? エル・パンテオン? ……セラード」と、インディオの血が混じっていると思われる肌の浅黒い中年女性は、早撃ちガンマンみたいに早口でいう。ボーダー映画の傑作『赤い薔薇ソースの伝説』の三人姉妹の一人、混血のヘルトルーディスに似て発言にためらいがない。

女性のいう「セラード」が、果たして「閉鎖してしまった」という意味なのか、それとも「まだ開いていない」という意味なのか、わたしにはわからない。

女性はグアダルーペ教会の前の露店で、ろうそくや額縁や首飾りなどのグッズを売っていた。きっとこの人は地元の人に違いない、とわたしは勝手に決めつけて、訊いたのだ。中年女性は、まるで「閉まる セラール」という動詞の〈過去分詞形〉はなんですか? と学生に質問された「初級スペイン語講座」の先生みたいに、即座に「セラード」と答えたのだった。その自信たっぷりな物言いが、かえってこちらを不安にさせる。

それにしても、墓場が「閉鎖した」「つぶれた」「取り壊された」ということがあるのだろうか。もしあるとすれば、それは死者たちの大移動にほかならない。祖父母から孫まで何世代ものガイコツたちが、一斉に別の墓地へ引越しするという光景が頭に浮かぶ。ちょっとメキシコ

ヘルトルーディス(『赤い薔薇ソースの伝説』より)

的（というか、皮肉たっぷりのガイコツ画を得意とするホセ・ポサダ風の）光景ではあるけど……。

わたしは、なけなしのスペイン語の動詞のストックからひとつを取り出して、「墓地は、もうないの？」と、訊き直す。

すると、女性はまるで隊長が部下の兵士に命ずるように「あのバスで、別の墓地に行きなさい」といい、ニーニョス・エロエス通りの向い側に停まっているオンボロのバスを指さす。

実のところ、わたしは念のために墓地のおおよその位置をホテルのフロントマンであるセニョール・バンデラスにも、教会に来る前に朝食をとったレストラン〈リカルド〉のウェイターにも聞いていた。だから、女性の言葉はわたしの勝手な思い込みを一気にふっ飛ばす爆弾発言だった。

「メキシコで道を訊ねるときには、最低三人に訊かなきゃ」とは、ミチョアカンから幼い頃にロサンジェルスに移住してきたアンヘルの口癖だ。メキシコ人が不親切というのではなく、むしろ親切すぎるのが問題なのだ、という。「知らない、ごめん」と、そっけなく応じるのが失礼だと思うのか、自分の知っている範囲内で最大限の答えを出そうとする。その答えが正しいかどうかは問題ではない、真剣に相手に返答しようとする姿勢こそが重要なのだ。だから、こちらもその辺を割り引かねばならない。もらった答えが間違っていても、怒ってはいけない。

思い当たる節は、わたしにもある。前年の夏、わたしはメキシコシティの南の郊外で市バスに乗っていた。サンアンヘルにあるディエゴ・リベーラとフリーダ・カーロの美術館を探していた。乗り合わせた若い女性に質問すると、彼女は「終点に着く前に降りたほうがいい」と答えて、バスから降りていった。

ホセ・ポサダのガイコツ画

ティファナの市営共同墓地

すると、わたしの向いにいた中年女性がこちらを見ながら隣りの女性に何ごとかを訊いて、それから「それならわたしの降りるところで一緒に降りなさい、案内してあげるわ」と、いった。わたしは、まるで朝飯も昼飯も抜かれてしまった犬が飼い主にご機嫌を取るみたいに、その中年女性にぺこぺこ頭をさげた。停留所に来ると、わたしは一緒に降りた。それから、女性がレボルシオン通りの反対側を指さすので、そのとき初めて、わたしは彼女が別の建物をイメージしていたことを知った。わたしがガイドブックの地図をひろげて、美術館の場所をさすと、彼女は驚いたような顔をして、「あら、科学博物館じゃないの?」と、いった。

別にそのときのことが頭にあったわけではないが、わたしは、さきほど命令を下した女性隊長に「シ、セニョーラ。グラーシアス!」というと、指示された方向とは逆のほうへ歩き出していた。

教会から北に一ブロック行くと、その地域はサンディエゴからの観光客や軍人たちを引き寄せるバーや妖しげな安宿が立ちならぶ夜の歓楽街。昼はまるで麻酔注射を打たれた猛獣のようにおとなしく、まったく生気がない。歓楽街といっても、規模はいたって小さい。東に二ブロックほど行くと、すぐにブルース・スプリングスティーンが「ライン」という曲で触れたことがあるソーナ・ノルテ(北地区)という貧しい住宅街が始まる。道路の舗装も手抜きがあって、歩きづらい。

市営共同墓地は、歓楽街から十五分ほど歩いたカランサ通りにある。途中、道で出会った人の何人かに場所を確認しつつ、なんとか探しあてた。

入口の白い十字架にはバラの花が描かれている。白いアーチには、「第一墓地」とスペイン語で書かれている。いかにも、市営といった質素な雰囲気がただよっているが、手入れはきちんとして清潔に保たれている。歩道に屋台が二つ並んでいて、ロウソクや額縁を売っている。

額縁の中身は、兵隊の服と帽子をまとった平凡な青年の写真だ。

入口のフェンスの案内に、平日は九時から四時まで、土曜と祭日は十一時から四時まで、日曜は閉鎖、と書いてある。やっぱりあの女性隊長の命令に従わなくてよかった。でも、あのとき隊長は、「まだ閉まっている」といいたかったのだろうか。それとも、きょうが日曜日と錯覚したのだろうか。

墓地の中に入ると、まだ早朝ということもあり、ひと気はない。埋葬は基本的に土葬のようだ。まるで生まれたての赤ん坊が専用のガラスケースではなく、一箇所にまとめて横に並べられているみたいに、細長い墓石がところ狭しと並んでいる。中には、盛り土だけのところもあり、思わず踏みつけそうになる。グアダルーペの聖母を描いた墓石もいくつか見かけるが、みなオーソドックスな絵ばかり。中に、最近の作らしく、分厚い辞書のような聖書を広げ、その上にグアダルーペの聖母をあしらった豪華版もあるが、そんなのは例外だ。墓地の東側の一角に大きなメスキートの木があり、アフロヘアのようなふさふさとした青葉によって日陰ができ、そこにいると気持ちがいい。そばには、いかにも南国らしくブーゲンビリアが赤紫色の花を咲かせている。墓地の南側は、崖というか急斜面になっていて、建て付けのわるそうな家が墓地を見下ろしている。

墓地の一番奥まった、南側の小高いところまで行ってみると、四つ壁のうち入口の一面だけをぶち抜いた小屋があり、床の上にじかにろうそくや草花が飾られている。その礼拝堂にも、さきほどの平凡な青年の写真が飾られている。壁には、「兵士フアン《ファン・ソルダード》の奇跡に感謝します」と書かれた小さな板が何枚も打ち付けてある。

たまたま、年代の異なる三人の男性のグループがその小屋の中にいる。ろうそくに火をつけて、なにやら祈っているようだ。わたしは、外に出てきた男性の一人に声をかける。

兵士フアンが奉られている礼拝堂

「あの写真の若者は誰です？」

「ファン・ソルダードかい？」と、男性はわたしが怪しい奴でないことを確かめる素振りをしていう。「聖者《サントス》の一人さ」

「それらしくないですね」

「ああ、ここら辺で人気のある聖者でね」

「ファン・ディエゴは知っているけど……」

「それは、メキシコシティのテペヤックの丘の話だろ」

「それじゃ、兵士ファンというのは、ファン・ディエゴのティファナ版というわけ？」

「難しい話は、よくわからないよ」

「何をお祈りしたんです？」

「もちろん、〈ラ・ミグラ〉に捕まらないようにって」と、男性は冗談のようにいって、ほかの仲間と一緒に笑う。

〈ラ・ミグラ〉というのは、ボーダーの隠語で、米国の移民局、ボーダー・パトロールを意味する。とすれば、兵士ファンのなす奇跡とは、全人類の共存とか世界の平和とかいった、どでかい普遍的なものではなく、国境越えをする弱者への特殊なご加護をさす。


兵士ファンは、バチカン公認の聖者ではなく、ここボーダー地帯で崇められている地域限定の〈民衆聖者《フォークセイント》〉らしい(1)。そういえば、オアハカの〈カテドラル〉にも、メキシコの他の地域では見かけないトンガリ帽子をかぶった二人の地元民《インディオ》(2)の写真が額縁に飾ってあり、最初はどうして？　と不思議に思ったものだった。

兵士ファンの背後にバチカンの権威は付いていない。しかし、違法であれ、合法であれ、米国への国境を越えるときに、ある人びとはバチカンの法王やグアダルーペの聖母ではなく、未

兵士ファン

(1) James S. Griffith, *Folk Saints of the Borderlands* (Tucson : Rio Nuevo Publishing, 2003).

(2) Beatos Martines Juan Bautista と Jacinto de Los Angeles

公認の聖者に熱烈にすがる。求めるのは権威ではなくご利益《りやく》だ。
「あなた達に奇跡《ミラグロ》が訪れるように」と、わたしはいった。
「お前さんにもな《イグアルメンテ》」と、男性はいって、また笑った。

## 告訴された詩人——デメトリア・マルティネス

あなたの目はカナダのように大きい　ようこそ
よその人
わたし達はフアレス[3]の駅で会った
あなた達は何時間も待っていた
サボテンの実のように
あなたの子があなたの中で開花しつつあった
乳がしたたり服の胸のあたりが汚れていた
ハンドバッグの中のパンティには
〈エルサルバドル製〉と　スペイン語のラベル
あなたのベルトは　赤道みたいに
南と北とを分かつ
わたしには越えられないいろいろな境界



（3）エルパソの反対側にあるメキシコの町

北アメリカの　報道レポーターだから
ペンとノートが　わたしの部族の
道具が　わたし達を二つに隔てている
でも　もし時代が違っていたら　わたしが
あなたの子宮に聴診器を当てて
まだ生まれぬ子のシンフォニーを聞き
赤子を光の中に連れ出し
肌を拭い臍の緒を切っていたかもしれないのに

「あの国で子供を育てることなど
不可能なのよ」
（デメトリア・マルティネス「キリストの降誕――二人のエルサルバドル女性のために、一九六八年～八七年」[4]の前半）

デメトリア・マルティネスは、一九六〇年、ニューメキシコ州アルバカーキに生まれた。母方の祖母がメキシコのチワワ出身でスペイン語で書かれた聖書の熱心な読者だったという。デメトリアは長じて東部に行き、名門のプリンストン大で公共政策や神学の勉強をした。大学を卒業すると、故郷のアルバカーキに戻り、ウェイトレスをしたり、フリーランスのライターをしたりしながら、ドミニコ会の尼僧で画家でもある女性が運営しているアートスクールに通った。アートスクールは、オールドタウンの一角にあった。デメトリアは午前中、近くのレストランかオープンカフェに行き、その時間を詩作にあてた。一九八五年以来、インディペンデン

（4）Demetria Martínez, "Nativity : For Two Salvadoran Women, 1968–1987," *Three Times A Woman : Chicana Poetry* (Tempe : Bilingual Review/Press, 1989), pp. 132–133.

ト系の週刊誌『全米カトリック・リポーター』にフリーランスで記事を寄稿したり、『アルバカーキ・ジャーナル』紙で〈宗教欄〉の記者をしたりしている。

一九八七年の冬、デメトリアはロナルド・レーガン[5]政権下の合衆国政府から告訴された。前年のクリスマス休暇に、ルーテル派の牧師が聖書の一節を踏まえて、妊娠中のエルサルバドル国籍の女性二人をメキシコ側から合衆国へ入国させる、いわゆる〈サンクチュアリー運動〉を行なったことがあったが、その牧師にデメトリアは同行したのだった。二人の外国人の違法入国に関与したというのが政府側の起訴理由であり、その証拠としてここに取りあげたデメトリアの詩が裁判所に提出された。デメトリアは、有罪となれば、二十五年の刑に処せられることになった。

「強い米国をふたたび」という旗印に八〇年代の米国をリードしたレーガン元大統領が亡くなったとき、ほぼ同時期に日本をリードした中曽根康弘元首相が、NHKテレビでレーガンのことを「共産主義のソ連を滅ぼした偉大なる指導者」と褒めたたえていた。さすが、首相になる前に防衛庁長官を勤めた鷹派の政治家だけあって、言うことが憎たらしいほど簡潔をきわめている。

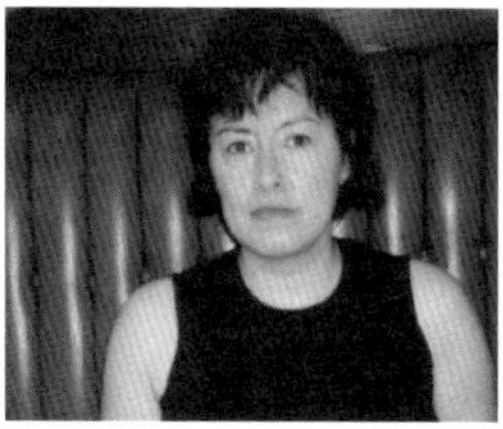

デメトリア・マルティネス（アルバカーキ、二〇〇四年）

（5）Ronald Reagan (1911-2004) 大統領在位は八一年一月から八九年一月まで。

ここで、この詩に関係する歴史的背景をおさらいしてみよう。七九年中米のニカラグアではソモサ軍事政権が倒れ、サンディニスタ革命政府が誕生した。民主党のカーター政権は一時、サンディニスタを援助したが、ニカラグアがカストロのキューバによって軍事、経済、政治的に支援を受けるにおよんで、ソ連化することを恐れて、CIAを派遣した。CIAは政府要人暗殺をふくむ、反革命《コントラ》の秘密工作活動を行なった。カーター政権の後を継いだ共和党のレーガンは、さらに強力に反共政策を推し進め、ニカラグラと国境を接する、ホンジュラス、エルサルバドルにも共産革命が転移することを恐れ、

マルティネスの最新詩集『悪魔のワークショップ』（二〇〇二年刊）

中南米各国を内戦状態に陥れ、何万人という難民が生じた。

朝日新聞の記者、伊藤千尋はエルサルバドルの内戦について、次のように記している。

「かつてこの国には「一四家族」といわれる寡頭制支配体制が君臨した。ほんの二％の富裕層が、国土の六〇パーセントを私有した。一方では、コーヒーや綿花など季節労働にのみ使われる、膨大な数の貧しい農民がいる。……あまりにもひどい不平等のため、一九三二年には共産党の指導の下で小作農たちが山刀を手に蜂起したが、計画が漏れて三万人が政府軍に殺された。……八〇年に国内の左翼ゲリラ五組織が集まって統一ゲリラ組織を結成した。……八三年には国土の三分の一を支配下に置いた。……このままでは政府軍はあと半年しか持たず、革命成功は時間の問題とも言われた。この時介入してきたのが米国である。レーガン政権は対ゲリラ戦用のヘリコプターや攻撃機を供与するとともに、経済・軍事援助を大幅に増額した」(6)

デメトリア・マルティネスとルーテル派の牧師を告訴した法的手続きは、七カ月つづき、翌八八年の夏に結審した。その間、デメトリアは電話がＦＢＩによって盗聴されるかもしれないから、うっかりしたことを喋らないように、と弁護士に釘をさされた。法廷では、自作の詩が自分の意図からかけ離れて、勝手に解釈されるだけでなく、政府のプロパガンダのために悪用されるという悪夢を味わった。結局、被告の二人は、ニューメキシコ州の知事が〈サンクチュアリー運動〉を当時承認していたという理由で、かろうじて無罪放免となった。

レーガン元大統領は、かつて米国を共産主義勢力から救った「偉大なる指導者」かもしれないが、その英雄的行為のために、中南米では何万人もの人々が犠牲になり、悲惨な死を遂げたり、難民となったりして、いまなお苦しんでいる。そのことを元大統領が忘却したのは、かならずしもアルツハイマー病のせいばかりではない。にこにこ顔が売り物だったあの素朴な老カウボーイだけでなく、いつも不機嫌そうな顔をしているサムライの「ヤス」も、そうした

(6) 伊藤千尋『燃える中南米——特派員報告』(岩波新書、一九八八年、四〇頁)

「南」の人々のことなど、最初から念頭になかったに違いない。

あなた達よ　わたしは聖者じゃないの
たまたま報道レポーターをしているただの女
たまたま女をしている
ただの報道レポーター
森の中で腰をおろし松葉にむかって
オシッコをする
あなたがつわりで吐くのを目撃する
吐き気はエルサルバドルの内戦みたいに終りを知らない
吐き気はわたしのペンとノートでは治すことができない
教えてちょうだい　ポルケ・エスタン・アキ？(7)
どうやって国境を越えてきたの？
この国では飼い葉桶の中の赤ん坊《イエス》を称える歌を歌いながら
死の部隊に資金を調達している
こうした恥ずべきことについて
あなたが救うと決めた子供達について
どう書いたらいいの？
「あの国で子供を育てることなど
不可能なのよ」

(7) どうしてあなた達はここにいるの？（スペイン語）

わたしはただの北アメリカの報道レポーター
わたしは微笑む　あなたは十二月が
予定日だと語り　わたし達はうなずきあう
女達だけが知ることよ
わたしはノートを閉じて
あなたの車が
ヒーラ川[8]をがたごと通り抜けるのを見守る
カヌーがフロントガラスの上に
鷲[9]の嘴のように突き出ている
赤ん坊があなた達の子宮の中で動きまわり
生まれるためにベレン[10]に召される
（デメトリア・マルティネス「キリストの降誕――二人のエルサルバドル女性のために、一九六八年～八七年」の後半）

（8）ニューメキシコの水源からアリゾナを経て、コロラド川に通じる。全長約千キロ。

（9）鷲はＵＳＡの国家の象徴

（10）イエスの生誕の地、ベツレヘムに由来する。ニューメキシコのリオ・グランデ流域にも、同名の村がある。

# 4 なんでも市場

わたしはティファナの繁華街《エル・セントロ》で、どこかに肉体労働をしに行くに違いない二人の若者を捕まえる。

二人のファッションはヒップホップ系のストリートキッズ風だった。一人は背が高く、映画『アモーレス・ペロス』で主役をはったガエル・ガルシア・ベルナールに似ていて、もう一人はやや小柄で、いかにもメキシコのおぼっちゃんといった顔をしている。

「CDの海賊版、手にいれたいんだけど……。どこがいい？」と、わたしは訊く。

「〈なんでも市場〉かな」と、背の高いガエル君が素直に応じてくれる。

「メルカード・デ・トドスだね？」と、わたしは念を押す。この名前は今朝レストランのウェイターから聞いていた。

「そうだよ」と、今度は背の低いおぼっちゃんが応じる。

「ここから歩けるかな？」と、わたしはさらに質問する。できるなら、町を知るためにも歩いていきたかったから。

「むちゃくちゃ遠いよ」と、ガエル君がいう。

「何キロくらい？」

ガエル・ガルシア・ベルナール

る。

「ン……?」なんだこの日本人のオヤジは？　といわんばかりに、二人は不審げな顔つきをす

「十五キロぐらいはあるけど」と、ガエル君がいった。「タクシーで行きなよ。たったの七ペソだぜ」

「どこで乗るの？」

「四丁目とマデーロ通りの角。赤色のタクシーだよ」と、おぼっちゃん。

「わかった、そうするよ。グラシアス」

そこから数ブロック歩くと、すぐに四丁目に待機している赤色の乗合タクシーが見つかる。ちょうど客が乗り込んでいるところで、わたしは〈なんでも市場〉に行けるかどうか確認してから、最後部に後ろ向きにすわる。

横にやけに広いシボレーのステーション・ワゴンは、七〇年代後半に初めて米国を旅行したとき、中西部の田舎でよく見かけたものだった。自家用車と小型トラックの両方の機能を備えた利便性から、二台目の家族車として人気があったようだ。

だけど、いまこの国境の南のティファナでは、後部の荷台を改造して、運転手を含めて九人も乗れる乗合タクシーに変身している。走るルートごとにボディの色が違う同型の大型ステーション・ワゴンがあちこちを走っている。

それは、日本風にいえば、老朽自動車のハローワーク。まったく新しい環境で、かつて自分のウリでもあったハイブリッド性をあっさり捨てて、大勢の人を運ぶシンプルな容器として生まれかわったのだ。ドアはガタがきているし、側面の内装もはがれかかっているが、生まれ故郷の米国ではありえない発想によって、堂々と現役人生を送っているところがとても愉快だ。

乗合タクシーというのは、小回りのきくバスのようなもので、同じ方角へ行く客たちを拾っ

て、客が望むところで降ろす。だいたいバスと同じルートの幹線道路を走り、値段はほぼ均一の七ペソ。ロサリートのような別の町までだと、それより少し高いかもしれない。

大型のステーション・ワゴンは人を目いっぱい積みこんで、広々とした三車線のマデーロ通りをひた走る。後ろから追ってくる同じワゴン車を見ると、なんだか、アステカの神マクウィルショチトルみたいに思える。亀の甲の下からぬっと顔を出している、音楽や演劇や詩を司る平和の神様だ。

でも、実際のところ、タクシーは亀のようにのろくはない。むしろ、他の同業者に客を取られまいと、まるで亀にロケットエンジンをつけたみたいに、信じられないほどの猛スピードで飛ばす。交差点に立っている人がいると、警笛を鳴らしながら寄っていき、乗る気があるかどうか確かめる。ダッシュボードに木箱で作った小銭入れが置いてあり、運転手は片手で器用におつりを客に渡す。その仕草は象が鼻を使って餌を巧みに摑みとる動作を連想させる。

ガエル君がいっていたとおり、目的地にはなかなか着かない。マデーロ通りを南に走ってから、タクシーはいつの間にかアグア・カリエンテ通りに入り、東に向かって飛ばす。商店やショッピングモールやガソリンスタンドが切れ目なくつづく。町が郊外にどんどん広がり、スプロール現象を起こしているのがよくわかる。

十五分ほど走ったところで、運転手がここで降りるといい、と指示する。道路の反対側があなたの目指す〈メルカード・デ・トドス〉だ、と指さす。

屋根がおそろしく高い格納庫のような建物の中に入ると、まっすぐ広い通路があり、その向こうにグアダルーペの聖母が飾られているではないか。この市場の守護神として祀られているようだ。その前に車椅子に乗った人がお祈りしている。グアダルーペの写真を撮りたいが、勝手に写真を撮って警察に捕まるといけないので、入口に立っていた警備員のところへ戻って許

アステカの芸術神〈マクウィルショチトル〉

可を得ることにする。

「あそこのグアダルーペの聖母、写真に撮ってもいいですか?」と、わたしは訊く。

「どうして?」と、制服の警備員はわたしに向かって、当然といえば当然の物言いで答え、いかにも怪しい奴だ、という顔をする。

「これ見てください」といって、わたしは財布の中からグアダルーペの聖母のカードを二枚取り出す。このメキシコ版の〈水戸黄門の印籠〉が通用しなければ、諦めよう。

「メキシコシティのテペヤックで手にいれたんです。グアダルーペはわたしの守護神なんです。で、各地のグアダルーペの写真を撮ってるんですが……」

「いいよ」

拍子抜けするほど簡単だった。こういうことに滅法ズル賢いわたしは、次からもこの手でいこうと心の中に刻み込んだ。

ティファナ〈なんでも市場〉のグアダルーペの聖母

## ボーダーの歌姫――リラ・ダウンズ

チカーナ詩人の呼びかけ

皆が僕のことを〈黒人〉と呼ぶよ　ジョローナ(1)
黒いけどやさしいよ
僕はチーレ・ベルデ(2)みたい　ジョローナ
辛いけどおいしいよ

(1) 泣き女(米国南西部のチカーノの伝説に登場する「悪い母」)
(2) 緑色のトウガラシ(スペイン語)

ああ　ジョローナ　ジョローナ
ジョローナ　川へ連れて行って
あなたのショールで僕を包んで
寒くて死にそうだから

ある日　あなたが教会から出てきた　ジョローナ
あなたが通りすぎるのを見た
ステキなウイピルを着ていたね　ジョローナ
だから　あなたを〈聖母〉だと思った

ああ　ジョローナ
空色のジョローナ
あなたのことを好きにならずにはいられない
たとえ自分の命を失おうとも

（リラ・ダウンズ「ラ・ジョローナ[3]」）

リラ・ダウンズは、九〇年代の後半から頭角をあらわしてきた〈ボーダー・シンガー〉。グロリア・アンサルドゥアが『ボーダーランズ』で唱えた〈混血の思想《メスティサヘ》〉をポピュラー音楽の分野で実践している歌手といえる。リラは、スペイン語や英語といったヨーロッパ系の言語だけでなく、メキシコのオアハカ州でいまなお使われているミシュテカ族やサポテカ族の言語もアステカのナワトル語も使いこなす、いわばマルチリンガルのノマド歌手だ。

（3）Lila Downs, "La Llorona," *La Sandunga*, AME, 2001.

一九九九年、フォルクローレ色のつよい『ラ・サンドゥンガ』でメジャー・デビューを果たす。その後も立てつづけに『生命の樹』（二〇〇〇年）、『ボーダー』（二〇〇一年）といったCDアルバムを発表した。最近、『一つの血』という四枚目のCDアルバムを出している。

歌手リラ・ダウンズの特徴を一言でいえば、〈混血〉という出自に自覚的ということだろうか。父はスコットランド系米国人の映画カメラマンであり、母はオアハカ州のミシュテカ族の血をひき、メキシコシティで歌手をしていた。リラは少女時代に母の田舎オアハカのシエラ・マドレ山脈と、父の田舎のミネソタで育った。八歳の頃にマリアッチを歌い始め、十四歳のときロサンジェルスで声楽の勉強を始めた。その後、オアハカの芸術院でも声楽を勉強したが、ミネソタに戻り、ミネソタ大学で声楽と文化人類学を学んだ。オペラ歌手を目指していたが、性に合わずドロップアウト。ストリートで装飾品の販売をしたり、ロックグループのグレイトフル・デッドの追っかけをしたりした。母の故郷でインディオの織物を習ったのちに、大学に戻り、ツリクィ族の女性たちが織物という〈言語〉によって自分たちの歴史を語る、その独自の方法について論文を書いたという。

わたしがリラ・ダウンズを初めて知ったのは、二〇〇一年の師走にヒューストンからメキシコシティへ向かう飛行機の中だった。拾い読みしていたスペイン語版『ピープル』誌に、リラの新作CDが紹介されていた。『ボーダー』というそのCDを手に入れて聞いてみると、ウッディ・ガスリーの歌と自作の詩をミックスして、米国の農場で土にまみれて働くメキシコ人労働者の立場から〈自由〉とは何かを問うた「この土地はあなたのもの」をはじめとして、米国のチカーノ文化に自覚的なロック風の作品もあるが、それだけでなく、ジャズ風にアレンジされたり、フォルクローレ風に歌われたり、あるいはカリブのクンビア風やメキシコのボレロ風に演奏される曲もあり、実に多彩だった。

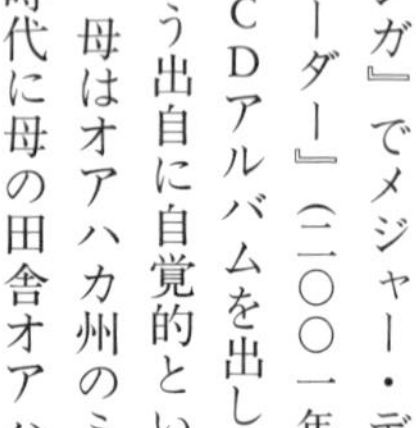

「ラ・サンドゥンガ」のジャケット

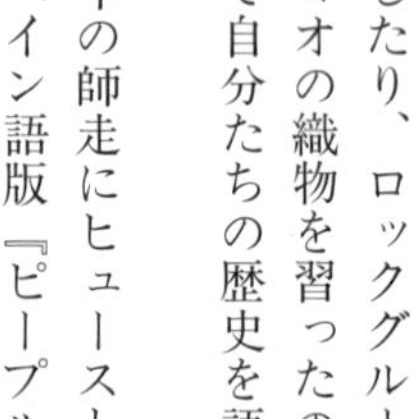

「ボーダー」のジャケット

歌のテーマとしても、単に自民族のプロパガンダとなるような曲だけを歌う歌手でないのは、米国南西部でよく知られたチカーノの伝説「ラ・ジョローナ」を斬新に解釈し直した曲を聞けばよくわかるだろう。

「ラ・ジョローナ」のお話はいろいろバリエーションあるが、共通する特徴は、次の二つだ。①ある女性が結婚後、子供を産むが、夫がどこかへ行ってしまい（たぶんよそに別の女をつくり）、そのため女は狂気に陥り、子供を川に投げ捨てて死なせる。②その後、女はみずからも川に身を投げて死ぬが、その魂は夕方になると子供を求めて泣き叫びながら、川べりをうろつく。(4)

ボーダー版〈屋根裏の狂女〉ともいうべきこの大衆伝説を、ジェンダー理論を応用して、チカーノ社会の家父長制の産物として読み直すチカーナ・フェミニスト[*1]がいるが、リラ・ダウンズも、通常チカーノ文化において〈悪女〉としてネガティヴに語り継がれている〈ラ・ジョローナ〉を、魅力的な、慈悲深い〈聖母〉に大胆に喩える。

いっぽう、「トランシト」という『ボーダー』の中に収録された曲は、生者は死者に囲まれて束の間の〈一瞬〉を生きているだけという、インディオの知恵に基づいた歌。歌の舞台はメキシコ・シティ。メキシコ人の農場労働者の移住先であるロサンジェルスや中央カリフォルニアから故郷を思っているのかもしれない。第二次大戦中に国内での男の働き手を必要とした米国は、ブラセーロ計画を発案し大量のメキシコ人労働者を受け入れたが、その後、戦争の終焉とともに政策を転換し、移民の制限へと走るのみならず、ブラセーロ計画で受け入れた移民者まで違法の〈濡れねずみ《ウェットバック》〉として軽蔑するようになる。(5)

大気汚染の黒いマントの下に

(4)「ラ・ジョローナ」は、通常おばあちゃんから孫へと口承で語りつがれる物語であるが、定評のある絵本として、次のものがカセットテープ付きで手にはいる。Joe Hayes, *La Llorona : The Weeping Woman* (El Paso : Cinco Puntos Press, 1987).

(5) ブラセーロ計画の廃止に伴う「南」への影響について、山本純一は次のように述べる。「64年、米国のメキシコ人季節農業労働者受入協定として知られるブラセーロ計画が廃止になったため、雇用創出の必要に迫られたメキシコ政府が、つくられた製品を国内市場で販売するのではなく輸出することを条件に、アメリカ・メキシコ国境地域における外資による工場建設を認めたのであ

広がる不安の盆地
コンクリートとブロック
聖なる薬草と　工場《ファブ》で作られた石鹸の違い
アスファルトと鉛のこの盆地では
唐辛子　トルティーヤ　塩が食される
ソチミルコ湖にイヌワシを思い浮かべる
サラゴサ通りのはずれの
灰色の壁の家々の
パティオの物干し場には
この国の新しい服の洗濯物が
手と汗によって
石と石を積みあげて　建物が作られる
わたしは夢を持ってきた
田舎からこの湖に　この太陽の都市に
歯には歯　血には血
鉛の盆地　間違った機械
アスファルトの狂人たち
埃の雨
一時解雇のコミッションの雨あられ
ちっとも　あなたは怖がらない
ちっとも　あなたは嬉しくない

る。……保税加工輸出産業、すなわちマキラドーラの始まりである」（『メキシコから世界が見える』五八‐五九頁）

ブラセーロ計画でやってきたメキシコ人の集会（ロサンジェルス、二〇〇二年）

全部を　あなたは飲み込む
全部を　あなたは非難する

歯には歯　血には血
この通りでは返事をする者はいない
遠くの　電線は
旅する影たちの巣
街角には　すべての死者たちが潜む
排水管があなたの夢を盗む
何百万もの人からこぼれる涙雨
かれらの歓喜から　そして不満から

死んだ湖の　石と石のあいだから
この都市の嘆きが聞こえてくる
また一つ　新しい街区が広がる
また一つ　給金も家もない家族が生まれる
だけど　植物は実を結びつづける
人間はその日の食い扶持のために
あくせく
皆が　しばしのあいだ人生を楽しむ
人生は一時の通過点　行ったり来たり

（リラ・ダウンズ「トランシト」[6]）

（6）Lila Downs, "Tránsito," *Border/La Línea*, Narada, 2001.

## 註

＊1　ラ・ジョローナの伝説をフェミニズムの観点から解釈し直したものとして、次の文献がある。

Cisneros, Sandra, *Woman Hollering Creek and Other Stories*. New York : Random House, 1991.

Saldívar-Hull, Sonia. *Feminism on the Border : Chicana Gender Politics and Literature*. Berkeley : U of California P, 2000.

また、日本では、次のような文献がある。

楠元実子「チカーノの伝説の狂女――ラ・ジョローナ／泣き女の語りなおし」早瀬博範編『アメリカ文学と狂気』英宝社、二〇〇〇年、三〇一‐三二六頁。

堀真理子「新しい神話をつむぐラティーナの作家たち――「ボーダーランド」に生きる人々」原恵理子編『ジェンダーとアメリカ文学――人種と歴史の表象』勁草書房、二〇〇二年、二一一‐二二六四頁。

# 5 〈エル・マリアッチ〉

午後一時ちょっと前。わたしはティファナの〈なんでも市場〉で手にいれた海賊版のCDやDVDを抱えて、マデーロ通りのホテルに戻ってくる。ペットボトルの水を飲みながら歩いていると、腹が空かないので、たいてい昼飯抜きになる。というか、午後遅くにのんびり昼食をとるメキシコの習慣に体が勝手に適応するのか、不思議と腹が空かなくなってしまう。ふと思いついて、部屋に戻る前にフロントに立ち寄ってみる。

フロントといっても、六畳ほどのロビーと、カウンターの向こうにさらに同規模のスペースがあり、そこにコンピュータやファックスや電話や監視テレビなどが配備されているだけだ。

いま、あの怪傑ゾロは「非番」らしく、見あたらない。その代わり、すらりと背の高い三十歳前後の男と、中肉中背の中年男がいる。背の高い若いほうの男は、広い額と柔らかそうな巻き毛のせいで、温和な顔つきだ。ロバート・ロドリゲス監督の『エル・マリアッチ』で、黒いギターケースを抱えて国境の町々を渡り歩く流しのマリアッチ歌手を演じたカルロス・ガジャルドに似ていなくもない。一方、中年オヤジのほうは、メキシコ系のビートたけしというべき名俳優であり名監督でもあるチーチ・マリーンみたいな顔つきだ。口ヒゲがやけに太く、目がぎょろりとしている。

映画『エル・マリアッチ』のジャケット

「ブエノス・タルデス。きょうも泊まるからね」と、わたしは念をおす。

「聞いてるよ」と、若い〈エル・マリアッチ〉がいう。部屋番号のついた棚から、きのうとは別の部屋の鍵とテレビのリモコンを差し出しながら。「下のほうの部屋が空いたから」

「ムーチャス・グラシアス」

「何かいいの、あったのかい?」と、〈エル・マリアッチ〉が顎をしゃくって見せる。

「ああ、これ?〈なんでも市場〉で手にいれたんだ」

ただの海賊版のCDやDVDなのに、わたしが大事そうに抱えていたので、〈エル・マリアッチ〉には、まるでマリアッチ少年が初めて親から自分専用のギターを買ってもらったかのように映ったのかもしれない。

「ハグアレス Jaguares って、グループ知ってる?」と、わたしは訊く。

「ああ。でも、オレ興味ないよ。それ、ロックだろ」

「でも、けっこうパンクで、メキシコの若者に人気があると聞いてるけどね」

「どうして、そんなものに興味があるんだ?」と、フロントにいたもう一人の中年オヤジのチーチ・マリーンが口をはさむ。

ほらっ来たぞ、とわたしは思う。

たんなる好奇心から出たにしろ、あるいは多少の意地悪な気持ちから出たにしろ、そうした素朴な質問は、いつも的を射ているから。

わたしなりにチーチ・マリーンの言葉をパラフレーズしてみると、次のようなメキシコ人の心理をあらわしているように思える。

ここ半世紀のあいだに東洋の〈米国〉に成り上がった日本、そんな豊かな日本から、わざわ

チーチ・マリーン(『ボーン・イン・イーストLA』より)

ハグアレス

ざ貧困と階級差別が剝きだしになったこんなゴモラ[1]みたいなところにやってきて、何が面白いのか？　米国人のお手軽な快楽処理場でしかない、こんな掃き溜めみたいなところにやってきて、何が面白いのか？　ここは〈ドル〉という王様が君臨する〈資本主義〉の植民地、グローバリズムの歪みを一手に引き受ける非メキシコ的な空間だというのに。

どうしてメキシコなの？　どうしてメキシコ人なの？

そうした疑問は、メキシコ人や米国在住のメキシコ系の人たちからも投げかけられてきた。もちろん、他人にいわれるまでもなく、わたしが自分自身に問うべき事がらである。

国境地帯の文化をフィールドワークするという口実で、米国の南西部やメキシコをあちこち歩きまわっているが、たんに風俗習慣の表層を引っ搔いているだけではないのか。金持ちのおぼっちゃんが勝手にスラム街の美少女に思い入れる甘っちょろいロマン主義とどこが違うのか。自分の文化の型（価値観）を他人の文化の中に投影しようとする身勝手な〈オリエンタリズム〉とどこが違うのか。

もともとわたしの専門分野は、現代アメリカ文学である。しかし、九〇年代の初めにポール・ボウルズに会うためにモロッコのタンジールに行き、ボウルズ自身はもちろんのこと、グァテマラの若い作家ロドリゴ・レイローサと話したり、リフ山脈のベルベル人の血をひくジャジューカ音楽のリーダー、バシールに会ったり、あるいは小学生ぐらいの自称ガイドに騙されてメディナの絨毯屋に拉致されたときに、自分の中の英語万能主義に鉄槌を下されたりしたことがきっかけで、それが自分の興味をひくとか、それが自分の職業であるといった理由とは別に、アメリカ文学が自分の存在の根底にどう結びついているんだろうか、という疑問が生まれた。生まれたというより、地下のマグマのようにふつふつと煮立っていたのに、それまで気づかなかったというべきか。

（1）ソドムと共に、住民の悪徳ゆえに神によって滅ぼされたとされる都市。（『創世記』より）

なぜ日本人のくせにアメリカ文学なんぞ、やるのか。米国はたんなる外国ではなく、いまや世界を自分流に均一化しようとしている国だ。すでに日本は文化的にも政治的にも米国に取り込まれてしまったともいえる。そんな中で、戦後に生まれ、米国文化の影響をいちばん受けた世代の一人であるわたしには、どうやったら自分の中の〈アメリカ〉を相対化できるのか。

思いついた方法のひとつが、米国の中心である東海岸から地理的にも精神的にも遠い周縁から、米国を見てみるということだった。ほとんど直感的にメキシコ国境を選んでいた。自分の中の〈アメリカ〉を相対化するということは、自分自身の価値観を問い直すということである。日本語、英語のほかにスペイン語を学ぶのは、わたしにとってはそのための手段だった。こうした文章を書いているのも、そのための手段にすぎない。

そうしているうちに、国別に文学を研究することに意味があるのか、といった疑問も湧いてきた。ポストコロニアルの作家たち、たとえば生まれた国はカリブ海の小国でも、国籍はイギリスで、現在住んでいるところはニューヨーク市といったキャリル・フィリップスや、イギリス人の母とパキスタン人の父を持ち、ロンドンで生まれた混血二世のハニフ・クレイシなどに会ったり、かれらの作品を読んでいると、国籍の点で〈中途半端〉という一種のボーダー・アイデンティティを積極的に自分の創作の根っこに据えるやり方と、米国とメキシコの国境地帯を創作の根っこに置いているチカーノ詩人たちと通じるところがあるのではないか、と思えてきた。

だが、自分の中の〈アメリカ〉を相対化することは、そう簡単ではない。なぜなら、悪魔の囁きのように、もっと大きな疑問がときおり頭をもたげてくるからだ。

そんなことをして、自己満足以上の意味があるのか。

日本にいる妻にいわれたことがある。たんなる現実逃避じゃないの。家を出ていくための、たんなる口実じゃないの。子供と家庭をほったらかしにして、やらなきゃいけないことなの。さすがに身近で見ている「他人」は鋭いことばを放つ。

どうして、メキシコのそんなものに興味を持つのだ？

「もちろん、メキシコの可愛い女の子をナンパするためさ《キエロ・コヘール・チーカス・メヒカナス》」と、わたしは咄嗟に思いついた言葉をもらす。「マリアッチじゃ、もてないからね《エル・マリアッチ・ノ・プエデ》」

それを聞いて、チーチ・マリーンは、まるで突然飼い主の姿を見つけた愛想のいいチワワ犬みたいに、けたけたと笑う。女をたらしこむっていっても、まあ、お前のスペイン語じゃ無理だな、という顔をしながら。「マリアッチだって、捨てたもんじゃないぜ」

「……」

「メキシコシティやロサンジェルスには、マリアッチ広場があるんだが」

わたしも見たことがある。メキシコシティのガリバルディ広場やロサンジェルスのボイル通りには、日が暮れる頃になると、まるでコウモリみたいに、上から下まで黒できめたマリアッチ歌手たちが、どこからともなく一人また一人と広場に集まってくる。そのうち何人かはなぜか、ヒッチハイクするみたいに歩道に一列に立っている。

「マリアッチ歌手を雇って、恋人の家まで連れていって、恋人の部屋の窓辺で愛の歌を唄ってもらうのさ」と、チーチ・マリーンはごつい顔に似合わぬことをいう。

「優雅だね」

「優雅だよ」

「でも、ロドリゲスの映画じゃ、マリアッチ歌手はシンセサイザーに負けていたみたいだけど」と、わたしはチーチ・マリーンに突っ込みをいれる。

「だから、歌手も昼間、別の仕事してるんだ」と、若い〈エル・マリアッチ〉が恨み節

女性のマリアッチ歌手（メキシコシティのガリバルディ広場）

をうなる。

「勤勉だね」

「ここじゃ、体張ってる奴は商売女だって、みな勤勉さ」と、チーチ・マリーンが両手で乳房を膨らます動作をする。

「北の国《エル・ノルテ》だったら、ずいぶん金《ディネロ》が儲かるだろうね」

「いや、金は〈家〉《ディネロ・エス・カーサ》だよ」

「ん？」

「ミ・カサ・エス・ス・カサ（わたしの家は、あなたの家です）っていうメキシコの言いまわしがある」

「客人への歓待の言葉じゃないの、それ？」

「いろいろに取れるさ。〈家〉を〈金〉に置き換えてみろよ。金も家も天下のまわりもの。〈一文なしは、安らかに眠れる〉っていう格言、知ってるか。強盗に襲われる心配がないからな」

「これ」といって、若い〈エル・マリアッチ〉がわたしに紙切れを手渡す。紙切れには、スペイン語で何やら走り書きがしてあった。「おたくの知り合いが何度か来たよ」

　イサベルの残した書き置きだった。

# 意地悪な女、率直な詩人——サンドラ・シスネロス



スーザン・レイナにいってやった
あなたのことは好きじゃないって
デブでブスなんだもの
おまけに　ブラジャーは大きいし
チョコ・キャンディーの匂いはさせるし
毎日　遅刻ばかりで
犬みたいに　ハアハアいいながらやってくる
しわくちゃなブラウスは
だらしなくはみ出ているし
きっと彼女だよ
ウォルター・ミルキーのお金を盗《と》ったのは
貸した鉛筆は返さないし
一日中居眠りばかりして
わたしたちが算数の計算しているっていうのに
誕生日にもらった赤ペンでずっと
スーザンスーザンスーザンって
飾り文字でノートに書いてる

テキサス州サンアントニオの文化芸術センター。シスネロスが一時働いていた。

サンアントニオのバリオの壁画。改造車というチカーノの「文化伝統」を踏まえている。

尼僧さんがよくいう
他人にはやさしくしなきゃいけない
スーザンに対してもよ
でないと　あなたたち火の中で朽ちるのよ
スーザンは病気のせいで
疲れるとすぐに発作を起こす
すると　男子が二人がかりで
足をおさえて
女子が服をつかむ
で　スーザンは一日中眠ることができる
起きると　髪の毛はぐじゃぐじゃ
それから　ぺっぺっと唾をはくの

（サンドラ・シスネロス「スーザン・レイナにいってやった[2]」）

サンドラ・シスネロスは、現存するチカーナ作家の中では、もっとも人気がある作家だろう。人気の秘密は、ラテン・テーストをまぶした平易な文体にあると思われる。平易な話しことばを使うが、月並みなことはいわない。女心を書くが、センチメンタルではない。泣きたくなるような悲惨な状況を、さらりとした笑いに転化する才能がある。

数年前にロサンジェルス郊外で開かれた学会で、「キューバン・ヒップホップ・フィクション」という刺激的な発表をした、エルサルバドル系の血をひくイーデス・バスケス女史と発表のあと立ち話をしたことがある。彼女によれば、南カリフォルニア大学で行なわれたサンドラ

サンドラ・シスネロス

（2）Sandra Cisneros, "I Told Susan Reyna," *My Wicked Wicked Ways* (New York : Alfred A. Knopf, 2003), pp. 12–13.

の朗読会は、立ち見が出るほどの大盛況だったという。

サンドラは、一九五四年に中西部シカゴで生まれ育った。労働者階級の家庭だった。父は、メキシコシティ生まれの生粋のメキシコ人で、英語が読めない。母は米国生まれのメキシコ系米国人だから、おそらくバイリンガルだろう。サンドラは、七人兄弟の中で唯一の女の子だった。聖母マリアを信仰する中南米のカトリック教徒の伝統的な家庭にありがちな母親中心の家族観のもとで、女の子の役割分担（洗濯や料理などの家事）が振りあてられていた。だから、「まるで、家の中に父親が七人いるみたいだった」と、サンドラはあとで述懐している。

しかしながら、そうした体験は、むしろ創作者のサンドラにとって強みとなる。デビュー小説『マンゴー通り、ときどきさよなら』（一九八四年、翻訳は晶文社刊）は、シカゴの貧民街を舞台に、少女エスペランサの屈折した青春を軽やかに語ったものである。第二作目の『サン・アントニオの青い月』（一九九一年、翻訳は晶文社刊）は、舞台をテキサス国境に移し、より成熟した大人の視点と複雑な語りで、さまざまな価値基準の中で揺れ動くボーダー・ピープルの生態を描いたもの。その二冊の小説で、サンドラは米国の大都市に暮らすラティーナ移民たちの抑圧された声、猥雑な息吹きを掬い取り、彼女らの代弁者となった。

サンドラは、詩人としても面白い存在だ。彼女の小説が、ラテン文化特有の比喩やスペイン語のリズムなどを多用して、よく〈詩的な散文〉と称せられるように、彼女の詩も、掌編小説のような趣きを持っている。先に訳出した「スーザン・レイナにいってやった」は、比較的若い頃の詩集『意地悪な、意地悪な女』（一九八七年）から採ったものだが、これを膨らませれば、小説『マンゴー通り、ときどきさよなら』の中の一部になりそうな気がする。

あるインタビューで、サンドラは詩が日記のようなものだと告白している。とりわ

詩集『意地悪な、意地悪な女』のジャケット

詩集『ルース・ウーマン』のジャケット

け、詩集『ルース・ウーマン』（一九九四年）は、公開するつもりがなかったらしい。「生存中に出版するにはあまりに危険すぎて、エミリー・ディキンスンみたいに、いわばベッドの下に隠しておいた詩だった」

家父長制社会は、道徳というかたちで、女性が自己のセクシュアリティに自覚的になることを禁じる。女性は、そうした性道徳を自己の中に内在化させる。つまり、女性の内部に羞恥心が「発明」され、セックスについてオープンに語ることはハシタないという罪意識が生まれる。

そこに、サンドラをはじめとする、チカーナ・フェミニストたちが越えなければならない壁が立ちはだかっていた。メキシコおよびチカーノ共同体に根強く残っている〈マリンチスモ〉を克服しなければならなかったのだ。[*1] マリンチェとは、アステカ帝国をほろぼす征服者コルテスの通訳を務めた先住民の女につけられた名前であり、彼女がコルテスの子を産んだこともあることから、現代メキシコでは〈犯された女《ラ・チンガダ》〉や〈裏切り者〉の代名詞ともなっている。

フェミニストとして、米国のチカーノ共同体に残る家父長的なタブーを告発しなければならないが、そんなことをすれば、共同体からは主流のアングロ白人文化に自分を身売りする現代のマリンチェと見なされてしまう。サンドラは、父と娘の葛藤、未婚でいること（母にならないこと）、生理のこと、女の性欲など、米国に生きるチカーナやヒスパニック系の女性の隠された赤裸々な題材を大胆に小説や詩に盛り込む。

サンドラはメキシコと合衆国の二つの文化を生きる精神的な〈混血《メスティーソ》〉作家として書きつづけることで、家父長制が作りだした旧来のマリンチェ像を克服しようとする。男と対等に生きるボーダー・ウーマンとしてのマリンチェになる覚悟を決めたようだ。

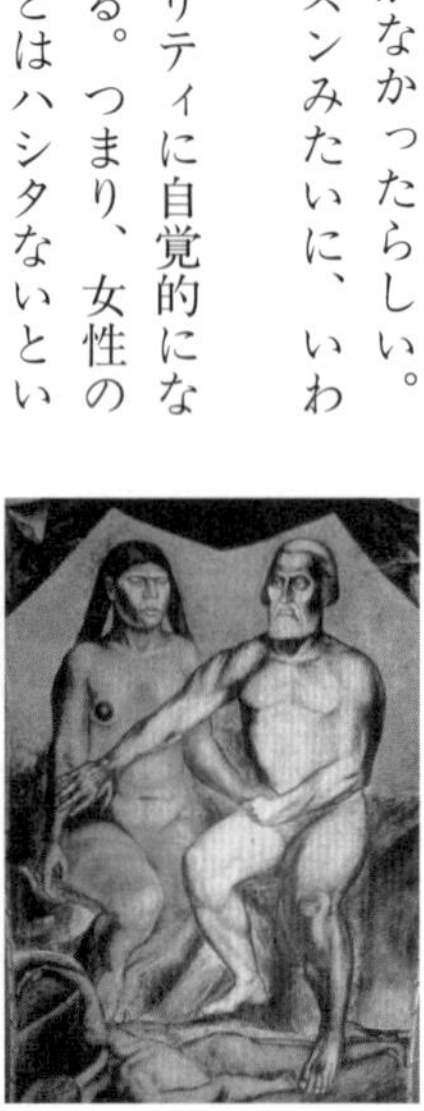

メキシコの画家オロスコによる「コルテスとラ・マリンチェ」（一九二九年）

つぎに紹介する詩は、米国に住むヤンキー・メキシカン娘が父の生まれ故郷メキシコへと旅したときの小さなエピソードを綴ったものだが、この詩には、米国社会で押しつけられる少数民族としての自覚が、スチュワーデスが間違って配る「申告カード」への皮肉としてさりげなく語られている一方、マッチョな父親の期待を過剰に意識するあまり、女性の「腋毛」に象徴される「内在化された性道徳」をくだらないと切り捨てることができないチカーナ・フェミニストの内面の葛藤を乾いたユーモアで突いているところが、とても面白い。

メヒカーナ航空七二九便
メキシコシティ行きが
サンアントニオ国際空港を飛び立つ前に
ギフトショップで買った
六十九セントの安全かみそり
メキシコじゃ　女のひとの腋毛は嫌われるということ
忘れてたから
足の毛だけは大丈夫みたいだけど
だから

飛行機が離陸しないうちに剃っておこう
と思ったけど
税関の申告カードを配るスチュワーデスが
わたしのことをメキシカンだと思って

わたしに間違った用紙をよこし
もっとも　確かにわたしはメキシカンだけど！
で　通路を走って
米国市民用の申請カードをもらいにいって
だってわたしは……どうやって説明したらいいのしら
ひとつだけはっきりしているのは
あっと間に飛行機がいくつもの火山の上を通り
メキシコシティの谷間へと下降していくこと
わたしは急いで機内の後部へと向かう
その間　機体は猛スピードで落ちてゆく
まるで機長が帰宅をあせっているかのように

大勢のカップルたちがセックスを夢みる
ちっぽけなトイレの中に入って
飛行機がロス・ノパレス(3)の土地に
着陸する前に
手遅れにならないうちに
さっさと腋の下の毛を処理する
座席にお戻りください　座席ベルトをお締めください
と　もちろん全部スペイン語で
親切に点滅するランプを無視しながら

(3)　サボテンの一種

ついに七二九便が出迎えにきた
父方の親戚の者たちの腕の中に
わたしを投げだす
わたしは手をあげて
生まれたての赤ん坊の魂のように
原罪に汚れていない　まっさらな腋の下を見せて
良家の子女みたいにかれらを抱きしめる
お父さんは親戚の人たちに　わたしのことをそう
思わせたかっただろうな　と思いながら

（サンドラ・シスネロス「原罪」[4]）

（4） Sandra Cisneros, “Original Sin,” *Loose Woman* (New York：Vintage Contemporaries, 1995), pp. 7-8.

## 註

＊1　従来のマリンチェ像をフェミニズムの観点から解釈し直したものとして、次のような論文がある。

Alarcón, Norma. “Chicana’s Feminist Literature：A Re-Vision Through Malintzin/or Malintzin：Putting Flesh Back on the Object.” *This Bridge Called My Back : Writing by Radical Women of Color*. Ed. Cherríe Morraga and Gloria Anzaldúa. New York：Kitchen Table, 1983. 182-190.

Del Castillo, Adelaida R. “Malintzin Tenépal：A Preliminary Look into a New Perspective.” *Essays on La Mujer*. Ed.Rosaura Sánchez and Rosa Martinez Cruz. Los Angeles：UCLA Chicano Studies Center, 1977. 124-149.

Pratt, Mary Louise “‘YO SOY LA MALINCHE’: Chicana Writers and the Poetics of Ethnonationalism.” *Callaloo* 16. 4(1993):859–973.
また日本語論文には、喜納育江「「ラ・マリンチェ」とチカーナ文学——「売女」についての一考察」『すばる』二〇〇六年十一月号、三二六－三三五頁がある。

6

# インターマリッジ



ホテルの薄暗い部屋のベッドの上に靴を履いたまま、芋虫みたいに寝転んでいると、誰かがドアをノックする音がする。きっとイサベルだ。

ドアを開けると、熱帯のまぶしすぎる陽射しの中に、胸のところがV字型のブルーのニットシャツと黒いジーンズ姿の痩身の若い女性が立っている。髪は黒色だが、肌の色は白い。一年前にメキシコシティで会って友達になったロヘリオが、ティファナに行くことがあったら彼女に会うといい、と電話番号をわたしのノートに書き込んでくれたのだった。その上で、かれは昔の恋人だからね、といってその数字のわきに可愛いハートのマークをつけた。メキシコシティの大新聞のひとつに定期的に文化記事を寄稿するかたわら、六〇年代からサブカルチャー誌をいくつも手がけてきた有能で、エネルギッシュな男からは想像のつかない可愛いハートのマークを。

そんなわけで、わたしは密かにどんな女性なのか、期待していた。あの男の年齢を考えても、もっと年上の女性じゃないかと勝手に想像していたが、こうして会ってみると、相当に若い。しかも、美人である。映画『すべての美しい馬』で大牧場の娘役を演じたペネロペ・クルスをずっと知的にしたような感じだ。あとで本人に年齢を訊くと、三十歳だという。

ペネロペ・クルス

「夫が待っているの」と、イサベルはなまりのない英語でいう。

わたしはスケベ心を見透かされたような気持ちになるが、なんとか英語で答える。

「こっちはオーケーだけど、でも、何度も来てもらって、すまなかった」

「いや、午前中にサンディエゴに買物に行く予定だったけど、税関のところの渋滞がすごくて諦めたの」

「それにしても、いままで時間を無駄にさせちゃったみたいだし」

「町なかの写真を撮ったりしてたから、大丈夫」

道路の向こう側にぽつんと、まるで群れから取り残された馬みたいに一台オンボロのムスタングが停まっていた。われわれは三車線の道路を急いで渡る。イサベルの夫、ロドリゴが運転席にすわっていた。

ロドリゴは顔が浅黒く、しかも頬から顎にかけて髭を剃ったあとが濃くて、メスティーソ特有の静かな黒い瞳をしている。それで、イサベルよりもずっとメキシコ人らしく見えるが、実はロサンジェルス生まれで、国籍は米国だという。いま、イサベルと一緒に彼女の生まれ故郷であるちっぽけなリゾート地ロサリートで、観光客（ほとんど中流階級以下のアメリカ人）相手のみやげ物屋をやっている。

イサベルはわたしを助手席にゆずり、自分は後ろの席にすわった。ロドリゴが手馴れた動作でイグニッションの鍵をまわすと、車はまるで十分に休養をとった老馬のように、力強くいななき、しぶしぶ走り出す。わたしは、国境の文化や社会問題に興味があり、ティファナに来ているといった、ありきたりな自己紹介をする。

「俺こそ、違法労働者さ」と、ロドリゴは笑う。アメリカ人がよくメキシコ系移民を非難するさいに口にする言葉を逆手にとったらしい。「メキシコで勝手に商売始めちゃっ

ロサリートのかれ自身のおみやげ屋の前に立つロドリゴ

てさ」

「税金、払ってるの？」と、わたしは訊く。

「もちろんさ」

「で、ここじゃ、つべこべいわれない？」

「エル・ノルテ（米国）みたいにはね」と、イサベルが口を挟む。

「いまは税関がうるさくて、昔みたいには簡単に北には渡りにくくなったって聞くけど。イサベルは大丈夫なの？」

「ああ、俺たち、ラスベガスで結婚したからな。知ってるよね、ドライブスルーでやるやつ」

「聞いたことはあるけど。エルビスとか有名人が」

「市役所へ行って、三十ドルで証明書を作ってもらって。それで、イサベルはアメリカ人さ」

「だから、問題はない？」

「ノー・プロブレム」

〈インターマリッジ Intermarriage〉という単語を辞書で引くと、①異国家、異民族、異階級、異宗教の間の結婚。②同じ血族の中でも遠い親戚との結びつき（要するに、血族結婚）。そのような定義があって、けっこう紛らわしい。紛らわしいが、必ずしも「国際結婚」だけを意味するのではないようだ。

イサベルとロドリゴは、それぞれ国籍が違っていたので、①の意味でも当てはまるが、もともとメキシコの混血（メスティーソ）でたまたま国境の北と南に分かれて住んでいるだけの同民族の人たちだから、②でも当てはまる。国籍は違うが、同一民族の夫婦という、日本人にはわかりづらいが、遊牧民族の世界にはけっこうよくあるパターンのカップルだ。

ロドリゴとわたしはそんな話をしながら、ティファナの歓楽街の中を行ったり来たりする。

ロドリゴはいくつかのバーの前で車を停め、運転席にすわったまま、何枚か写真を撮る。ロドリゴがカメラを構えているあいだ、後部席にすわっているイサベルがわたしに説明をする。メキシコシティの友人が新しく始める雑誌『レプリカンテ』に、彼女がティファナのバーについて文章を書き、ロドリゴが写真を撮るという依頼を受けているらしい。それにしても、昼間だから単に候補地を物色しているだけなのかもしれないが、プロの写真家なら、車から降りずに撮るなんて、そんな横着なことなどしないのではないか。そう思ったが、わたしはあえて黙っている。

ロドリゴは夜にわたしを送ってくるときに、ついでにバーの室内は撮ることにする、と打ち明ける。わたしたちは市街地の東にあるスラム街のそばを抜けて、メキシコ一号線を一路南に向かう。すぐに家の少ないのどかな田園風景が広がる。ティファナの喧騒がうそのようだ。

右手の下のほうに太平洋の青い波を見晴るかす絶景があらわれる。すると、まるでイタリアのフィレンツェみたいに、屋根の色がすべてオレンジ色に統一された家並みが見えてくる。ゲートのようなものがあり、住宅地全体はフェンスによってひとつに囲われている。

「アメリカ人のコンドミニアムさ。別荘として使っているんだ」と、ロドリゴが教えてくれる。

「新聞で読んだけど、アメリカ人が引退して、バハカリフォルニアで余生を送るって」と、わたしがいう。

「物価が安いから」と、ロドリゴ。

「ああいう風に、アメリカ人だけで村を作っちゃうのは」

「きっと、無意識の中でメキシコ人っていうか、メキシコ人によって象徴される〈他者〉の亡霊を怖がっているのね」と、イサベル。

国境の橋を渡ったところにある、メキシコ側ファレス市のゲート。

「自分で怖がるだけのことは、やってるってわけさ」

「マキーラ（保税加工工場群）で、安く人を使うとか？」

「もうすぐ見えてくるからな、ロベルト、あの映画『タイタニック』で巨船が沈む場面を撮ったユニバーサル・スタジオがさ。このクソ暑いところで、デカプリオが氷の海でおぼれるシーンを撮ったんだ」

「それは映画のトリックだから、許されるかもしれないけど、映画一本で何億と稼ぐスタジオのそばに小さな港村があって、そこの漁師の一日の稼ぎは数ドルっていう。そんな現実のトリックは見逃せないわ」

「あとで、漁師の写真を見せてやるよ」そういうと、ロドリゴは、まるで愛馬に鞭をくれるカウボーイのようにアクセルをはげしく踏んで、車を飛ばす。

チカーナ詩人の呼びかけ

# 英語集中プログラムへの疑念——アリシア・ガスパール・デ・アルバ

I

あなたの友達が怖いとあなたに告げる
彼女は自分の声をなくしたのだ

どこか
灼熱のテキサスの思い出が詰まった
畑の畝《うね》のあたりに

II

受付けで一人の女性が
あなたと握手をかわす
そしてあなたに告げる
あなたの物語はなんて魔術的なのでしょう
メキシカンの文学は
彼女が「プレーン・バニラ」(1)と呼ぶこの町で
とても愛されていますと。
あなたはいぶかしむ
彼女がチョコチップスやモカの渦巻きを
味わったことがないのじゃないかと。
それとサンアントニオのジャスミンの香りのする大地に
落ちた血のようなストロベリージュース・マーブルも

III

金髪の白人ジャーナリストが
あなたのテーブルみたいに分厚い子ヤギの肉と

(1) バニラ・アイス、転じて「白人だけの共同体」の比喩

ウィトラコチェ・クレープ[2]と土鍋のコーヒー
のそばに腰をおろす
そして会場に最初にやってきた
メキシカンたちに尋ねる
バイリンガル教育をどう思いますか
もしあなた方の目標がアメリカ市民になることならば
英語集中プログラムのほうがずっと有益ではないですか　と。

いつか　すべての移民の
新しい社会保険番号は
187–209–227
こう統一されることだろう
（アリシア・ガスパール・デ・アルバ「ウィトラコチェ・クレープ」[3]の前半）

アリシア・ガスパール・デ・アルバは、一九五八年にテキサス州南西部のはずれ、エルパソという町に生まれた。リオ・グランデ川を挟んで、反対側のメキシコの町は、ドラッグの密輸で悪名高いフアレス市である。

いまはアメリカス橋と呼ばれているが、当時はコルドバ橋と呼ばれていた国境の橋から数キロのところで育った。そこはメキシコ人のコミュニティで、住民の名前も「バルガスとかオリベラとかガルシアとかスニィガばかり」だったという。小学校と中学校は、カトリックの私立女子校に通う。「爪を噛んでいたり、股のあたりをいじっていると、定規で手を叩かれるよう

（2）ウィトラコチェ　黒穂病にかかったトウモロコシ（お化けトウモロコシ）。黒穂病菌にペニシリンに似た物質が含まれており、メキシコでは不老長寿の食べ物として人気。

（3）Alicia Gaspar de Alba, "Huitlacoche Crepes," *Entre Líneas III* (S. A. de C. V., 2000) pp. 94–97.

な[4]」そんな厳しい学校だった。

その後、白人ばかりの高校に行き、ウーマンリブの闘士として作家になる決意を抱く。十六歳のときに、白人の男の子と付き合い、三年後に結婚。しかし、長くはつづかなかったらしい。中西部のアイオワ大学に入って、小説創作のクラスをいくつか取ったが、あるコースでは短篇の名手レイモンド・カーヴァーに教わったこともあるという。カーヴァーには、「きみにはスタイルがない」といわれた。大学四年生のときに、詩の創作クラスに入り、そこでジェイムズ・レイガンという師にめぐり合い、自らの中のメキシコ系アメリカ人としての遺産を尊重することを教わる。その頃、別のチカーノ文学の教師からは、自分がラ・マリンチェの系譜に位置づけられることを教わり、〈チカーナ〉としてのアイデンティティを初めて意識するようになり、ボーダー・ウーマンとしての自覚を得るにいたる。

その後、アリシアは大学院に進み、詩作を学ぶ。そこでの恩師レスリー・ウルマンからは、「飾るな、削れ、前置詞は使うな」と、さんざん叩き込まれたという。

現在、アリシアは詩も小説もエッセイも書く。詩人としてのデビューは、二十五歳のときの作品『世界を返す』。他の二人の詩人を加えての合作本でもある『三倍の女』（一九八九年）もある。また、小説家としては、『生存者の謎、その他の短篇』（一九九三年）や長篇『ソル・フアナの二番目の夢』（一九九九年）や、フアレス市の謎の女性殺人事件を扱った『砂漠の血』（二〇〇五年）などの作品がある。また、エッセイ集として、『チカーノアート、主人の家の中と外で』（一九九八年）がある。

ここに訳出した詩は、エルパソとフアレス両都市の文化センターが共同主催した〈第三回英語とスペイン語による詩のコンテスト〉の入賞作を集めた『国境の両側から』から採った。ちなみに、第三回の審査委員は、スペイン語のほうがメキシコの批評家カル

詩集『三倍の女』のジャケット

（4）Alicia Gaspar de Alba, et al. *Three Times A Woman : Chicana Poetry* (Tempe : Bilingual Press, 1989), p. 3.

ロス・モンシバイス、英語のほうはチカーノ詩人のジミー・サンティアゴ・バカだった。

IV

メキシコはいつも私たちに思い出させる
彼女（メキシコ）がそこにいることを——
ボーダーの向こう側を覆う煙の中にも
ビーツやストロベリーの畑で身をかがめる
旅人たちの茶色い背中にも
〈グアダルーペの聖母〉がかれら旅人たちの
肩口の刺青となり　かれらのアメリカン・ドリーム
のバックミラーにお守りとして吊り下げられる

V

「バイリンガル教育をどう思いますか？」
その質問はまるで露出された性器みたいに
その部屋の中で宙吊りになる
沈黙のセラペ(5)が
あなたのチョコディップのストロベリーアイス
の上を覆う

(5) 色鮮やかな毛織りの肩掛け、ひざ掛け。

VI

メキシカンたちは立ち上がりその場から立ち去るだろうか
われわれを救出してくれ　スコッティ！(6)
さもなければ　彼女の真っ白な聖ベネディクトス(7)の顔めがけて
ウィトラコチェ・クレープを投げつけろ
彼女に思いしらせてやれ　彼女が食卓で楽しむ
豆やトウモロコシこそ　〈英語オンリー〉プログラムが役に立たない
旅人たちの手によって摘み取られたのだということを
「英語集中プログラム」は
かれらの舌に対して
鋭い刃を振り下ろすことにしかならない
その刃は無言の竜舌蘭《アガベ》(8)の心にまで
突き刺さる
そこからできるのは　何あろうメスカル酒で
ボトルの底のラベルにあるのは
〈言論の自由〉なのに

VII

あなたの足のことを書いてみて　あなたは友達にそう告げる
あなたの足が旅した大地のことも

(6) 映画『スタートレック』からの引用。もともとは「ここから転送してくれ」の意。

(7) 五世紀のイタリアの修道士。

(8) サボテンの一種。マッゲイ Maguay とも呼ばれ、メスカル酒（テキーラの一種）の原料となる。

あなたが働く心の
タネを植えた畝《うね》のことも
かつてあなたの母や父は主人の舌を
根っこから引っこ抜き
南テキサスの摂氏四十五度の
ぎらつく光の中に
晒してやったものだ
母や父のメキシカンの声は歌となって
野原をみたしたものだった
（アリシア・ガスパール・デ・アルバ「ウィトラコチェ・クレープ」の後半）

メスカル酒の製造工場（オアハカ州ミトラ）

# 7 ロサリートのおみやげ屋さん

ティファナの町から海岸沿いの高速道路《アウトピスタ》一号線を南に向かうが、約二十分でロサリートに着いてしまう。

ロサリートは、だだっ広いメインストリートの両側にホテルやレストランや小さなおみやげ屋がたち並ぶ、アメリカ人のためのお手軽な観光リゾート地の様相を呈している。ビーチに抜けられるプール付きのホテルとか、敷地じゅうを熱帯の棕櫚の木で囲った巨大な野外ディスコとか、ビーチに面したハングライダーの飛び込み台とか、まるで、成人のための小型遊園地を南国に持ち込んだかのようだ。国境の税関から一時間以内というのも、金のないアメリカ人には便利に違いない。

ロドリゴとイサベルの経営するシガーショップ兼おみやげ屋は、海に近い側ではなく、メインストリートを挟んだ向かい側にある。

「ホテルの客が道路をわざわざ渡らなきゃならないのは不利だし」と、ロドリゴがふともらす。現在、道の向こうの、ホテル側にプチ・ショッピングモールが建築中で、そちらにも店を出すらしい。

二人がメキシコシティの問屋から送られてきた葉巻の荷物をほどいているあいだ、わたしは客用の小テーブルで雑誌をめくって暇をつぶす。ロドリゴが荷をてきぱき仕分けするので、見ていて気持ちがいい。次から次へと奥のシガー置き場へ配置していく。

子ども連れの中年のアメリカ人夫婦が店に入ってくる。ローティーンの女の子が額入りのアメリカ人女優の写真をほしがる。一家の長である父親は、ショートパンツとスニーカーをはいて、腹がぽっこり出ている。それなりに老けた顔がなければ、まるで太った小学生がそのまま大きくなってしまったみたいだ。男は妻に小物のアクセサリーをいくつか選ばせると、娘がほしがる額入りの女優の写真と一緒に、レジに持っていく。

「まけてくれよな」と、太ったショートパンツが横柄に英語でいう。自分たちの喋る言語が通じないかもしれない、などといった不安とは、一切無関係な態度だ。

イサベルは無言で一つひとつの品物を見ながら、値段をレジに打ち込む。男とその家族がそれを見守る。

「ちょっとはディスカウントしてよ」と、ショートパンツがふたたび英語でせがむ。

「はい」と、イサベルが従順に応じる。

「いくらだ、まけろよ」と、機関銃みたいに、せわしない。

「全部で三十四ドル九十九セント。三十ドルにします」と、イサベルは流暢な英語で答える。

「よし」と、ショートパンツはイサベルの値引きに納得する。

きっと店の外に出たら、ショートパンツがどうだ、値引き交渉うまいだろう、といい、パパやったね！とばかりに、家族同士でハイタッチなんかしているのではないだろうか。

一方で、あまりにソツのないイサベルの応対を見ると、強欲な客のために、あらかじめ一割くらい値段を高く設定しているのはないか、と思われるほどだ。が、わたしは黙っている。

「高いシガーはめったに売れないから、高価なものは置いてない」。家族連れの客が帰ったあとで、ロドリゴがこっちの内心を見透かしたかのようにいう。「ただし、ハバナシガーとうたっていながら、ニセものを売っているよその店と違って、ここのは全部本物なんだけど」

「だから、あまり儲けはないの」と、イサベル。「でも、できるだけ欲張らないほうが幸せになれるのよ」

「そう、「いい死に方をするほうが幸福の名に値する」っていうしさ」と、ロドリゴが相槌を打つ。


日が落ちると、わたしたちは三歳になる二人の娘アナイスを連れて、近くの小さな町まで食事に行くことにする。ロサリートから南に車で十分ほど走ったところに、プエルト・ヌエボ（新港）という名の小さな漁村がある。採れたてのロブスターを出すレストランがいくつも軒を連ねている。村にはアクセサリーや瀬戸物などを売るみやげ物屋と魚介類のレストラン以外に何もないかのような、そんな人工的な感じのする町だ。


あらかじめ、二人が決めていたレストランに入ると、わたしたちはメニューを見て、ロブスターを各自一匹ずつ注文する。料理が出てくる前に、ビールで乾杯する。

「さっきのアメリカ人の客だけど、横柄だったね」と、わたしは先ほどのやり取りを話題にする。

「あんなの、まだいいほうだよ」と、ロドリゴが打ち明ける。

「商売だから、仕方がない」と、イサベル。

「僕には耐えられないね。もともと商才などないけど」と、わたしは正直にいう。

「初めから何かがほしくて店に入ってくるわけじゃないんだ」と、ロドリゴが商売の素人に説き聞かせるかのようにいう。

「そうよ、とくに目的があって店にくるわけじゃない。ぶらりと寄って、物があそこにあるか

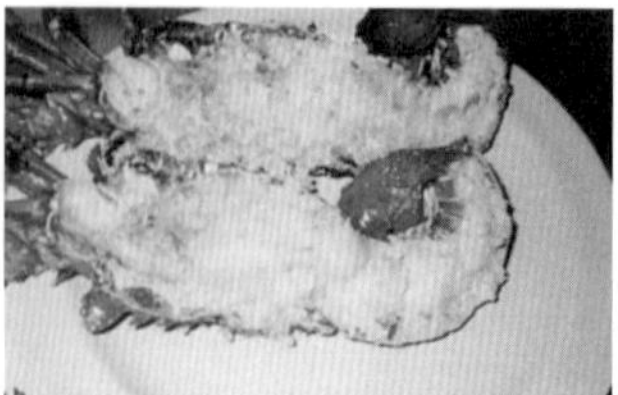
プエルト・ヌエボのレストランのロブスター

ら、買いたくなる。一種の衝動買いね。だから、ああいう値引きも一種のゲームなのよ。かれらの旅の一部、メキシコ的体験ってわけ」

「みやげ物屋っていうのは、お客の精神的な欲求を満たすサーヴィス業さ」と、ロドリゴ。

茹でたロブスターが大皿にどさっと盛られて出てくる。とりやすいように、包丁で縦にまっぷたつに割いてある。

大きめのソフト・トルティーヤの中にロブスターの身とライスと豆とを包みこみ、お好みで辛いサルサソースをかけたり、ライムを絞ったりして食べる。こんなに大きなロブスターをそういう風にして食べると、ブリトゥ四個ぶんくらいになりそうだ。朝は六時ぐらいに、〈ウエボス・ランチェラス〉という卵料理をホテルの近くのレストランで食べたきり、昼は食べていない。それでも、ブリトゥ四個はきつい。

「ところで、ティファナのマキラドーラ（保税加工工場群）だけど、最近、景気はどうなのかな?」と、わたしは話題を変える。

「数年前まで、ティファナは〈世界のテレビシティ〉って自負していたけど」と、ロドリゴが答える。「新しい世紀になってから、工場はだいぶ中国に移転したっていう話だ」

「いまティファナの人口はどのくらい?」

「百十万ちょっと。一九九〇年は七十五万人だったから、十年で三十万以上増えている勘定だよ」

「でも、じっさいはそれ以上でしょうね。統計調査に引っかからない人もいるから」

「南の地方から仕事を求めてやってくる。それで、町がスプロール現象を起こして、どんどん郊外に住宅地が広がっているんだ」

「マキーラでの平均的な賃金は?」と、わたしは訊く。

「時給十ペソだよ、ロベルト」と、ロドリゴがいう。「一シフト八時間で、一日三シフト制。一日八時間労働を週四日こなすんだ。それが基本だけど、ときには一日十時間から十二時間も働いたり、二シフト連続でこなす場合もある」

「一日八十ペソ」と、イサベルがいう。

テーブルを見て、わたしは愕然とした。安いと聞いていたけど、まさか日本の十分の一だとは。いまわたしが食べている新鮮なロブスターは、一匹百五十ペソ（約十五ドル）。工場で働く人が、二日間働いて稼いだ額にだいたい等しい。

それを日本と同じ感覚で、超安い、得した！　と思っている自分は何様のつもりだろうか。さっきロドリゴの店にやってきて、せこく値切っていたショートパンツのアメリカ人とどれほどの違いがあるだろうか。わたしは、そのロブスターを美味いと思えなくなってしまった。

こういう非人間的な激安の労働力があってこそ、北米のウォルマートをはじめとした大型店の激安製品が可能になる。それをいうなら、日本の商社によって買い占められ、大手スーパーで格安で売られている大量の冷凍エビも。

「マキラドーラって、資本家がご主人様の現代版〈奴隷制〉よね」と、イサベルがいう。

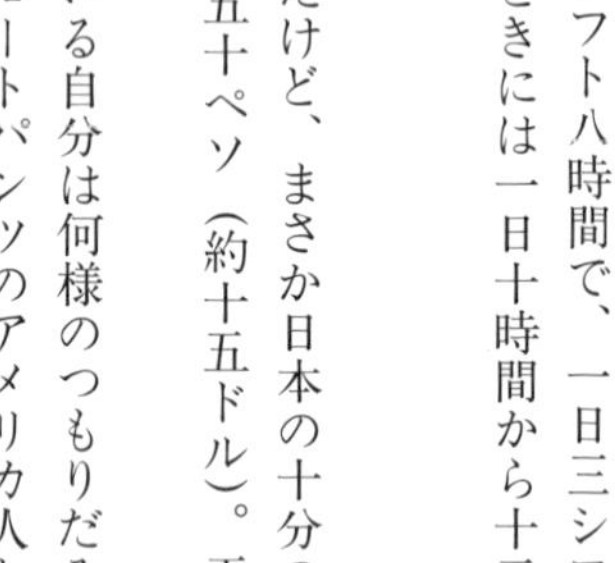

ティファナの〈マキラドーラ〉の看板

## 〈マリンチスモ〉の克服――シェリー・モラガ

チカーナ詩人の呼びかけ

わたしをどんな種類の愛人にしてくれたの　お母さん

六歳のときも十六歳のときも　わたしを一緒にベッドに押し込み
ああ六十六歳になっても　あなたはまだ
片手でブランケットをもちあげ
もう片方の手で　わたしの入るスペースをつくる

　まるでわたしたち二人がひとつの体内で
　同じ脈を搏っているかのように
　まるでわたしの臍の緒があなたから
　切り離されたときに
　あなたが気づかなかったかのように

わたしをどんな種類の愛人にしてくれたの　お母さん
わたしから記憶をうばい去ろうとして　ベルトでわたしを打ったのよ

　暗く飢えた
　あなたの情熱の記憶が
　部屋という部屋からあふれ出て
　わたしの肌の中に入り込む
　スペイン語の
　そうぞうしい音

重たく暗いｆの音
硬質なｃがキョウレツなパンチを打つみたいに
空気をへこませる

あなたは　わたしを怒らせる
あなたは　わたしたちの血を知っている
わたしの反抗の予感を

（シェリー・モラガ「甘美な運命」(1)の前半）

シェリー・モラガは、一九五二年にカリフォルニア州ロサンジェルスの郊外に生まれた。父はアングロ系白人、母はチカーナだった。モラガというのは、母の姓である。

彼女は詩人、劇作家、小説家、エッセイスト、活動家と多彩な顔を持っているが、彼女を一躍有名にしたのは、アンサルドゥアとの共編による『わたしの背中と名づけられたこの橋——ラディカルな有色女性作家作品集』（一九八一年）だ。この中で、シェリーは有色レズビアン・フェミニストの視点から二編の詩と一編のエッセイを書いている。他のラティーノ系、アジア系など、有色女性作家たちとともに、米国社会における階級や民族による抑圧だけでなく、性の抑圧にも目を向け、白人フェミニズム運動の中の盲点を突いた。

彼女の創作に目を向ければ、自分の中に内面化されたチカーノ社会の〈マリンチスモ〉を抉り出すという、痛みを伴う作業がシェリーの創作の原点になっているようだ。征服者スペイン人に国を売った裏切り者であり、混血児の産みの母でもある〈マリンチェ〉の伝説を根拠に、女性を劣等とみなすチカーノ共同体。そんな〈マリンチスモ〉の犠牲者であり、かつ娘にとっては抑圧者でもある〈母〉を相対化しようとするシェリーの作業が痛みを伴うものであるの

（1）Cherríe Moraga, "La Dulce Culpa," *Making Face, Making Soul/Haciendo Caras : Creative and Critical Perspectives by Feminists of Color* (San Francisco : aunt lute books, 1990), pp. 118–119.

シェリー・モラガ

は、それによって彼女自身の恥部が外に晒されることになるからだ。ここに訳出した詩のように、カトリック社会の母と娘の厚い絆は、諸刃の剣といえるかもしれない。
　彼女の詩は、話し言葉からなるオーラル・ポエトリーが基本で、少女時代を母方の大家族とともに過ごし、叔母さんたちのお喋りの中に自己のルーツを求めているようだ。

わたしをどんな種類の愛人にしてくれたの　お母さん
わたしのために　お皿にあなたの情熱をのせて
消化できそうでできないある事実を
まだ飲み込もうとしている
わたしたち　一人の男の死を背負って
ほとんど一生涯を過ごしてきた
男の手が　あなたの体の表面をなでた
あなたが望んだときには　けっして
夜な夜な　そこにとどまることがなかったのに

　　男の手のひらに
　　あなたの欲望を残しておこうと
　　そこで安らぐために
　　あなたは　けっして諦めない

モラガの『最後の世代——散文と詩』（一九九三年）のジャケット

わたしをどんな種類の愛人にしてくれたの　お母さん
そんな風にいつまでも恋をしている

報われることのない恋を

あとに残されたものとの恋を

（シェリー・モラガ「甘美な運命」の後半）

# 8 ティファナの中国人



メキシコ人の人妻イサベルとわたしは、三歳になるアナイスを連れて、外に散歩に出ることにする。すでに三時をまわっている。軽くタコスでも食べようか、とイサベルが誘ったのだった。

棚卸に忙しいイサベルの夫ロドリゴは、店に残るという。ふたりには、旅行者のわたしにダウンタウン全体がアメリカ人のための〝遊園地〟となっているロサリートを見物させてあげようという配慮があったのかもしれない。

店の前を走るメインストリートは、やけに幅ひろく、まるで八コースで百メートル競争ができる陸上トラックみたいだ。陸上の選手が走るなら、ちっとも怖くない。だが、たまにターボエンジンを積んだピックアップ・トラックが装甲車みたいに飛ばしてくるから、渡るのは命がけだ。

タッケリーア（簡易食堂）は、商店街をそのまま南に三十メートル行ったところにある。プラスティックのテーブルと椅子を並べただけで、まるできのうまで駐車場だったところを改造しましたといわんばかりに、日本風にいえば、屋根のない「海の家」のような感じで、まったく飾りけがない。「腹をすかせば、ジャンクフードもグルメ料理」というキャッチコピーが似合いそうでもある。

「ここのタコス、意外とおいしいよ」と、イサベルが英語でいう。わたしの心の中の疑心暗鬼に気づいたのかもしれない。

「なにがオススメ？」と、わたしは英語で訊く。

「パストゥールかな」

「何それ？　焼き肉《カルネ》？　それとも、鶏肉《ポヨ》？」

「そうじゃない。火であぶった肉。スライスした肉を幾つも重ねて大きな塊にして、それをぐるぐる回しながらバーナーであぶるの」

「中東のカバブみたいだ」

「そうそう」

ビールを飲みながら、そのオリエンタル・タコスを待っているあいだに、日本にも面白いブリトゥがコンビニで売っていることを思い出す。カレー味のインド風ブリトゥとか、辛いソーセージにチーズをつけたチョリーソ・ブリトゥとか。

間もなく、アレックス・コックス監督の『エル・パトレイロ』の下級警察官ペドロ・ロハスみたいに、痩せて頼りなさそうな若い主人が、パストゥールのタコスを三個ずつ盛ったプラスティックの皿を運んでくる。テーブルの上にあった赤いサルサソースをかけようとしてタコスの中身の具を見ると、照り焼きのようにこんがり黄金色に焼けた肉が細かく刻まれて、玉葱や香菜と一緒にトルティーヤの中に詰まっている。

「僕が日本のコンビニで好きなのは、トマト味のピザ風イタリアン・ブリトゥだけど、このアラビアン・タコスもいける」

「ここだけの特産じゃない。メキシコシティでも、どこにでもある」

うだつのあがらない警察官ペドロ・ロハス（『エル・パトレイロ』より）

「そういえば、ティファナのタッケリーアの店先でも、あぶっていたっけ」

「いい匂いをさせて、店の前を通る人たちが涎を垂らすようにね。それがパストゥール。別にオリエンタルってわけじゃない」

「すでに立派に〈市民権〉をとったメキシカンなんだ」

「移民の〈市民権〉を審査する役人たちと違って、人々の舌はずっと正直よ」

イサベルはスペイン人女優のペネロペ・クルスに似ているが、ときどきペネロペにはない知的な煌《きらめ》きを発することがある。ロドリゴがいなければ、愛の告白をしたくなるような女性だ。

イサベルとわたしは、パストゥールをまたたく間に平らげてしまい、もう一皿ずつ注文する。わたしは外見にとらわれる日本人にありがちの、さきほどの早合点を修正していた。

この安普請の「海の家」は、いつ辞めても損はしないという、そんな後ろ向きの経営姿勢のあらわれではない。むしろ、資本は少額でも何かを始めてやろうという若いベンチャー企業家の心意気なのかもしれない。そう思うと、一見頼りなさそうなここの若者にも、娼婦の愛人と殺害された同僚のためにたった一人で米国の麻薬密輸団と戦うロハス警官のような逞しさがあるようにも感じられる。

「食べ物は、国籍で分類《カテゴライズ》しても意味ないのよ。勝手に国境を越えちゃうから」と、イサベルが英語で話をつづける。

「人間のほうが不自由だね」と、わたしがいう。

「それと、もうひとつ。メキシコのタコスが〈メキシカン〉とは限らない」

「ええっ?」

「九四年に発効したNAFTA(北米自由貿易協定)で、アメリカの大農場でつくられた値段の安いトウモロコシや小麦粉がメキシコに大量に入り込んでいるの。だから、ここのトルティーヤだって、実のところはアメリカ産かも」

イサベルの話を聞いて、エビやマグロなどの高級な魚介類だけでなく、ほかの多くの寿司ネタを安い外国産でやりくりする、日本の格安の〈回転寿司〉を思い出す。

アナイスが退屈そうにしている。わたしたちは食事を切りあげ、海辺のほうを散策することにする。車が行き交う〝陸上競技のトラック〟を命がけで横断し、ロサリート一豪華なホテルのロビーの中に入っていく。

肌の色は白いが髪の毛は黒い母と、黒髪で褐色の肌をした女の子と、髭をはやした東洋人風の怪しい中年男。年齢構成的には、ひとつの家族と見られても不思議はない。案の定、制服姿のベルボーイが寄ってくる。イサベルが一歩前にすすみ出て、わたしたちの楯となってくれる。彼女が泊り客でないことを要領よくスペイン語で説明するのを、わたしは親に護られた子供のように、幼いアナイスと一緒に聞いていた。

黒髪のアナイスは、やや細めの顔つきをしているが、そのわりに眉が太く睫毛が長い。顔全体がインド人のように彫りが深い。と同時に、大きく茶色な目は垂れ目で、日本人みたいでもある。

ロビーを通り抜けて、浜辺の側にあるプールやピアに向かって歩きながら、わたしは訊く。

「アナイスって、日本人みたいに見えるんだけど」

「よくいわれるわ。日本人みたいだって」と、イサベル。

「やっぱり」

「実は、わたしの母親に中国人の血が混じっていて。だから、この子に隔世遺伝でつよく出てきたのかも」

「アナイスのおばあちゃん、中国系なんだ？」

「中国人以外にも、いろいろとね」
「混血といっても、二種類のハイブリッドってわけじゃないってこと？」
「そうね」

ホテルのプールでは、泊り客らしいアメリカ人夫婦とその子どもたちが遊んでいる。白いプラスティック・フェンスでホテルの敷地から切り離された小さな市民公園の芝生は、ひと気がない。耳にピアスを輝かせたアナイスが公園の中にいくつかの乗り物を見つけ、螺旋状のバネでコンクリートの床面に取り付けられた象にまたがる。これまで大人たちに遠慮していたアナイスは、ここぞとばかりに内なるパワーを爆発させて、ダンボみたいな大きな耳をもった小さな象の図体をゆらす。

アナイスのおばあちゃんの祖先は、百年近くまえに東洋の港から大きな船に揺られてやってきた。その祖先の血はどういうルートを辿ってアナイスにまでたどり着いたのだろうか。アナイスが激しく揺らしても、このダンボは一歩も動かない。でも、動かない象にまたがるアナイスには、すでに数千キロ、いや数万キロの旅をしたノマド（遊牧民）のＤＮＡが宿っている。

アナイスの無邪気な動作を見守りながら、わたしはティファナの共同墓地で、多くのキリスト教徒たちの十字架の中にぽつんと紛れていた中国人の墓石のことを、ふと思い出す。

ティファナ共同墓地の中国人墓（広東州台山西湖出身）

# 森の女ゲリラ——アナ・カスティーヨ

メキシコシティ　一九九六年のラ・ラサの日に

われわれ抜きのメキシコは、もうごめん

貧者の中の貧者
朽ちた彼女の腎臓
綿糸で結んだ心臓
ツォツィル族の舌
ラモーナ司令官　登場します！

彼女の演説を聞くために十万人が待っていた
大人や子ども向けの
医療サーヴィスを
受ける者も受けない者も
十万人が
ラモーナとちがい読み書きができて
ラモーナとちがい自由にバスに乗れて
学校に行けて　組合に入れて
ラモーナ司令官とちがい
機械もコンピュータも自動車も電話も

ラモーナ司令官（前列左から二番目）。一九九四年チアパスの集会にて。

あつかえる人々が――
彼女がここへやって来たのは
ただ次のことを言うため
「わたしではなく　わたしの仲間に与えてください
わたしの仲間ができるのは　たったひとつのことだけです
だれにも反対されずに
だれにも妨げられずに
できることです
死ぬこと
です
わたしは　このように話しながら
いまにも死にそうです」

「ほかの人もよろしくお願いします
市場《いちば》に品物を運ぶ人たちです
太古の代からやっていたことです
でも　十字路で
軍隊に足止めされるのです
チャヨーテ　チーレ　布切れの束の入ったバスケットを
持っているだけで
通らせてもらえない

わたしたちはレイプされ
道路に置き去りにされ
もどって来るな　と脅される
物々交換をするな
食べるな
生きるな　と
昔からの舗装された道も
破壊されました」

（原注）一九九六年十月十二日、二年前にチアパス州で武装蜂起したサパティスタ国民解放軍のリーダーのひとり、ラモーナ司令官がメキシコシティのソカロで開催された第二回全国先住民大会で演説をした。少なくとも十万人が彼女の演説を聴いた。

（アナ・カスティーヨ「われわれなしのメキシコは、もうごめん――ラモーナ司令官のメッセージ」[1]の前半）

アナ・カスティーヨは、すでに小説やエッセイ集や詩集など、著作が十冊以上もある多才かつ多作な詩人だ。一九五三年にシカゴのバリオで労働者階級の家に生まれた彼女は、十代の後半に「政治の季節」を経験する。二十代の初めの習作時代にメキシコ系の農民指導者セサール・チャベスに捧げる詩「カリフォルニア州ナッパ」をはじめ、政治意識の高い詩を発表している。『わたしの愛を玉葱みたいに剝け』（一九九九年）をはじめ、小説や短篇集も五作ある。

わたしが最初にアナ・カスティーヨの名前を知ったのは、ボーダー文化におけるグアダルーペ

（1） Ana Castillo, "Never Again a Mexico Without Us'—Comandante Ramona," *I Ask the Impossible : Poems* (New York : Anchor Books, 2001), pp. 22–25.

の聖母の意味を論じた卓抜なエッセイ集『アメリカスの女神[2]』（一九九六年）の編者としてだった。

詩人としてのカスティーヨは、『わたしの父はトルテカ族[3]』（一九八八年）ほか、詩集が五冊あり、ここに訳出したのは、最新詩集『不可能なことをもとめる』（二〇〇一年）からの一編。詩のテーマは、シャーマニズム（先住民の宗教と文化）、カトリシズム（ヨーロッパの宗教）、レイシズム（民族主義とエスニシティの問題）、ジェンダーとセクシュアリティ（性の問題）、植物と動物（大自然）と多岐にわたり、詩の中でそれらがたがいに絡み合う。寝ているブランケットの中にサソリが侵入してきて刺された出来事をサソリとのセックスに見立てるなど、大胆なユーモアも見られる。

彼女は英語とスペイン語の二言語・二文化を自在に横断しながら、メキシコ先住民女性の世界観に基づいた独特のチカーナ・フェミニズムを提唱する。なお、岩波書店から出ている世界文学シリーズの第五巻「私の謎」に、今福龍太による簡潔な詩人の紹介と、『わたしの父はトルテカ族』の翻訳詩がいくつか載っている[4]。

ここに訳出した詩で語られていることの背景について、簡単に説明しておこう。一九九四年一月一日、カナダと米国とメキシコの間で「北米自由貿易協定」が発効された。それと同時に、グァテマラと国境を接するメキシコの最南部チアパス州の各地で複数の先住民部族からなるゲリラが武装蜂起した。かれらは二十世紀初頭のメキシコ革命の英雄エミリアーノ・サパータにならって、サパティスタ国民解放軍（ＥＺＬＮ）と名乗り、サパータが求めた「土地と自由」のみならず、「先住民の文化と権利の擁護」や「メキシコの真の民主化」を提起した。具体的には、零細農家の立場から米国主導の経済グローバリズムに反対し、それとともにメキシコ政府の先住民切り捨て政策にノーを突きつけたのだ。

詩集『不可能なことをもとめる』のジャケット

（2）Ana Castillo ed., *Goddess of the Americas: Writings on the Virgin of Guadalupe* (New York: Riverhead Books, 1996).

（3）Ana Castillo, *My Father Was a Toltec* (Albuquerque: West End Press, 1988).

（4）今福龍太ほか編『世界文学のフロンティア』第五巻、岩波書店、一九九七年、二〇九―二一四頁。この詩人について、今福はこう語る。「…アメリカ中北部の巨

ＥＺＬＮは州や連邦政府の報道管制に対抗し、最初からインターネットを使った戦略に出て、欧米のマスメディアの支持を得た。そのために政府も手荒に弾圧できなかった。山本純一によれば、米国が八〇年代に中米の対ゲリラ戦で展開した「低強度戦争」という戦略を、メキシコ政府はとっているという。一九九五年三月に、いわゆる「対話法」がメキシコ国会で成立し、和平交渉中は政府の正規軍がＥＺＬＮを攻撃できなくなった。そのために、メキシコ政府はサパティスタに反感を抱く先住民たちを準軍事組織に仕立て、かれらに武器や資金を提供をすることで、ＥＺＬＮおよびその支持基盤を攻撃させることにした。

山本純一はいう。「この低強度戦争の結果、チアパス州は数万人の規模で難民が発生し、九七年一二月二二日には、難民村の礼拝堂で礼拝していた先住民四五名が準軍事組織によって虐殺されている。銃撃は五時間も続き、犠牲者の大半は女性と子供であった。なかには妊娠中の女性もいて、山刀で腹を切り裂き、中から胎児を取り出すという残忍な行為もあった」(5)と。

「お願いです
わたしたちの仲間の水を護ってください
わざと動物の糞で　水は汚染され
わたしたちへの　見せしめに
毒をまぜられるのです
子どもたちをお願いします
それと　自分の面倒を見られない老人たちも
それと　大人たちも
一人ずつにほんのわずかの土地を

大都市（シカゴ）生まれ育ったという経験が、アメリカ先住民の世界観を現代のメスティーソ（混血）ヴァージョンのなかで救い出してゆこうとする彼女のチカーノとしての思想的立場をほとんど決定づけた」

（5）『メキシコから世界が見える』一五二頁。

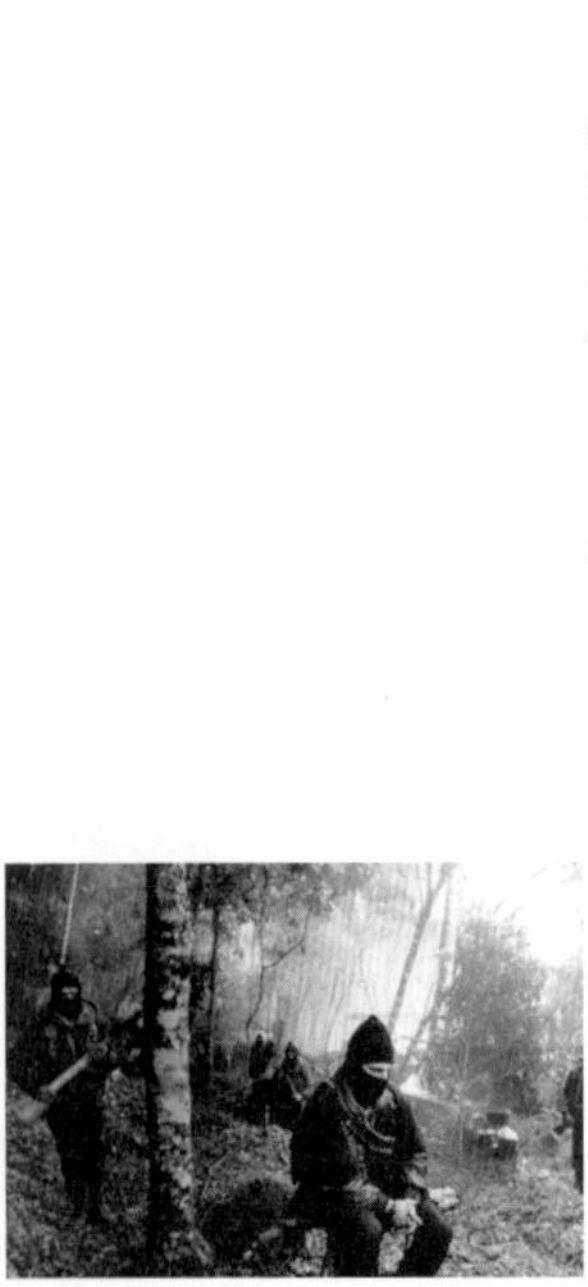
チアパスの森林に立てこもるサパティスタ国民解放軍。手前がマルコス副司令官。

それと　女たちも――放っておいてあげて
それだけが　わたしたちの願い
わたしたちの求めるものなのです」

「わたしたちが無理なら　わたしたちの子孫が
人間として生きられますように」

「これだけのことを言いにきたのです」と　彼女は言った
「ささいなことだけど、とても大事なこと」と、仲間が呼びかけた
彼女は重い病気を抱えて
故郷から離れてやってきた

「いまは新しい世紀
これまでは　絶望の一年ではなく
十年ではなく　数百年でした
いまだに　何もなされない
白人たちが説きます　神は自ら助ける者を助ける　と
その一方で　勝手にやってきて
地中の深くにあるものや
その上に育つものを奪いとっていきます
勝手にわたしたちの血と汗を

我がものにしようとします
わたしたちを死なせようとします
わたしたちが死なないとみると
わたしたちを殺す手段をさがします」

「わたしは沈黙をやぶりました
武器をとりました
かれらを屈服させました
ほんの小さな正義のために
ほんの小さな正義のために」

「これ以上、わたしたちに何ができるでしょう?」
ラモーナ司令官は　ふたたび沈黙するその前に
そう問いかけた
（一九九六年　シカゴ）
（アナ・カスティーヨ「われわれなしのメキシコは、もうごめん——ラモーナ司令官のメッセージ」の後半）

# 9 タマーレ売りの男

ボーダー紀行

マデーロ通りの二十四時間営業レストラン〈リカルド〉に行くと、サム・ペキンパー監督の映画『ワイルド・バンチ』に出てくる、天使《エンジェル》という名のインディオの少年にそっくりの若いウェイターが、いつものように朝番で働いている。

映画では、ウィリアム・ホールデン扮する強盗の手下で、恋人を革命軍のマパッチ将軍に奪われるナイーブで素朴な少年だが、こちらの天使のほうは、商売柄か、如才ない。

「オーラ、天使《アンヘル》。カフェ、ポル・ファボール」と、わたしはスペイン語で声をかける。こっちが勝手に天使と呼んでも怒らないところに、かれの人あたりのよさがうかがわれる。

「OK」と、天使が笑顔で応える。「なにか食べるかい？《ケ・キエレ・コメール》」

「ウエボス・ランチェロス（牧場風目玉焼き）はある？」

「ポル・スプエスト（もちろんさ）。ここのは、うまいよ」

「じゃあ、それに決めた」

コーヒー中毒のわたしは朝コーヒーを飲まないと、フロンガスを抜かれて、ちっとも冷気を出さないエアコンみたいに、調子がわるい。普段、朝食など、コーヒーに付くおまけみたいなものだが、きょうは遠出をするので、二個の目玉焼きがトルティーヤの上に乗っかった、荒く

天使（『ワイルド・バンチ』より）

朝食の卵料理〈ウエボス・ランチェロス〉。上にサルサソースがかかっている。

れ牧童たちが好きそうな料理を食べることにする。出てきた卵料理とチーズ入りトルティーヤと豆料理は、これだけで一日持つような分量だ。

〈リカルド〉を出る前に、わたしは天使にバハカリフォルニア州立自治大へ行く方法を聞いておく。店を出ると、天使の指示どおりに三丁目まで四ブロック歩き、そこから西へ二ブロック、コンスティツシオン通りをめざす。まだ、朝の六時半。昼はこの辺が一番人通りが多いが、いまは商店街も閉まっていて、ゴーストタウンみたいだ。

すでに白と茶色のステーション・ワゴンにジーンズをはいた若者たちが乗り込んでいる。外に出て人の列をさばいていた運転手に、自治大のほうへ行くかどうか確認して、わたしはつみ残されないよう、背後霊みたいに前の若者の背中にぴたっとはり付きながら、乗合いタクシーに乗り込む。皆、まるでお通夜の参列者みたいに無口だ。

タクシーは市街地を東に向かって飛ばす。いつの間にか、ステーション・ワゴンは、まるで空飛ぶケッツァルコアトルみたいに高いところにいる。急坂をのぼったのだ。下のほうに側面だけでなく、川床までコンクリートを打ち抜かれた、ティファナ川が見える。川には水がほとんどない。川というより、巨大な用水路といったほうがいいかもしれない。

高台から見ると、この町が盆地の形をなしているのがわかる。一番低地にまっすぐコンクリートの川が走っていて、その両側に丘陵がひろがり、そこにびっしりと家が並んでいる。しかも緑の部分が圧倒的に少ない。町の景色は、まるで画用紙で作った石灰色の禿山の模型図に、小さなマッチ箱をいくつも乱雑に糊付けしたみたいに、奇妙に人工的に見える。

三十分ほどで終点に着く。幅の広い四車線の向こう側にバハカリフォルニア州立自治大のキャンパスがあり、こちら側に工場団地があるようだ。タクシーから降りた学生たちは陸橋をわたって大学に向かうが、わたしはひとり団地のほうへ歩いていく。

ディエゴ・リベーラの描いたケッツァルコアトル（羽毛のある蛇）

町の一番低いところを流れるティファナ川。ほとんど水がない。

工場団地を仕切る金網フェンスのゲートの手前に、青いスポーツジャケットを着て、タマーレを売っている男がいる。さっき食べたばかりだが、話を聞くために、ひとつ買うことにする。

「オーラ。(1)一個いくら？《クアント・クエスタ》」と、わたしは訊く。

「十ペソ」タマーレ売りの男がポリバケツを覆っている布をひろげる。

「自家製？《デ・ファブリカシオン・カセラ》」

「そうだよ。自分で作るんだ」

「あなたが？」

「そうだよ」

「ティワナコ(2)？」

「いや」

「チランゴ(3)じゃないよね？」

「ベラクルースだよ」

「タバスコ州の？　ビジャ・エルモーサには行ったことがあるけど」

ラベンタというところで発掘されたらしいオルメカ文明（紀元前一七〇〇年から紀元前六〇〇年頃まで）の遺跡、巨大な石に彫られた人頭像を見にいったのだ。アステカ文明だけがメキシコの文明でないことを知るのは、メキシコをステレオタイプで捉えないために必要不可欠な作業だ。

　タマーレ売りの男は、ホアキン・ロドリゲスという名前で、四十歳だという。毎朝、六時頃、マキラドーラの労働者の交代時間（夜勤と昼勤のシフト・チェンジ）が始まるずっと前に、この工場団地のゲートにやってきて、タマーレを売っているらしい。ホアキンからタマー

（1）やあ。

（2）ティファナの人。

（3）メキシコシティの人。

オルメカ文明の遺跡から出た人頭石。アフリカ的な顔立ちに特徴がある。

レを一個買って、タマーレをほおばりながら、工場に向かう人々を見ている。工場で働く人は若い女性が多いと聞いていたが、男性もけっこうゲートの前を通ってゆく。このゲートは狭く自動車が通れないので、みなバスでやってくる人たちだろう。自分たちの時給に匹敵するタマーレを誰も買っていかない。買いたくても、無駄な金は使いたくないのだろう。

「ファミリアは?」

「妻と息子。ふたりともベラクルースさ」

「こっちじゃ、ひとり暮し?」

「こっちに弟がいたんだけど、工場で働いていて、去年、病気で死んだ」

「なんで?」

「いや、なんだかわからないけど。腕にいっぱい発疹みたいなのができて」

「そりゃ、ひどいね……。工場の責任だね。こっちは長いの?」

「いや、まだこっちに来て二十日だよ」

ホアキンは、きっとひそかに思っていたに違いない。あれこれオレのことを聞くけど、それがあなたの仕事なのかい? あなたの家族はどうしたの? 家族を日本において、どうしてこんなところをうろついている?

でも、人のよさそうな顔をしたホアキンは、そういう不躾な質問をぶつけてこない。その代わりに、わたしのノートにベラクルースの母の電話番号を書いてくれ、向こうにいったら、寄ってくれ、という。

折りしも、ぱらぱらと雨が降り出す。時計をみると、八時近くになっていた。もうシフト交替で出入りする労働者はほとんどいない。ホアキンは、これから町に戻って、コンスティツシオン通りあたりで、店を出すのだという。一日、二十個が目標らしい。きょうはわたしの買ったのをいれても、まだ三個しか売れていない。
「ブエナ・スエルテ！」(4)と、わたしは声をかけた。
ホアキンは内気な少年のように微笑んでいった。「タマーレ、もう一個いらない？」

(4) がんばって。

チカーナ詩人の呼びかけ

# 移民を護るラ・ジョローナ——ジーナ・バルデス

人々を分割する
多くのボーダーが存在する
でも　すべてのボーダーには
橋もまた存在する

昨夜　ラ・ジョローナを見た
暗がりで泣いていた
今朝　夜明けに
彼女がため息をつくのを見た
あとで　太陽が燦々と輝くころ
彼女が歌をうたうのを耳にするだろう

どうしてラ・ジョローナは泣くのか？
多くの人が問う
女だからだろうか？
たくさん痛めつけられてきたということ？

夜のラ・ジョローナ
ふらふらと近くにやってくる
彼女の子供たちが腹をすかせているかぎり
彼女は嘆きつづけるだろう

ラ・ジョローナがゆく
ボーダーのそばを歩いている
メキシコ人を護ってくれますように
ラ・ミグラ(5)を止めてくれますように

ラ・ミグラのやり口
わたしたち　よく知っている
労働が必要になれば
労働者を中にいれ
必要でなくなったら
追いだすというわけね

（ジーナ・バルデス『橋とボーダー』(6)より）

(5) 米国移民局、ボーダー・パトロール（国境地帯の陰語）

(6) Gina Valdés, *Puentes y Fronteras/Bridges and Borders* (Tempe : Bilingual Press, 1996).

ジーナ・バルデスは、一九四三年にロサンジェルスで生まれ、幼児期はバハカリフォルニアのエンセナーダで過ごした。その後、彼女はふたたびロサンジェルスに戻って、高校以降の教育をカリフォルニアで受けた。こうした文化的越境は、当然、ジーナを二カ国語使用者（バイリンガル）にした。ロサウラ・サンチェスは、その点に触れてこういっている。

「彼女のもうひとつの関心は、バイリンガリズムである。英語とスペイン語の両方に堪能であることは、彼女の大半の作品をバイリンガルにするだけでなく、言語そのものに、その機能や意味に意識を向けさせることになる。文学的言説とは、バルデスにとって、癒しの道具であり、病んだものや痛みといったものを探求する手段であり、と同時に作家だけでなく、読者の変身をもうながすものだ」[7]と。

ここに訳出したのは、すべてバルデスの処女詩集から選んだ。この詩集は一連四行（あるいは偶数行）からなる〈コプラ coplas〉というメキシコの大衆詩の形式にならい、一連ごとに番号がついていて、メッセージ性のある歌がつづく。（今回、便宜上、番号は省略した）

ボーダー表象の定番というべき、ラ・ジョローナが頻繁に出てくるが、バルデスのラ・ジョローナは、子供を川に引っ張り込む〈悪い母〉ではなく、ボーダーの川を渡ろうとする力のないメキシコ移民をボーダー・パトロールや移民局から護ってくれる慈悲深い存在だ。

ジーナ・バルデスの視線は、農場で働く女性やウェットバック（違法移民）らと同様、かぎりなく低い。そして、逞しい。タダシ・ハヤカワという名の日本人と結婚していて、日本に滞在したこともあるらしい。アジアの幻想世界、とりわけオカルトに興味があるという話だが、この詩集にはそうした雰囲気は見られない。

（7）Rosaura Sánchez, "Gina Valdés", *Dictionary of Literary Biography* Vol. 122 (Detroit : Gale Research Inc., 1992), p. 277.

詩集『橋とボーダー』（一九九六年）のジャケット

すべてのメキシコ人と同じように
あなたは　あなたの歴史をよく知っている
この土地はかつてあなたのものであった
そのことが　いつもあなたの頭から離れない

どちらの側でも　わたしたちが
よりよい将来のために
働こうとするのを妨げる者がいる
でも　妨げられないのは
海に向かって流れる
川の清い水

あなたに初めて会った日
紫色のぶどうを摘んでいた
房と房とのあいだを動きまわり
わたしはゆっくり愛におちた
太陽の熱に　わたしはうとうと
あなたの視線に　わたしはくらくら
ぶどうを摘みつづけ
ついに　わたしはふらふら

野原のディジーたち
そよ風にゆれる
まるで踊っているみたい
あなたが外に姿をあらわせば

ラ・ミグラが闇討ちをかける
あなたを捕らえ　国外追放しようとする
いまはダメだとかれらにいって
ここにいる必要があるって
もしあなたがここを離れたら　あなたが
植えたレタスが萎れる
あなたが愛した
このチカーナ詩人も萎れる

（ジーナ・バルデス『橋とボーダー』より）

# 10 ルペおばさん

工場団地内を歩いていると、屋台を見かける。改造されたピックアップ・トラックに、サンドイッチやピザやお菓子などの食料品がところ狭しと並べられている。車の後方にはテントが張られ、簡易テーブルと椅子が置いてある。いわば移動式のコンビニ。中年の女性がふたりで商売しているらしい。

　チカーナ女優ルペ・オンティベロス似の、ズボンをはいた恰幅のいいおばさんに声をかけてみる。ルペ・オンティベロスは、助演女優として百五十本ものアメリカ映画に出演していることで有名だが、わたしの記憶に鮮明に残っているのは『ボーン・イン・イーストＬＡ』の母親役の彼女であり、『エル・ノルテ』の家政婦役の彼女だ。沖縄映画に欠かせない平良トミのような存在といえばよいだろうか。

「オーラ。ティエネ・カフェ？[1]」と、わたしは抜け目なく愛想をふりまく。

「シ。ペロ、カフェ・インスタンテ[2]」と、ルペおばさんは申し訳なさそうに、ネスカフェの小壜を指さす。

「ノ・アイ・プロブレマ。ロ・キエロ。クワント？[3]」

「シエテ[4]」と、ルペおばさんはゲンキのいい声で答える。

名助演女優ルペ・オンティベロス

（1）やあ、コーヒーある？
（2）ええ、でも、インスタントよ。
（3）大丈夫ですよ。くださいな。いくら？
（4）七ペソ。

「OK。ポル・ファボール[5]」

三十分前に、市街地《エル・セントロ》に帰るタマーレ売りのホアキンと別れて、わたしは工場団地内をぐるりとゆっくり歩いてみた。道路は広いし、緑の木もきれいに植わっているし、工場の外壁も白やブルーを基調にきれいに塗られている。外壁に書かれている企業名から判断して、印刷会社やエレクトロニクス関係、薬品会社、家電など、二十七社の工場がここに入っているようだ。ここの団地とは別に、ラス・アメリカス・ノルテ通りの向かいには京セラの大工場もあった。

マキラドーラの人工的な美しさに、わたしは居心地の悪さを感じる。まるで過剰に殺菌された、照明の明るいトイレで小便をするような気分だ。

どうして居心地の悪さを感じてしまうのだろうか。それは、きれいなモノや人間に対するわたし自身の潜在的なコンプレックスなのだろうか。きれいなモノに対する本能的な両面感情(過剰な憧れと反発)なのだろうか。

長年都会暮らしをして、少しは愛想をふりまくことも覚え、嫌いな人間に敵意を表さぬことも覚えたが、十八歳までの少年時代に粗雑であけすけな漁師町で培われた感性は、変えようがない。基本的に直情型で融通がきかない。

でも、それだけだろうか。

わたしがいま直感するのは、影のない世界、死者のいない世界の不気味さだ。もしいまこの場で凄惨な事故が起こっても、明日にはきれいに片付けられて、死体はおろか、血すら一滴も残っていないだろう。ここには、人間の生を生たらしめる死が欠如している。工場内では、太陽と月の役割分担もない。太陽の一人勝ちだ。なぜなら、工場内の太陽は二十四時間操業で、沈むことを知らないからだ。それは、複雑な陰影に富んだメキシコの風景とはまったく異質な世界である。

(5) ください。

ティファナのマキラドーラ(多国籍工場)。そっけない色合の壁に注目。

複雑な陰影に富んだメキシコの風景といえば、たとえば、こんな風景をわたしは思いだす。ある年の十一月初旬、それは「死者の日」のフィエスタがある週のことだが、ミチョアカン州のパッツクァロという町をうろついていた。

小さな町の一番の高台にある教会《バシリカ》のまわりには、花を売る露店がいくつもできて、橙色のマリゴールドや赤いグラジオラス、白いユリをはじめ、色鮮やかな花の祭典が繰りひろげられていた。もちろん、死者を迎えるために、それらの色とりどりの花で墓地を一杯にしてしまうのである。

夜になると、町の中心にあるソカロや船着場近くで、さまざまな催し物にまじって、「老人の踊り」が披露されていた。たった一人の若い娘をめぐって、多数の老人たちがその娘の心を射止めようとする滑稽な踊り。

「老人の踊り」を演じるのは、老人ではない。たいてい青年や、あるときは五、六歳と思える幼い少年たちだ。子供たちが老人の仮面をかぶり、老人の衣装を着て、「わしゃ、若いモンには負けないぞ、どうだ！」といわんばかりに、はげしいタップダンスのような踊りを披露して、若い娘をナンパしようとするのである。いっぽう、若い娘は（こちらは本当に若い娘だが）、あちこちに色目を使って老人を誘惑するが、誰にも口説き落とされない。したたかである。

わたしは工場団地のゲートからまっすぐ走っている、その名もコルポラティボ（企業）通りを歩くが、建物の中までは見えない。しかも、工場内の音が外に洩れることもない。工場の外側にさらにフェンスを囲ってセキュリティを頑丈にしている企業もある。夜番と朝番の交替が終わった時間帯に、外を歩いている者は、ほとんどいない。

わたしは、あたかも誰もいない真夜中の巨大スタジアムに一人取り残されたかのように、不

「死者の日」の墓地の花飾り。パッツクァロ近郊のハニティオ島。

「老人の踊り」。子供が老人に扮して、自分より年上の娘を誘惑しようとする。

安になる。数千人の労働者がいるはずのこの工場団地で、真昼間に誘拐事件が起こっても、目撃者がいないという事態だってありうる。工場のセキュリティシステムは、労働者であれ、わたしのようなよそ者であれ、路上を歩いている者など護ってはくれない。突当りの角で何か掘削工事をしている騒音が聞こえてきて、ホッとする。

屋台のルペおばさんが紙コップにコーヒー粉をいれて、ポットのお湯をそそぐ。わたしはそれを見ながらいう。

「そのトルタもくれる?」

メキシコのサンドイッチだ。中にはハムやグアカモーレ、玉ねぎ、ハラペーニョ(6)が入っているようだ。ピザの上にも、タバスコの代わりに、あらかじめスライスされたハラペーニョが載っている。ハラペーニョが辛味のアクセントになっている。

「クアント?」わたしは値段を訊く。

「ベインテ(7)」ルペおばさんの声は陽気さを増し、一オクターブ高くなる。

「それもください。この椅子にすわってもいいですか?」

「もちろんよ」

「毎日ここで商売してるんですか?」わたしはトルタを頬ばりながら、頃合いを見計らって、個人的な質問に移る。この店の品物の値段からいって、ホワイトカラーの労働者を相手にしていると睨んだ。

ルペおばさんの名前は、本当はエステラといい、友達のエスペランサと一緒に月曜日から金曜日まで、朝の七時から五時までここで働いているという。わたしのスペイン語がつたないので、聞き逃さないようにと「月曜日から金曜日まで」という言葉を二度繰り返す。

「よく働きますね」と、わたしはお世辞をいう。

(6) トウガラシの一種。

(7) 二十ペソ。

「仕入れもあるから、もっと働くのよ」

「ティファナカス?」

「いいえ、わたしはグアダラハラ出身よ」

「独身?」

ルペおばさんはプッと吹き出す、ステキな女性になんてヤボなことを訊くのといった顔をして、答えない。

「メキシコじゅう歩いているけど、グアダラハラには行ったことがない」と、わたしは話題を変える。

「いいところよ」

「マリアッチの本場でしょ?」

「そうよ」

「画家のオロスコが住んでいたって?」

「そうよ」

「昔イダルゴ神父がメキシコ独立のために立ち上がったところ?」

「そうよ。でも」

「でも?」

「でも、みんな偉大な男の話ばかり」

「はい」

「ここで生活してるわたしたち女には、意味ないわ」

オロスコの壁画に描かれたイダルゴ神父

## 寡作な技巧派詩人——ロルナ・ディー・セルバンテス

湿ったコンスターチみたいに
祖母の目の前を　すべるように通り抜ける
祖母の傍らの聖書
祖母がめがねをはずす
プディングがふくらむ

ママは言葉を使わずに　わたしを育てた
わたしは孤児　スペイン語の名前に見捨てられたから
どの単語も外国語のように　わたしの舌の上で
つまずいてしまう　鏡に映る自分の姿を見ると
銅のような肌色　真っ黒な髪

自分が難民船に乗せられた
捕われ人だと感じる
陸地に係留することのない船
エル・バルコ・ケ・ヌンカ・アトラカ（決して係留することのない船）
（ロルナ・ディー・セルバンテス「難民船」[8]）

（8） Lorna Dee Cervantes, "The Refugee Ship," *Making Face, Making Soul/Haciendo Caras: Creative and Critical Perspectives by Feminists of Color*, Ed. Gloria Anzaldúa (San Francisco: aunt lute books, 1990), p. 182.

ロルナ・ディー・セルバンテスは、一九五四年サンフランシスコに生まれ、カリフォルニアの各地で育つ。五世代前にメキシコ人と先住民チュマッシュ族の血をひく先祖を持つという。幼い頃から、詩を書き始め、二十七歳のときに発表した処女詩集『エンプルマダ』（一九八一年）は、アメリカ図書賞を受賞した。それより十年後の第二詩集『フロム・ザ・ケーブルズ・オブ・ジェノサイド』（一九九一年）は、パターソン賞およびラテンアメリカ作家協会賞を受賞している。かなり寡作な詩人のように思えるが、一つひとつのクオリティは高い。

詩作以外にも多岐にわたる活動をしていて、一九七六年にマンゴパブリケーションズという小出版社を興し、チカーノ文学と多文化的な出版物を刊行している。また、自社からリトル・マガジン『レッド・ダート』を出版し、自ら編集も行なっている。現在、コロラド大学ボールダー校の創作科で教鞭もとっている。

セルバンテスの詩の特徴は、愛や民族や政治といったテーマを直接的というより、むしろレトリックや比喩によって間接的に表現するところにある。第二詩集の中の献辞に見られるように、ツヴァイク、デュラス、ネルーダ、ガルシア・ロルカ、ロバート・フロストらが、ひそかに師と仰いでいる詩的霊感《ミューズ》のようだ。

## 愛と飢えについて

何もしたいと思えないときは、こうしなさい。リーク・スープをつくるのよ。何かしたいという気持ちと何もしたくない気持ちの間には、本当にほそい不変の一線しかない。それは自殺よ。

——マルギュリット・デュラス「リーク・スープ」

ロルナ・ディー・セルバンテス

あなたが飢えているときに
わたしがあなたに食べ物をあげる
あなたに食べ物があり
わたしのあげた
食べ物を拒むとき
わたしが飢える

飢えは第一の感覚
想像力は最後のそれ
あなたはわたしの第六感
想像上の恋人
食べそこねた食事

最初の言葉
最初に目にするもの
食べ物は信頼のおける
恋人

（ロルナ・ディー・セルバンテス「愛と飢えについて」[9]）

詩集『フロム・ザ・ケーブルズ・オブ・ジェノサイド』のジャケット

（9）Lorna Dee Cervantes, "On Love and Hunger," *From the Cables of Genocide : Poems on Love and Hunger* (Houston : Arte Público Press, 1991), p. 32.

# 11 お尻は大きいほうがいい？

まるで地方空港の滑走路のように、何もない原っぱにまっすぐに四車線の道路が延びている。その上に架かる歩道橋を渡ると、そこはバハカリフォルニア州立自治大のキャンパス。雨の少ない乾燥した気候の土地なので、適度に緑の木々が配されている。毛を刈り込んだばかりの羊みたいに、こざっぱりした印象を受ける。大きく聳える建造物がないせいか、学び舎にふさわしい落ち着きが感じられる。

「ロベルト？」

「シ。テレサ？」

「ケ・タル(1)、ロベルト？」

「ビエン・グラシアス、エッセ！」

わたしの前には三十代前半のメキシコ人の女性が立っている。まだ四月だというのに、すでに夏の陽射しが照りつける中、テレサは胸の膨らみをさりげなく強調したブルーと白のシャツを着て、下はブルージーンズと白いサンダル姿だ。カジュアルながらオシャレにきめている。髪の毛が黒く、瞳はブルーに近い。肌の色はやや褐色だ。話し方からして、映画『赤い薔薇ソースの伝説』の主人公ティタのように気さくでとっつきやすい。

(1) 元気？

ティタ（『赤い薔薇ソースの伝説』より）

テレサは一週間に一日だけ非常勤講師として、この大学で英語とか作文とかを教えているらしい。わたしはホテルから彼女の家に電話をかけて、空き時間に会ってもらうことにしていた。

わたしたちは、大学の小さな図書館の入口で、「初級スペイン語講座」みたいな挨拶を交わすと、カフェテリアへと向かう。

初対面の挨拶は難しい。フォーマルすぎてもいけないし、くだけすぎてもいけないから。外国語となると、余計にそうだ。わたしが「エッセ（相棒）」などと、チカーノの不良少年《パチューコ》の隠語を付け加えたので、場違いなその言葉に、テレサははにかんだような、驚いたような微妙な顔つきになる。でも、わたしはガラガラ蛇が砂漠で隠れ家を探して動きまわるみたいに、ほとんど本能的にインフォーマルなほうを選んでいた。

五分ほど歩いたところにあるカフェテリアは、ハンバーガーショップやチャイニーズフードなど、小さなファーストフード店がいくつも並び、米国の大学とちっとも変わらない。しかも、いまは午後二時すぎなのに、まるで砂漠のオアシスに吸い寄せられたみたいに、学生たちでぎっしりいっぱい。授業のない学生たちの賑やかな話し声が天井で反響し、跳ね返ってくる。だから、その騒音に負けまいと、余計に大きな声で話さなければならない。まるで外の嵐の音が内部でこだまする大きな洞窟のなかに入り込んでしまったかのようだ。ここでは落ち着いて話ができそうにないので、テレサとわたしはコーヒーを持って、外のテーブルに向かう。

テレサを紹介してくれたのは、またしてもメキシコシティの友達ロヘリオだった。ペネロペ・クルス似のロサリートのイサベルもそうだが、テレサもまた雑誌や新聞によく文章を書いているらしい。わたしはロヘリオの紹介だからリベラルな女性だろうと勝手に推測して、不躾と知りながら、つねづね感じていた疑問をテレサにぶつけてみる。テレサは英語も流暢だと聞

バハカリフォルニア州立自治大の学生たち

いていたので、わたしはコヨーテみたいにずる賢く、そっと英語に切り替える。

「ラテンアメリカの男性が女性の大きな胸《チチ・グランデ》じゃなくて、大きいお尻《ナルガス・グランデス》に惹かれるのは、どうして?」

「そうね」と、テレサはわたしの質問にとりたてて驚いた素振りも見せずに、英語で答える。

「カトリック社会特有のマザー・コンプレックスが関係しているでしょうね。カトリックの聖母信仰に象徴されるように、すべての女性は母親になるべく教育される。メキシコやほかのラテンアメリカの国々の男性にとって、女性といえば、まず子供を産む母親、お尻の大きい安産型の女性がイメージされるわけね」

「何度かメキシコで、作家や詩人の友達にバーに連れて行ってもらったけど、きまって女性のヌード写真がでかでかと貼られていて、おまえはどのかたちのお尻が好きか、といった質問をされる。ぼくはそういう男どうしの会話、いいと思うけど。知らない者どうし、互いの垣根がなくなるからね。ただ、一緒にいる女性たちが、けっこう知的な女性だけど、怒らないで平気な顔をしているんだ。本当に平気なのかな?」

「一概にいえないけど、ひとつは、男性の生理的な欲求というものを認めているからかもしれない。そこが北米のピューリタニズムの信奉者と違うところかしら」

「メキシコの女性のほうが、男性の欲求に寛容ってこと?」

「それは比較の問題ね。でも、それもよかれあしかれ。そんな文化的土壌がドメスティック・バイオレンスを生んだり、女性蔑視を育んだり、犯罪的なレイプを正当化したりするから」

「それって、マチスモ?」

「マチスモっていうのは、裏返しのマザー・コンプレックス。メキシコじゃ、女性が煙草を吸っても、だれもとやかくいわない。でも、女性と男性の役割って話になると、分担がかっちり決まっていて、とてもうるさい」

「たとえば？」

「わたしは数年前に離婚したんだけど、子供の学校の父母会は、だいたい男性が行くことになっている。学校に行って意見をいうのは、父親の役目ってわけね。いま娘はわたしが育てているので、娘のクラスの父母会に行くんだけど、女性はわたししかいない。正装した男たちに混じって、大変なプレッシャーよ」

「それって日本の事情と正反対だけど、男女の役割分担という意味じゃ似ている」

テレサは、こうした話し方でもわかるように、禁じられた色恋沙汰に発狂してしまうナイーブなティタよりも、ずっと知的な現代女性だ。

彼女みたいに素朴さを残しながら知的にステキな女性を見ると、わたしはすぐに入れ込んでしまう。惚れっぽいのかもしれない。

それが行き過ぎて、見境なくだれとでもセックスしたりするようになると、〈ボーダーライン・パーソナリティ・ディスオーダー〉の有力候補者になるらしい。そう精神科医の友達から冗談を言われたことがある。

〈ボーダーライン・パーソナリティ・ディスオーダー〉は、日本では「境界性人格障害」と訳されている。国境の境界などを言い表す「ボーダー」とはまったく無関係の医学用語だが、ちょっと気になる。

精神科の専門医や臨床心理士たちが参照する『ＤＳＭ-Ⅳ　精神疾患の分類と診断の手引（第四版）』というマニュアルがある。ためしに大辞典みたいに分厚いその本を覗いてみると、この「障害」は、「対人関係、自己像、感情の不安定および著しい衝動性の広範な様式で、成人期早期に始まり、種々の状況で明らかになる」とある。少年少女期における母親との関係がいる。

原因であることが多く、九つ挙げられている症状のうちの五つ以上が見られると、「境界性人格障害」に認定されるという。九つの症状のうちのひとつに、奔放な性行為や過剰な浪費や無謀な運転、むちゃ食いなど、自己を傷つける可能性のある衝動的かつ無謀な行動が挙げられている。

でも、あなたが見境なくセックスしたからといって、すぐさま「境界性人格障害」に認定されるわけではない。というのも、例として挙げられたむちゃな行動のうち「少なくとも二つの領域にわたるもの」と、ただし書きがついているし、その他にも、いつもいらいらしている（情緒不安定）とか、いつも怒りを覚えている（癇癪）とか、「慢性的な空虚感」を抱えているとか、自殺あるいは自傷行為の繰り返しをするとか、妄想の世界にひたるとか、そういった症状を四つ以上あわせ持っている必要があるから。

いま、わたしは国境地帯を落ちつきなくうろつきまわり、あげくにこのような文章を書いている。そうすることで人生の倦怠や「空虚感」を逃れて、たぶん〈境界性人格障害〉を回避している、といえなくもない。とすれば、今後うろつけなくなったときは、どうすればいいのだろう。

「セックスも人間の自然な欲求だから、隠すほうがオカシイのかもしれない」と、わたしはさきほどの話題に戻す。

「アメリカ社会でもメキシコ社会でも、人々が真実を隠して、偽善でなりたっている部分がある。その点じゃ同じだけど……」

「同じだけど？」

「メキシコのほうが、ウソのつき方がカラフルなのよ。つまり、うまいウソは許される」

「そうなのか！」わたしは何度かメキシコの警察に捕まったことを思い出す。真正直に警察に

国境の橋のメキシコ側からエルパソのダウンタウンを望む

打ち明けても、ぜんぜん通じなかった。つねに気のきいたウソを用意しておかないといけないのだ。

「スピノザもいってるわ、人間の本性は理性じゃないって。人間は怒りや妬みや憎しみにつき動かされる、基本的に敵どうしの生き物だって。だから、ウソが必要なのよ。互いの対立や敵対心を表面化しないために」

「僕なんか、ウソをつくなっていわれて育ったから、いまでも下手なウソしかつけない。それじゃ人間として、未熟ってことだね」

「メキシコに面白い諺があるわ。教えてあげる。

たしかに神にまさる友人はいない
というのも　過去が証明しているところによれば
どんなに立派な人間でも　他人《ひと》を裏切るし
どんなに誠実な人間でも　ウソをつくから」

## チカーナの母の自覚——パット・モラ



スペイン語だけでは十分じゃない
わたしは幼い子供たちが発する一言一言に耳をかたむける

ジョークや歌や悪だくみの内容が
分かって
にやにやしていたものだった
バモス・ア・ペディルレ・ドゥルセ・ア・ママ。バモス。[2]

でも　これはメキシコでの話
いま子供たちはアメリカのハイスクールに通い
英語をしゃべる　夜になると　キッチン・テーブルに集まり
互いにげらげら笑っている
わたしはコンロのそばに立ち　ひとりバカみたいにしてる
英語を学ぼうと思い　わたしはテキストを買う
夫は白い目でわたしをにらむ　酒の量もふえる
一番年上の子供がいう
「ママ。お父さんはママに自分より賢くなってほしくないんだよ」
わたしは四十歳
発音を間違えちゃ　恥をかく
子供たちやお店の人や郵便配達人に笑われて　恥をかく
たまに英語のテキストをもって　トイレのなかにとじこもる
舌にねちっこくからまる単語をそっと口にする
もしここで努力するのを怠ったら　わたしがこまるのだ
いざ子供たちがわたしの協力を必要としたときに

（パット・モラ「エレーナ」[3]）

（2）お母さんにお菓子を買ってもらおうよ。さあ。（スペイン語）

（3）Pat Mora, "Elena," *Chants* (Houston : Arte Público Press, 1984), p. 50.

コアトリクエはかく語りき

法則1　あなたを有名にしてやるというオファーに注意しなさい
わたしは　家事に忙殺される信心深いアステカの母
「蛇のスカートの女神」として奉られている
首にぶらさがるネックレスは人間の心臓と手
顔のない彫像よ　首から二匹の蛇が延びて向かい合う
大地の女神だけど　死の女神も兼ねている

法則2　あなた自身の評判は自分でコントロールしなさい
過去は現在　女は所詮女よ
わたしは競争が得意じゃない　母親であることは
数字じゃない　でも四百人の息子と一人の娘を産んだのは
たとえこのお腹の中の胎児がいなくても　新記録かもしれない
もし女が自分の家で掃除をしていて
安全でなかったら
この世界はどこかおかしい
なにかの小さな粒が目から中に入って

コアトリクエ像。蛇のスカート、手と心臓と骸骨をつないだネックレスが特徴。（メキシコシティの国立人類学博物館所蔵）

頑固に居座るなんて

法則3　あなたの子宮を護りなさい

懐胎は　無原罪であろうとなかろうと　起こるもの
女性たちは聖なる石を飲み込み　その石が肘や膝を
伸ばして彼女らの腹をふくらます　グァテマラでは
木にぶらさがっている頭蓋骨が「さわって」と
おさない少女に向かってささやく
透明な水滴が少女の掌に落ちて消える　しずくが
中に落ちる　わかるかしら
唾があたしの中にはいってきた　と少女はいう
中にはいってきたのね　あの空っぽのスペースに
とどまって　大きくなる　男たちは知っている
自分たちだけでそこを一人占めにするわけね
新参者が入ってこないように

（パット・モラ「コアトリクエの法則――アステカの地母神からのアドバイス(4)」の前半）

パット・モラは、すでに詩集を五冊出しているベテラン詩人だ。最初に訳出した「エレーナ」は、デビュー詩集『チャンツ』（一九八四年）から選んだ。モラの初期の詩は、サウスウェストの砂漠を舞台にして、たとえば、一家の祖母とかクランデラ（薬草の知識をもつ呪術女）

（4）Pat Mora, "Coatlicue's Rules : Advice from an Aztec Goddess," *Agua Santa/Holy Water* (Boston : Beacon Press, 1995), p. 60–63.

など、足が地についた女性の「思想」を語ったものが多い。

ニューメキシコ大学のチカーナ学者テイ・ダイアナ・レボジェドによれば、大自然はパット・モラにとって「お守り」みたいなものだという。大地はたんなる詩の背景ではなく、チカーナたちが米国の男性社会やチカーノ共同体で直面する民族差別や女性抑圧に屈せずに生き延びるための精神的な支えとして必要なのだ、と。

「エレーナ」にはサウスウェストの大自然の描写は出てこないが、トイレでこつこつ英語を学ぶ逞しい移民の母の知恵が語られている。ありきたりな自己啓発ではなく、自分より英語が流暢になってゆく子供たちが将来困ったときにコミュニケーションがうまく行くように！という理由を挙げるあたりに、この詩人の懐の大きさを感じる。九〇年代以降、パット・モラは十冊以上の児童書や絵本を出して、ラティーノやチカーノの子供たちの啓発に務めている。

さて、パット・モラはテキサスの国境地帯の町エルパソに、一九四二年に生まれている。ラウル・アントニオ・モラという名のメキシコ系の父はメガネ屋さんだった。母はエステラ・デルガド・モラといい、主婦だった。地元のカトリック系の学校へ通ったのち、テキサス・ウェスタン・カレッジで学び、さらにテキサス大学エルパソ校に通い、英文学の修士号を取得。

二番目の詩「コアトリクエの法則」について簡単に触れておこう。パット・モラは『アグア・サンタ（聖なる水）』（一九九五年）という詩集で、メキシコの神話的女性像の脱構築を行なっている。すなわち、コアトリクエ、ラ・マリンチェ、グアダルーペの聖母、ラ・ジョローナといったメキシコの伝説の女性たちを取りあげ、彼女らの生き方を現代的に再定義している。

コアトリクエとは、北方の遊牧民ながら十四世紀に現代のメキシコシティのある地域

パット・モラ

詩集「アグア・サンタ」のジャケット

にやってきて帝国を築き十六世紀の初めまで栄華をほこったアステカ族の地母神。スペイン人による征服後、グアダルーペの聖母として取って代わられるトナンツィンをはじめ、ほかにいくつかの名称をもつ。

伝説によれば、寡婦のコアトリクエが家で掃除をしていると、きれいな色をした羽根の珠が落ちてきたという。彼女はその珠を懐にしまったために妊娠したらしい（無原罪の懐胎）。母が不義を犯したと信じた四百人の息子たち（夜空の星々）とひとり娘のコヨルシャウキ（月の女神「顔に鈴の化粧をした少女」）は母を殺そうと謀ったが、武装して生まれてきた赤子のウィツィロポチトリ（太陽、戦争や狩猟の神）が兄や姉を殺して、母を救った。

なお、コアトリクエとは「蛇のスカート」という意味で、メキシコシティの国立人類学博物館に飾られているその像を見ると、なるほど蛇のスカートをはいている。その他の特徴としては、頭部がなく、首に二すじの血がながれ、人間の心臓と手と骸骨をつなぎ合わせたネックレスをしている。コアトリクエは大地と豊饒の女神だが、大地とは植物や動物にとっての墓場でもある。すべての生命のサイクルを重んじるアステカの宇宙観の象徴的な存在と考えられる。

法則5　家事をやめなさい。家事は繰り返しを生むから

わたしは洗濯や料理や掃除に忙殺されて
ひとり娘　顔に鈴の化粧をした娘のことも心配なのに
息子たちがわたしに白目を向ける　ひそひそ話をしている
わたしのお腹をちらちら見やり
指さす　わたしは傷つき頭にきて　泣きだす

どうして子供たちはわざわざここへやってくるの？
子供たちのいじわるな一言　ちらっとした視線でも
わたしには屈辱だ
わたしは四百一人も子どもを産んだのよ　麻酔も使わずに
子供たちのそばにいると　わたしは雨のない日にうろつく
殻のないカタツムリみたい
息子たちが叫びだす「わるい女だ　わるい女だ」と。
そこにいたわたしの娘も　わたしの戦士の坊やも

叫ぶことはささやくよりも簡単だ。「殺せ　殺せ　殺せ　殺せ」
わたしを殺すって？　自分たちの母親を？
四百一対一で闘うって？　わたしにできることは
あの柔らかい羽根を自分の中に押しいれることぐらい

法則6　内なる声に耳をすませなさい

あなた方母親は　赤ん坊のことなら知っているでしょう？
たとえお腹の中から話しかけてこなかったとしても
わたしにとって　この赤ちゃんは大切な存在だったでしょう
というか一番大切な存在だった
でも　わたしの名前がコアトリクエだから　この子は話しかけてきたのだ

あの羽根の珠として生を受けた　やさしい緑色と金色をした
まだ生まれぬ子供は　わたしの苦悩に耳をすませ　わたしに
話しかけてくれたのだ
なんと思慮ふかい少年　話し方はフォーマルだった
「どうぞ怖がらないでください。僕は自分が何をすればよいか分かっていますから」
それで　わたしの震えはおさまった

法則7　内なる声があなたの声であることを確かめなさい

体が切り刻まれたり頭が転がったりした部分は省いておきましょう
でも　いいこと　あの子はすごく憤慨していたわ
あれこれ神々とか女神についての話が真実をゆがめるのよ

この地球はわたし達全員にとって小さすぎた
わたしの家族は全員でそれなりに努力したと思う
わたしは星ぼしの母親　夜毎に月のかたちをした
わたしの娘の白い顔が天空をめぐる
そして息子たちが空から
ウィンクを投げてよこす　どういえばいいのかしら――
注目度の高い家族かしら　赤ちゃん？　同じように空にいるわ
太陽よ

本物の　かれは神のひとり　不幸にも戦争の神だった
誕生したときから　火の玉となって
一日も欠かさずに
いつも空を飛びまわっている
でも　わたしのことなど忘れてしまったかもしれない　あなたには
わたしの愛と憎しみの気持ちがわかるでしょ
わたしはあの息子の光によって　盲目になったのよ

法則８　個人面談を要求しなさい

いいですか　過去はいま現在のこと　男たちがわたしの伝説を作りあげ
わたしの物語を書いた　そしてイヴの物語も　マリンチェの物語も
グアダルーペの物語も　ジョローナの物語も　いたるところに
蛇がいる　わたしたちの口の中にも

法則９　何を呑みこむにしても選んでからにしなさい

（パット・モラ「コアトリクエの法則――アステカの地母神からのアドバイス」の後半）

# 12 オアハカのハポ



メキシコシティから長距離バスでパンアメリカン・ハイウェイを七時間ほど南にくだると、オアハカという町に着く。メキシコシティがその規模からいって、巨大な恐竜だとすれば、オアハカはメスカル酒の壜の中に入っている芋虫《グサノ》か、せいぜいそれからメスカル酒がとれるアガベ（サボテン）といったところかもしれない。

死者の日のお祭りで賑わう小都市オアハカで、わたしには再訪してみたいところが一カ所だけあった。ソカロから北東に六ブロックほどいったムルギア通りにあるカンデラというライブハウスを訪ね、バーテンダーをしているハポという男に会いたかった。

着いた日の翌夕に、たかが芋虫とあなどっていたアバストス市場でスリに財布を盗まれるという大失態を演じたが、その翌日に警察に行ったあと、わたしはカンデラを訪れる。

店で働いている別の男によれば、ハポはしばらく病気で休んでいるらしい。どのような病気なのか、明日にでも戻ってくるのか。そう訊いても、男は首を横に振るだけだ。スリに財布を盗まれたのも痛いが、それ以上にハポに会えないのはもっと残念だ。まるで空を飛ぼうとして膨らまそうとした気球に穴があいていたことがわかったみたいに、一気に期待がしぼむ。

前年の夏、ロサンジェルスのバンド〈メスクラ〉がこの店でライブを行なった。そのとき地

ハポという仇名のメキシコ人。中央にすわっている男。

元ラジオ局や新聞などに紹介の労をとったのが、三十代半ばのハポという名のバーテンダーだった。たまたまわたしもオアハカに滞在中で、アンヘルとグレッグというふたりのミュージシャンの人柄に惹かれてボランティアでバンドの裏方をしていた。ひょっとしたら店の主人ゴンサーロ氏に命じられたのかもしれないが、ハポはせっかくの休日なのに赤の他人のためにあちこち奔走してくれたのだった。

ハポと交わした短い会話を思いだす。ハポがバーのカウンターの向こうから何気なく語り、わたしもまるで何度もグラスに注がれるビールの、そんな一杯を軽く飲み干すみたいに、かれの言葉をあっさり受け流していた。

「ハポって面白い名前だけど」と、わたしはいった。「本名は、なんなの?」

「本名は、フアン・カルロスさ」と、お坊さんがお経を読むときのような低く通る声で、ハポが答えた。

「でも、面白いね、そのあだ名は」

「子どもの頃、まわりの友達からハポ、ハポって呼ばれて」

「それで、いまでもハポって紹介してるってわけ?」

「ああ。ハポっていうのは、ハポネス(日本人)ってことだよ」

「へえ、そうなのか!　まったく気づかなかった」

「たぶん、ちょっと垂れ目だからそう呼ばれてたのかも」と、いいながら、ハポは片手で自分の眉を弓状になぞる。

「ひげは濃いけど、ちっとも日本人には見えないね」と、わたしはいった。かれの目はそれほど垂れているようには思えなかった。

「そうだろ」

ロサンジェルスのバンド〈メスクラ〉

「オアハカの人?」

「いや、チアパスだよ」

「へえ、チアパスの生まれなの?」

「田舎には、弟と家族が残っているんだ」

「ここにくる前にトゥクストラ・グティエレスとサンクリストバル・デ・ラス・カサスに寄ったよ」

「それらは都会さ。おれの田舎は電灯もないような、貧しい村だよ。だから、少しずつだけど、仕送りしてやってるんだけど」


ハポがマヤ族系の先住民の多いチアパス出身だといったとき、どうしてわたしは明治期の榎本殖民団のことを思いださなかったのだろうか。友達のライブのほうに気をとられていたからだろうか。

いまから百年ちょっと前、一八九八年に日本は初めてメキシコに移民団三十六名を送りだした。ブラジルよりも十年早かった。メキシコ政府はグァテマラに近い人口のまばらなチアパス州のジャングルを無償でくれたが、折り悪く雨季にぶつかり、提供された土地がコーヒー栽培に適さなかったり、多くの者がマラリアにかかったり資金が足らなかったりと、不運が重なって、殖民計画は数カ月で頓挫をよぎなくされる。中には、開拓地をこっそり逃げだして、徒歩で千二百キロもあるメキシコシティに向かう者も出る始末だった。

それでも、コロニア崩壊後チアパスの寒村に残って、殖民事業の再建をはかった人もいた。照井、高橋、清野らの宮城農学校出身の「自由移民」三人と、有馬、鈴木、山本らの「契約移民」三人は、皆で社会主義的性格のつよい「日墨協働会社」を設立した。農業、薬局、雑貨販売、酒販売などを手がけ、次第に事業を拡大して成功をおさめた。のちに日本から親戚を呼び寄せたりもしたらしい。一九一三年には、エスクィントラ村の三十一人をはじめとして、アカコヤグア村の七人、タパチューラ村の八人など、チアパスの村々には六十九人の日本人男性がいたらしい。

だから、バーテンダーのハポがそうした日本人の子孫であってもおかしくない。そう思って、わたしはもう一度ハポに会って、チアパスのどこの村の出身なのか、訊きたかった。

オアハカの町一帯は、山やまに囲まれた緑豊かな盆地になっている。バスに二十分も揺られて、郊外の高台にあるモンテアルバンという遺跡を見学にいけば、まわりの地形がよくわかる。紀元前五〇〇年頃にサポテカ族の人々によって建設が始まったというピラミッドの上に立つと、四方に山やまが見える。サポテカ族やミシュテカ族をはじめ、先住民たちは山や大木など、自然の一つひとつを神々と見立てながら、天変地異を畏怖する気持ちを育んだ。そうした自然中心の「思想」が、ミシュテカ族の言葉で歌われている。リラ・ダウンズのデビューアルバム『サンドゥンガ』(一九九八年)の中の「ユヌ・ユク・ニヌ(黒い山よ)」は、日本の子守唄のようなゆっくりしたメロディで、どこか懐かしさを感じさせる歌だ。

ユクニヌの山
あなたに感謝します
あなたはたくさんの動物に餌をくれ
あなたが燃えると
なんと悲しい　なんと悲しい
あなたから　木々が育ち
花が水を飲む

モンテアルバンの遺跡

果樹が　サボテンが　きのこが
必要なものすべてが

あなたはすべてのために使われる
だから　人々はあなたの面倒を見る
あなたがわたしたちに美しいものをくれる
美しい　美しいユクニヌ
あなたの美は魅惑的で
遠くからあなたを見ると
あなたは黒服をまとっている
黒服のあなたをわたしたちは見守りつづけることでしょう(1)

モンテアルバン遺跡のピラミッドの頂上にあがり、歌にある黒い山をさがす。でも、なだらかに列なる山やまはどれも似たような大きさで、まるで、小さな台の上から、フェルナンド・ボテロの絵に描かれたファットピープルを見ているようで、見分けがつかない。山はやっぱり下から見あげないといけないのだろうか。

それでは、と市バスに乗って、西のモンテアルバンから東のミトラまで、オアハカを東西に走る主要道路を行くことにする。道路の両側には広大なトウモロコシや緑色の野菜畑がつづき、まるで北海道ののどかな田園風景をそっくり灼熱の土地に移したかのようだ。そうした風景の中に先住民の村が点在する。

わたしがオアハカ訪問のことを話題にしたとき、すでにこの町を訪れたことがある詩人の伊

コロンビアの画家フェルナンド・ボテロ。太った人々や太ったオブジェばかりを描く。

(1) Lila Downs, "Yunu Yuku Ninu," *Sandunga*, AME, 1998.

藤比呂美さんはわたしにいきなり、ワハカって聞こえない？　と言った。耳のよい人だし、なまじスペイン人が先住民たちの発音を聞いてそれに近い字をアルファベットで当てたにすぎない Oaxaca という表記に引きずられていない分、それは鋭い指摘なのかもしれない。オアハカよりワハカのほうが、先住民たちがこの土地につけた原音に近いのかもしれない。ことの成否はともかく、活字を読みすぎることが、理解のさまたげになることもある。逆にいえば、旅に出れば、耳をすまして人々の声を聞くほうがいい。そう伊藤さんはわたしにいいたかったのかもしれない。

伊藤比呂美さんの詩集『河原荒草』（二〇〇五年）は、そういう意味で耳をはじめ、体の諸器官を全開にしたボーダー詩。川でもなく陸地でもないボーダーの河原を舞台にしていることに注目したい。ボーダーランドだからこそ、あの世とこの世を行き来するような物語詩を紡ぐことができる。

世界の辺境を旅する「ハダシの学者」こと、西江雅之がかつてあるエッセイのなかで日本の河原を取りあげて、「そこは皆のものである。それ故に誰でもがそこに立つことを許され、そこで自由な夢をみることが許される(2)」と述べていたことが思い出される。

ハポはオアハカにくるまえに米国との国境地帯にあるメヒカリで働いていたといっていた。かれはチアパスの村を出たまま、根無し草のような放浪生活をつづけるのか？　それとも、チアパスに戻るつもりなのか？

二十世紀初頭にはチアパスにかぎらずとも、メキシコに移民する日本女性は少なかった。そのため、日本人男性の入植者はメキシコ人女性と結婚して、混血が繰り返され、地域社会と深くかかわることとなった。メキシコ人女性との混血がすすめば現地人化が進み、メキシコ特有の混血文化の大海に飲み込まれる。やがて日本の言語や文化との接点もなくなり、日本の習慣

（2）「揖保川の河原にて」『西江雅之自選紀行集』ＪＴＢ、二〇〇一年、二〇〇頁。放浪者の気質を持つ者は、誰でもどちらにも属さないそうした曖昧な境域に引き寄せられるのだろうか。

の痕跡も失われる。たとえ三世代前に日本人の血がまざっていても、言葉や習慣が伝わっていなければ、孫としては日本人のアイデンティティを押し通す理由も意味もない。とすれば、ハポが日本人であることを忘却していたとしても、それを思いださせてあげることにどれほどの意味があるのだろうか。

上野久は、日本人移民がメキシコに残した足あとを辿った本を書いているが、その中に載っている日本人の墓の写真が印象的だ。「一九一〇年ころには、このあたり［ベラクルス州のオアケーニャ］には日本人が一〇〇〇人以上も在住し、砂糖黍の収穫作業の労働者として働いていた。（中略）その鬱蒼とした夏草の中をかき分け歩いてみれば、かつてここで死んだ日本人の墓が並んでいる。もちろん、この地を訪れる日本人もいない(3)」と、上野は書く。

伊藤比呂美さんはわたしに、ワハカって聞こえない？　と指摘したあとで、ワハカって草がワサワサワサワサワサワサいっているような気がしない？　ともいった。伊藤さんの詩の中の、精子の臭いと枯れ草の臭いが入り混じって噎《む》せ返りそうな河原とは、メキシコの「ワハカ」ではないのか。そのような鬱蒼とした夏草がワサワサいっている河原に墓もなく、メキシコで亡くなって土に帰った日本人たちも眠っているのではないか。

先住民たちは、わざわざ石の墓を立てずに土葬するのが習いのようだ。死んでも動植物の栄養として役に立つわけだから、そっちのほうが大自然の摂理に適《かな》っている。そう考えれば、日本で死のうが、メキシコで死のうが、本当はたいした違いはない。

ハポがカウンターの向こうから、冗談みたいにいった。「神様はアリに羽根を与えて、早く死なせてやることもある」

「ええっ、どういうこと？」と、わたしが訊いた。

「〈恵みが呪いに変わることもある〉って意味だよ」

(3)『メキシコ榎本殖民』一五一頁。

# スペイン語の苦手なチカーナ――ミシェル・セロス



真剣なだけじゃ　だめらしい。
「アブレ・マス・デスパシオ　ポル・ファボール」(4)
そうわたしが人に頼むとき
つい眉がつりあげってしまう。
肌は茶色
それはみんなと同じ
だけど　わたしはスペイン語が話せない
それほど上手には。
だから　みんなは笑いながら
わたしが上手に使えないスペイン語で
ミ・プロブレマ(5)のことを話題にする
白人は励ましてもらえる
ほめてもらえる
中途半端に外国語を使っても。

(4) お願いですから、もっとゆっくり話してください。(スペイン語)

(5) わたしの問題

「ひょっとしたら　わたしたちみたいに
茶色になりがっているのかもね」
とかなんとか　いいことを言われてさ。

わたしが真剣にスペイン語に取り組んでも
ただわたしの
頭が悪いようにみえるだけ
「きっと白人みたいに
なりたいんだわ」
とかなんとか　ひどいことを言われてさ。

（ミシェル・セロス「ミ・プロブレマ」(6)の前半）

ミシェル・セロスは、カリフォルニア州ロサンジェルスに近いオックスナードに一九六六年に生まれた。いかにも女の子が好きそうな、明るい色彩で漫画チックなホームページを持っている。その中に入り込んで、「経歴」のコーナーを覗いてみると、『チカーナ・ファルサ、その他、死とアイデンティティとオックスナードをめぐる物語』と、いかにも人を食ったようなタイトルの最初の本が出たとき彼女はまだ大学生だった、とある。おそらく小出版社だと思われるが、本を出してくれたラロ・プレスという出版社がつぶれたので、売れ残りの本をガレージセールで売ったとも書いてある。

だが、その本が大手ペンギン傘下のリヴァーヘッド・ブックスから再版されるや、高校や大学の課題図書に推薦されるなどしてブレークした。彼女は詩のコンクール、スポークンワードのＣＤも出している。

（6）Michele Serros, "Mi Problema," *Chicana Falsa and Other Stories of Death, Identity, and Oxnard* (New York : Riverhead Books, 1998), p. 31-32.

チチャロン（ブタの皮の揚げ物）好きが高じて、それが喉に詰まる夢を見るとか、スペイン語のできないチカーナ娘の問題点とか、エスニックネタを得意としていて、深刻にならない程度に自虐的なユーモアをまぶす。それが若い世代のあいだで人気を博している理由なのかもしれない。わたしは一読して、サンドラ・シスネロスの「妹」といった印象を受けた。

絵つき単語カードをこっそり隠して
練習用のカセットテープには
タイトルのラベルを貼らない
なぜって　恥ずかしいから。
「そんなこともわからないの」と
皆が言う
「スペイン語はあなたの血の中に入っているのに」
大学カタログで
ＳＳＬクラスをさがす
(Spanish as a Second Language の略だけど)
そしておばあちゃんと一緒に
練習する。
おばあちゃんだけだ
わたしに我慢してくれ
学ぶ許可をくれるのは。

ミシェル・セロスの『チカーナ・ファルサ』。ポップな装丁のジャケット。

そしてある日
完璧な巻き舌の r を転がして
スペイン語の話者になる。
ついに本物のメキシカンになるんだわ！

（ミシェル・セロス「ミ・プロブレマ」の後半）

# 13 神経症の犬としての自画像

これまでわたしは、ボーダーの米国側に住むメキシコ系の女性詩人を紹介してきた。アンサルドゥアをはじめ、数名のすでに名のある詩人を除けば、まるで砂漠の中で特殊なサボテンの花を探すみたいに、すべて手探りで見つけだしてきた詩人ばかりだ。

とはいえ、これまでに米国におけるチカーノ研究の学問的な蓄積もあり、チカーナ詩人の詩集やアンソロジーの類も出ているので、それらが砂漠のガイドの役を果たしてくれ、かろうじて様になったような気がする。

しかし、メキシコ側の女性詩人も紹介しなければボーダー詩を語る上では、アンバランスだと思って、ティファナやシウダー・フアレス、モンテレイなどのメキシコの国境都市を訪れるたびに、そこで知り合った友人たちに、「ボーダー問題をテーマにした詩を書くメキシコの女性詩人はいないの?」と、まるで物乞いをするかのように訊いてまわった。米国側での詩人探しは、いろいろなルートやコネクションがあったが、メキシコ側では、まるでパスポートを持たない国境越えのために良心的で安いコヨーテ（手配師）を探すみたいに、簡単ではなかった。

ティファナのバハカリフォルニア州立自治大で会った若いジャーナリストのテレサに

砂漠に咲くウチワサボテンの花

もう一度会いたかったのも、その質問をしてみたかったからだ。〈リカルド〉のカフェにやってきたテレサは、前回のカジュアルな服装とは違い、紺のスーツにスカート、白いブラウスとフォーマルなスタイルだった。銀行員みたいな出立ちだね、とわたしが冷やかすと、これも食べていくため、仕方ないのよ、とお茶を濁した。自分の書く文章だけでは食べていけないので、ぎりぎりの妥協をしているという風に、わたしは理解した。

コーヒーを注文したあと、テレサはわたしのノートに何人かのボーダーの文学者の名前を書いてくれるが、唯一そこに名前を挙げられた女性は、皮肉なことに、リオ・グランデの河口、メキシコ湾岸にちかいマタモロスの出身だが、現在はティファナの向こう側、米国のサンディエゴ在住だった。

「どうして女性詩人ばかりにこだわるの？」テレサは率直にわたしに逆襲をしてくる。

「これはリサーチなんだ」と、わたしは適当にはぐらかす。

「どんな？」と、テレサは検察官のように容赦ない。『赤い薔薇ソースの伝説』の主人公ティタみたいな風貌なのに、実はティタの母親みたいに強圧的なのかもしれない。

「周縁に追いやられている人の目から世界を捉えるとどうなるか、というようなことを知るための……」と、わたしは相変わらず紋切り型に近い説明をする。

「どうしてボーダーなの？」と、テレサは執拗に食い下がる。

「米国でもメキシコでも、ボーダーの社会というのは白い目で見られているでしょ」

「ドラッグや犯罪の巣窟だと？」

「米国であれば東部だし、メキシコであればメキシコシティだけど、どちらの国でもいいけど、それらのエスタブリッシュメントから見れば、ボーダーで支持されている価値観はうさん臭いじゃないかな」

「そのことがどうして女性詩人とリンクするの？」

「メインカルチャーの価値観を信奉する連中から見ると、一番うさん臭い存在が女性詩人だと思うからさ。いわば異文化の価値観に染まって〈売国奴〉みたいことをいう奴だなって」

「でも、そういう問題の立て方すると、ジェンダーとか政治問題とかを直接テーマとして扱わない女性詩人を無視することにならない？」

テレサの指摘はずばり的確だ。それほど深く考えなくても、わたしがこれまで取りあげてきた詩人たちは、多かれ少なかれ、ボーダー・ウーマン特有の〈引き裂かれたアイデンティティ〉という個人的な条件を引き受けて、それを簡潔なレトリックによって表現し、みずからの住むボーダー社会にフィードバックするような人たちだった。彼女たちはみずからの個人的な問題を扱い、読者である他のボーダー・ウーマンに平易な言葉で語りかける。それは、言いかえれば、ボーダー・ウーマンとして生きていることと詩人であることにまったくのギャップがないということだ。

伊藤比呂美さんが詩人という肩書について面白いことをいったことがある。

「小説家や政治家は職業の肩書だけど、詩人はなにしろ〈人〉だから、使い分けることができないんです。だから、ゴミを出し忘れても、近所の人には、あの人は詩人だからショウガナイと思われる」と。

これは彼女一流のユーモアだが、わたしに興味があるのは一日二十四時間ボーダー・ウーマンであり詩人であるような人たちだ。そんな詩人の中でも、ボーダー・ウーマンが抱える個人的な問題を扱いながら、メインカルチャーを信奉する人たちとは違ったアングルで、違った発想で、違ったレトリックで書いている詩人たちを選んできた。

でも、それはどうしてだろうか。どうしてわたしは、米国であれメキシコであれ日本であれ、素直にメインカルチャーを楽しめないのだろうか。

それはきっとわたしがへそ曲がりだからだ。「巨人、大鵬、卵焼き」の昭和の大衆文化にどっぷりつかり少年時代をすごし、そういうマスメディアの喧伝するメインカルチャーによって押しつぶされるものがあるということに十代の後半に目覚めて、それ以降は多数派の信じる信条や価値観に素直に乗れなくなった。

でも、たぶん、それだけではない。マクドナルドやディズニーランドに象徴される米国流の消費主義や大衆主義が日本を覆い尽くしている平成のいま、そうした情報消費主義の流儀にならって売りだされる日本内外の「芸術作品」にウンザリしている自分を見いだす。もともと伝統を重んじる日本文化への強烈な対抗力として憧れたはずのポップな米国文化なのに、いまでは米国以上に米国文化が日本の主流になっているという皮肉な状況にいらだつ。でも、それに対応するのは、純日本風の文化に回帰することではない。

「ドミニカ共和国のホセ・ガルシア・コルデロって画家を知ってる?」と、テレサは急に思いだしたように話題を変える。「一九五一年の生まれだけど、とても自意識のつよい絵を描く人よ」

「どんな感じ?」と、わたしは訊く。

「写真を見せてあげる。〈神経症の犬としての自画像〉っていう題だけど」

「ひゃあ、面白いね、これ」

「でしょ。フリーダ・カーロみたいに自己を見つめる強度が感じられるでしょ」

「自分の狂気に立ち向かうような?」

「あなたはロベルトと名乗っているけど、日本人でしょ。でも、ロベルトと名乗ることで〈日本人〉という定義の外に出ようとする」

ホセ・ガルシア・コルデロの自画像

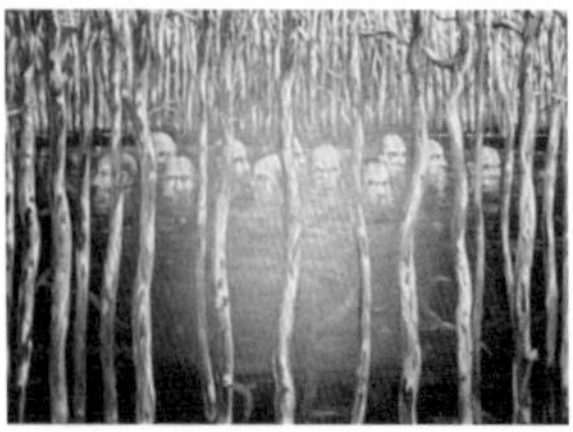
コルデロの「神経症の犬としての自画像」

「ただメキシコ人に自分を知ってもらいたくて、便宜的にそう名乗っているだけだけど」

「〈南米では国境というものは何の障害にもならない〉って言葉、知ってる？」

「いや、知らないな」

「シモン・ボリバル(1)の言葉よ。すぐそのあとに、〈人権を尊重し、平和を求め、圧制や不正に立ち向かう者たちにとっては〉って言葉がつづくんだけどね。結局、国境を軍備強化しようというのは、金とか土地とか、守るべき物をもった権力者や富者の考えなのね。ときに不当に所有しているから、奪われまいと過敏に対応することになる」

「でも、そのこととさっきの〈神経症の犬〉とはどう結びつくの？」と、わたしは興味をかき立てられて訊く。

「水の中に画家の同じ顔がいくつも浮いていて、木に取り巻かれているでしょ。この絵の中で、画家が囚われの身であることを自覚しているのは、だれにでもわかる。顔はいろいろな方向を眺めて、じっと外に出る方法を探っている。でも、いくら囲まれているといっても、木と木の間隔はあいているし、逃げだせるはずだけど、いまはじっとしている」

「つまり、木が国境線《ボーダーライン》ということ？」

「そうともとれるでしょ。でも、周縁に追いやられた者はとても用心深い。簡単に楽観的になれないのよ」

「そういわれてみると、個人の問題から出発するボーダー・ウーマンの詩に近いものも感じられる」

「同じ国境線でも、見る者の社会的・歴史的視野によって、その内面が投影されて見えてくるのよ」

「そのとおりだ」と、わたしは同意する。

(1) Simón Bolívar (1783–1830) ベネズエラのカラカス生まれ。南米のスペイン植民地を独立に導く。

「深淵を生きてきた人々は、みずからを選ばれた者だと自慢したりはしない」

「ええ？　それって、またメキシコの格言？」

「カリブ海の思想家エドゥアール・グリッサン(2)の言葉。この絵の顔のように深淵を生きている人は自分だけが正しいといって、一方的に他者を攻撃したりしない。慎重に他者との関係をさぐるのよね」



## メキシコの女性詩人――キラ・ガルバン、ミリアム・モスコナ

わたしは『口から口へ』という一冊の本を見つけた。「十二人の現代メキシコ人女性による詩」という副題がついている。ありがたいことに、スペイン語と英語のバイリンガル版だ。その中の二人を紹介しよう。厳密にいえば、ボーダー地帯に住んでいる詩人ではないのでボーダー詩人といえないが、メキシコに住み、そのメインカルチャーに違和感を抱くか、オールタナティヴな視点を有していることが感じられる詩を書いている。

まずキラ・ガルバンを紹介する。彼女は一九五六年に生まれた。経歴について詳しいことはわからないが、経済学の修士号をもち、詩の創作に関しては、メキシコ国立自治大学（通称ＵＮＡＭ）でフアン・バヌエロスの手ほどきをうけ、八〇年に若手詩人のためのコンクール（フランシスコ・ゴンサレス・デ・レオン）で第一位を受賞。これまでに、『アラブアンサ・エスクリボ』（一九八九年）をはじめ、数冊の詩集を出している。ディラン・トマスなどの翻訳も行

（2）Edouard Glissant (1928–) グリッサンは、クレオール化 (la creolisation) を提言。恒川邦夫によれば、「クレオール化というのは……言語にとどまらない、人間社会全般に関わる混交現象を包摂した概念……。グリッサンの問題提起は奴隷貿易・プランテーション経済の昔から、宗主国からの独立あるいは海外県化を経て、現在の状況にいたるまでのカリブ海諸島の通時的・共時的分析に根ざしつつ、経済のグローバリゼーション、多様な文化・言語の接触と交流による地球社会のありようについての深い洞察を含むものである」(http://www.mfj.gr.jp/colloque_9910/resume/Tsunekawa.html より)
なお、邦訳として、管啓次郎訳『〈関係〉の詩学』

なっている。メキシコシティ在住のようだが、八七年から八八年にかけて、日本に滞在したこともあり、その滞在にまつわるエッセイもあるらしい。

アンソロジーに載っている数編の詩だけで、その特徴を論じるのは難しいが、女性の都市生活者の乾いた視点が特徴となっている。そのタイトルも「シティ・ウーマン」という詩では、「わたしが知っているただ一つのミツバチの巣箱は鋼鉄製だ」と、いいきる。とはいえ、そうした無機質の都会生活に安住できるわけでもなく、「わたしたちはビルからビルへと走り、大空がその間、絶えずノーといいつづける。愛もノーといいつづける」と、内面の悲嘆を綴る。一人の女性が土着インディオ文化と西洋カトリック文化の交じり合ったメキシコシティという独自の都市空間で彷徨する姿が思い浮かぶ。

人生は走りつづけ　どこでも
都市へ向かう長い路上のいたるところで
起こる
ハイウェイ上には　連続した動きがある
山の頂上にある虫の生育器
荷物や人々を乗せたトラック
小麦畑やトウモロコシ畑(3)

どれもけっして止まろうとしない
まるで高圧鉄塔の電流と
同じスピードで走っているみたい

詩集『口から口へ』のジャケット

（インスクリプト、二〇〇〇年）、恒川邦夫訳『全-世界論』（みすず書房、二〇〇〇年）などがある。

あそこじゃ　ソンブレロかぶって
オレンジやアボカド売っている
プルケに酔っ払い
安っぽいジャケットを着て　ナンパしに出かけ
カワイイ女の子が通り過ぎるのを眺めている
沈黙がそれ自身の肌にのんびりしたパンチをあびせる
傷つけ　へこませ
それをやわな不在へと切りひらく
人生は震え輝く
果物の皮と唾がいっぱい
首都は広場を再開発し
道路にいっぱい街灯をつけてまわる
だけど　街灯の光は陽に焼けた肌を貫くことはなく
孤独の塩水と一緒に　ながながと延びる
女たちはひざまずき
ロサリオの祈りと「我等が父よ」を口ずさむ
血塗られたキリストが女たちを見返す
　　だけど言葉はない
いや　ひょっとしたら　ふっと息を吹いてよこしたかもしれない？
ともかく　熱い手がくすぶる
唐辛子の皮をむき　羊毛をすく

（3）トウモロコシは、メキシコの先住民にとって精神的意味を有している。山本匡史は、ゲレロ州のナワの村落でのトウモロコシの農耕儀礼を丹念に調査して、先住民の伝統価値観がカトリックの宗教暦の中にいかに深く息づいているか、フォーク・カトリシズム（習合）の観点から語る。「…一連の農耕儀礼は、基本的にカトリックの祭事暦に即して繰り広げられるが、そこには…ヨーロッパによる征服という五世紀以上の時空を飛び越えて先スペイン期以来のナワのシンボルが顕現するのである」（「農耕儀礼とフォーク・カトリシズムの諸相」、六四-六五頁）

ウィチョレスとコラスは
ペヨーテの助けを借りて
その動物守護神を発見する
未来に驚き
二つの次元のあいだに滑り込む
ぼこぼこの道路のような体をたずさえて。
エロティックな営みの中では
けっして発せられない
言葉が残す空洞に
呼吸は大きく苛まれる

（キラ・ガルバン「なぜ人生は走りつづけ、起こらないのか」[4]）

次に紹介するのはミリアム・モスコナ。彼女は一九五五年メキシコ生まれだが、両親は第二次大戦のときにブルガリアから新大陸に移民としてやってきたユダヤ人だという。大学でジャーナリズムを専攻して、ラジオジャーナリストとしてのキャリアもあり、ノンフィクションの本も書いているが、詩人としては、一九八三年に『最後の楽園』でデビューし、二作目の『訪問者たち』と三作目の『名前の木』は、それぞれアグアカリエンテス賞（一九八八年）とハリスコ文化大臣賞（一九九二年）を受賞している。彼女自身が簡単に記している文章を引用すれば、彼女の詩のテーマは「亡命、外部からきた女性や自分の内部の女性、生存者の視野から見た死、および一般的にわれわれが人間として抱えている個人的あるいは集団的な感情など」だという。都市生活での身近なイメージをつかいながら、メキシコという新天地で遠いヨーロッ

（4） Kyra Galván, "Porque La Vida Corre y No Sucede," *Mouth to Mouth : Poems by Twelve Contemporary Mexican Women*, Ed. Forrest Gander (Minneapolis : Milkweed Editions, 1993), pp. 60–63.

パのホロコースト体験をどう捉えるか、という特異なテーマに取り組む詩人のようだ。

わたしは自分の姓を抱えてうろつくことができない
わたしには醜い羽が生えている
泥やゴミ屑や糞の中に住まなければならない
わたしたちは皆　光がほしいと熱烈に思っている
でも　燃えるネオンの罠にはまるわたし
ああ　ヴィーナスよ
わたしたちは過去を愛しすぎて
わたしたちのノスタルジーは　まるで卑しい不倫のよう
かれらは生まれたときから巨大な蠅の集団
ブルガリアからやってきた　わたしの運命を詰み込んで
安全にこの街にわたしを送りとどけ
わたしに名前という栄誉を与えようとした
虫か星かのどちらかで
わたしは覚悟をきめる　わたしを解放してくれそうな
　魅惑的な海へと身をなげようと。
一番ゆっくりとした日没が近づいてくる
ああ　ヴィーナスよ　この眩暈をどうしたらいいの？
わたしは百頭の馬の騎手
わたしのような女は　身を引きやすい

一艘の船が高波に隠れる

（ミリアム・モスコナ「危機の楽園[5]」）

（5） Myriam Moscona, "Jardin en Trance," *Mouth to Mouth : Poems by Twelve Contemporary Mexican Women*, Ed. Forrest Gander (Minneapolis : Milkweed Editions, 1993), pp. 192–193.

第二部

# エル・デスペラード

——国境の無法者

思索は「他者」への奉仕に他ならない。

——ホセ・マルティ

# 1

# アリシアの冒険



ある初夏の朝、一人の少女が米国テキサス州のイーグル・パスから、リオ・ブラボーにかかる国境の橋を歩いていた。メキシコが南にあるので、陽ざしは少女の左手のほうから射してこなければいけない。でも、なぜか太陽は彼女の後方にある。まるで、この地方ではクリッターと呼ばれる山豹が獲物を狙うかのように、遠くから彼女の背中を追いかけてくる。

すでに温度は三十度を超していて、そんな熱気の中を歩いていると、汗が、まるで砂漠の大蟻の群れみたいに、次から次へと汗腺から出てくる。すでに少女の白いTシャツの脇の下や、リュックを背負った背中が、スコールに見舞われたみたいに、びしょ濡れだ。ちいさな帽子をかぶっているが、額にも汗が噴きだしてくる。これじゃ、まるで〈モハーダ〉[1]だわ。逆方向だったら、米国の移民局につかまっちゃう。そう少女は独り言をつぶやき、苦笑する。

少女の名前はアリシア・オオシタ・ゴメスといい、十九歳の日系メキシコ人だった。メキシコの北東部のモンテレイ市で生まれた。弁護士をしている父はメキシコ人だが、母はヒロシマ出身の日本人で、父とトーキョーで出会い結婚した。メキシコにくるまで、ニッセキという病院で看護婦をしていたらしい。そんな母も、アリシアが小学校を終える頃、異国の土地で亡くなっていた。内臓の病気ということぐらいで、アリシアには詳しい病名はわからなかった。

リオ・ブラボーを橋から眺める。はためくメキシコの国旗。

（1）モハーダ（モハード）本来は「濡れた」という意味のスペイン語の形容詞であるが、ここでは英語でいう「ウェットバック」、メキシコからアメリカ合衆国へ違法に渡る人を指す。

アリシアは日本《ハポン》に行ったことはないし、まして母の故郷の町について、原爆によって破壊されたということぐらいしか知らなかった。日本に対しても、テレビの画像がきれいと評判のソニーという会社や故障しないトヨタの車など、機械を作るのがうまい国といった印象しかなかった。というのも、アリシアの家にあるのはゼニート(2)という安いアメリカ製のテレビだったし、車は父が〈シェビィ〉と愛称で呼ぶシボレーのインパラ(3)だったからだ。

日本の生活については、母がどんな国で育ったのか興味なくはなかったが、小学校に入りたての頃、友達だと思っていた子から「中国人《チーナ》」と呼ばれ、まるで中国人も日本人も同じであるかのように扱われたので、自分の中にある日本人の血はあまりうれしいものでなかった。でも、中国人呼ばわりされることで、かえって普段はまったく意識していない自分の中の「日本人」が呼び覚まされることもあった。

ばかね、日本はカメラだって、テレビだって、世界一なんだからね。アリシアは自分が中国人呼ばわりされるたびに、そう心の中で言い返すのだった。

母の話では、遠い昔の「メキシコ革命時代(4)」に、汚い仕事も喜んでやるという中国人移民が何百人となく、革命軍や政府軍によって虐殺されたらしい。日本人移民も、この前の戦争では警察に捕まって、北の国《エル・ノルテ》に連れて行かれたという。捕まらない場合でも、決められた都市に集められた。だから、日本人だって、いざとなれば、このメキシコで中国人と同じように虐待されるかもしれない、人の心なんてわからないわよ。そう母はいった。

中国人と日本人がどう違うのか、アリシアにはわからなかった。が、やや大きくなってから、「中国人」とからかわれると、アリシアは、「わたし、中国人じゃないからね。メキシコ人だから」と、反論していた。そういいながら、アリシアは、どうして自分だけがメキシコ人として扱われないのだろう、と思い苛立った。アリシアにとっては、まるで庭に母が植えた日本

(2) Zenith　米国名「ゼニス」。一九一九年シカゴで、アマチュア・ラジオを創始。のちにテレビの製造にも乗りだし、五六年にリモコンを開発したことで有名。

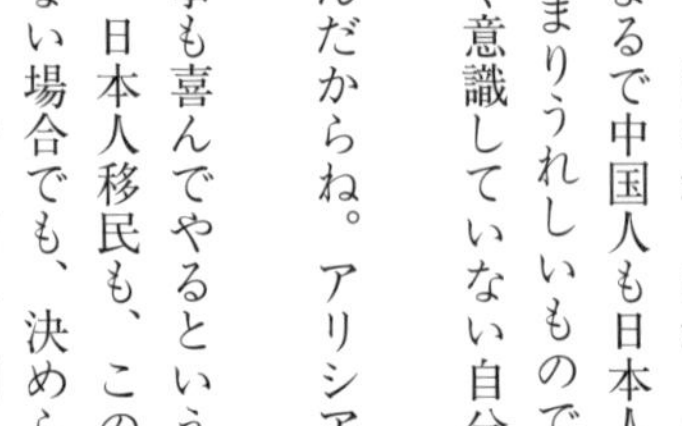

シボレー「インパラ」。米国で一番の売れ筋。五〇年代に米国を走る自動車の十台に一台はこれだったという。

(3) Chevrolet　乗用車からトラックまで二十種類以上の車を製造する、老舗GM社のブランド

産の菊の花がメキシコっぽくないという理由で、だからこの花はダメだ、といわれるのと同じような気がした。

そんなわけで、ときには母が日本人でなくて、メキシコ人だったらよかったのにと思うこともあった。

あるとき、母とふたりで食べ物の話をしていて、母が日本の食べ物について、まるで砂漠の探検家が乾燥した土地で豊かな水の源泉を発見したかのように、あまりにうれしそうに喋ったことがあった。幼いアリシアは臍をまげ、その水源を無性に汚したくなった。

「新年の始まりには、日本では〝おもち〟といって、お米のケーキ《ケケ・アロス》とか、おいしいみかん《ナランハ》を食べたりするのよ」と、母のヨシエは得意そうにいった。

「ふぅん。ナランハだったらメキシコにだって、あるじゃない。アグアカテは日本語でなんていうの」アリシアはメキシコを応援したくなり、自分の好きな果物の名前をいった。

「アグアカテね？　昔の日本にはなかったわ」と、母が答えた。「でも、日本語でも、英語と同じアボガドかしらね」

「アグアカテもないの？　つまんない。じゃ、トルティーヤ(5)は？」

「それも日本にないわ」

「へぇ」と、アリシアはいったが、その声は驚きというより、うれしさの表明だった。

「中華料理の皮はあるけど、トルティーヤみたいに大きくないし」

「じゃ、ハラペーニョは？」

「あなた、ハラペーニョは嫌いじゃなかったの」

「嫌いだけど。何ていうの？」

「それもないわ。でも、チーレ・ハポネスはあるわよ」

名。五五年にパワフルなV８エンジンを開発。「アメリカンドリーム」の象徴だからなのだろうか、チカーノ・ローライダーはこのガソリンを食う車「インパラ」を好む。

(4) メキシコ革命（一九一〇年～一七年）

ハラペーニョ jarapeño　ベラクルス州ハラパに由来する。日常的に食されるトウガラシとしては、ハバネロよりは辛くない。

(5) トウモロコシ（あるいは小麦）から作る先

「なに、それ?」

「赤いトウガラシよ。あなたの小指みたいに細いけど、とっても辛いのよ」

「サルサにいれて、豚肉《カルニタス》と一緒に食べるの?」

「日本にはトウガラシでサルサを作る習慣はないわ。だいたいトルティーヤがないもの」

「それって、かわいそう」と、幼い愛国主義者アリシアは母に精一杯の皮肉をいった。その一言で日本人の母に勝ったと思い、爽快な気分になった。「やっぱりメキシコのほうがずっといいよ」

チカーノ詩人の叫び

## カリフォルニアの義賊——「ホアキン・ムリエタのコリード」

この俺は　アメリカ人じゃない
でも英語など　朝飯前さ
兄貴と習った　世の中の表と裏を
アメリカ人など　怖くない
俺の足もとで
震えさせてやる
物心　つかない頃に
孤児になり

住民の知恵の産物。「新大陸生まれのトウモロコシは、大航海時代以降ヨーロッパやアフリカに渡ってゆくが、各地でビタミン不足が原因と思われるペラグラという奇病を引き起こす。しかし、新大陸ではそんな病気とは無縁だった。それは一つに、トウモロコシと一緒にインゲンマメを食べていたからであり、もうひとつは「あく抜き」の方法にあった。メキシコでは石灰を入れた湯でトウモロコシをゆでてからすりつぶし、北アメリカでは石灰の代わりに木の灰が使われた。これらの「あく抜き」はトウモロコシ粒のかたい外皮をとるためにほどこされたのだが、同時に栄養学的な問題点を解決していた」(シルヴィア・ジョンソン『世界を変えた野菜読本』四三頁)

愛情を　注がれたこともない
兄貴は　殺された
女房のカルメリータも
臆病どもに　殺された

俺は　エルモシージョから
やってきた　黄金と富が目当てさ
素朴で貧しいインディオを
命をかけて守ってやった
なのに　保安官
俺の首に　賞金掛けた

俺は　金持ちどもの
金を　奪いとる
素朴で貧しい人の前じゃ
ソンブレーロ脱いで　うちとける
ああ　なんと不平等な法律か
この俺を〈盗賊《バンドレーロ》〉呼ばわりするなんて
ムリエッタ　望んじゃいない
「無法者」呼ばわりされるのは
妻の復讐誓いやってきた

復刊された小説「ホアキン・ムリエタ」（オクラホマ大学出版、一九五五年）

何度も戻ってくるぞ
愛しいカルメリータ
辛い思いで　死ぬなんて

（「ホアキン・ムリエタのコリード」[6]（一八五〇年頃、作者不明）の前半）

ホアキン・ムリエタは、十九世紀の米墨国境地帯が生んだ「無法者」であり、カリフォルニア史に残る文化ヒーローだ。ジョン・ロリン・リッジというチェロキー族と白人のあいだに生まれた混血作家による大衆小説《ダイムノヴェル》『ホアキン・ムリエタの人生と冒険』（一八五四年　英語版）[7]の主人公として、メキシコ系アメリカ人や南米人の心に広く訴えた。そんな「無法者」がどうして人気を博したのか、少し当時の歴史を探る必要がある。

物語によれば、ホアキン・ムリエタはソノラ州の立派な家に生まれ、メキシコシティで教育も受けたことがある温厚な青年だった。カリフォルニアにやってきたのは一八五〇年。

この頃は、いわばスペイン語を喋るカトリック教徒（カリフォルニオ）と英語を喋るプロテスタント系アングロ人（ヤンキー）が最初にぶつかり合った時代だった。

というのも、西に向かって帝国主義的前進を遂げていたアメリカ合衆国は一八四六年から二年間に渡ってメキシコと戦争をしてこれに勝ち、四八年にメキシコと〈グアダルーペ・イダルゴ条約〉を結ぶ。それによって、それまでミシシッピ川までだった領土をカリフォルニアまで拡大することに成功する。それまで南西部で牧場を営んでいたドンと呼ばれるメキシコ人農場主は土地の権利を奪われたり、無理に抵抗して殺されたりする。このときに、法に訴えても無力を味わうだけで、居ながらにして難民になる。それをユダヤ人の離散にならって〈メキシカン・ディアスポラ〉と呼ぶ学者[8]もいる。

（6）"Corrido de Joaquín Murrieta," *Literary Chicana 1965–1995 : An Anthology in Spanish, English, and Caló*, Ed. Manuel de Jesús Hernánez-Gutiérrez and David William Foster (New York : Garland Publishing, Inc., 1997), pp. 201–202.

（7）Yellow Bird (John Rollin Ridge), *The Life and Adventures of Joaquin Murieta : The Celebrated California Bandit* (Norman : U of Oklahoma P, 1955).

（8）Manuel de Jesús Hernández-Gutierrez, "Mexican and Mexican American Literary Relations," *Mexican Literature : A History*, Ed. David William Foster (Austin : U of Texas P, 1994), pp. 385–435.

折しも、一八四九年にカリフォルニアで金が発見され、東部からどっと英語を喋るヨーロッパ系アメリカ人が集まってくる。五〇年に州政府が非民主的な法律を作り、「外国人」を排除しようとする。金の採掘に従事する「外国人」に税金を課したため、メキシコ人やチリ人、ペルー人は帰国を余儀なくされる。しかし、この土地に長く住んできたカリフォルニオたちの中には、帰るところもなくしかも生活の手段を奪われて、盗みに活路を見いだし、無法者になるしかなかった者も多かった。

カリフォルニア州政府は、追いはぎや牧場荒らし（馬や牛の盗み）を行なっている盗賊たちに手を焼き、一味の首領ホアキン・ムリエタの首に千ドルの賞金を掛ける。ハリー・ラヴ大佐に率いられた追手の一団が組織される。しかし、ムリエタ一味はゲリラのように神出鬼没でなかなか捕まらない。が、やがてラヴ大佐はムリエタ一味を殺し、賞金を手にする。

ホアキンという名の盗賊は少なくとも五人いたようだが、ラヴ大佐が捕まえた盗賊の首領がホアキン・ムリエタかどうか、怪しむジャーナリストもいた。

むしろ、強気をくじき弱気を助けるホアキン・ムリエタという存在は、〈メキシカン・ディアスポラ〉の犠牲になった人たちの反ヤンキーの心境を代弁するものだった。ホアキン・ムリエタの伝説には、当時のカリフォルニアの文化的・階級的・民族的対立を背景にして、善良な一市民をロビン・フッドのような義賊に仕立て上げる、周縁に追いやられた民衆のロマン主義的想像力が反映している。ヤンキーたちに一方的にやられるばかりの負け組にとっては、せめて文化ヒーローを作ることで溜飲をさげるしかなかった。

「ムリエタのコリード」には様々なヴァージョンがあるようだが、レコーディングされている〈ロス・マドルガドレス〉のスペイン語ヴァージョン（一九三四年）を採用した。(9) このヴァージョンでは、六行一連のａｂａｂａ(c)ｂ形式をとっているが、コリードは基本的に一連四行でａ

(9) "Corrido de Joaquín Murrieta," Performed by Los Madrugadores, 1934. *Corridos y tragedias de la frontera*, Arhoolie Records.

bcdの韻を踏んでバラッドの形式をとる。コリードは国境地帯特有の歌であり、走る、流れるという意味のスペイン語の動詞〈コレール〉correr に由来するらしい。

コリードは、国境地帯のメキシコ系住民にとって、娯楽の一種でありながら、歌手が語り手となって流れるように、事件のあらましを権力者側からでなく、自分たちの側から伝えるコミュニケーションツールであった。国境地帯では、文盲の人たちが少なくなかったので、活字ではなく口承の歌に訴えた。ギターやアコーディオンによって八分の六拍子で演奏される〈ロス・マドルガドレス〉の歌を聴くと、復讐や義憤といった重たいテーマなのに、あまりに軽快な調子で、拍子抜けしてしまうほどだ。

俺は　酒場に向かう
アメリカ人を　懲らしめるために
兄貴殺した人でなし
貴様だな
丸腰の兄貴捕えた
恥知らずのアメリカ人め

恐ろしい舞台へ向かう
道のりが始まった
殺した数が　七百人になったとき
俺は　「非情者」呼ばわりされた
その数が　千と二百になったとき

コリードのCDジャケット
(Arhoolie社、一九九四年)

俺は　「殺人鬼」呼ばわりされた

俺は　アフリカの
ライオンも手なずける男
いまこそ旅に　出るときだ
アメリカ人を　やっつけるために
俺の運命　ほかにない
覚悟しておけ！　貴様たち！

ピストルや短剣など
俺にゃ　オモチャ同然
銃の傷痕　刀傷など
痛くも痒くも　ありゃしない
ここらあたりじゃ　打つ手がなくて
怯えきっているようだ

俺は　この土地じゃ
チリ人でも　異邦人でもない
カリフォルニアはメキシコのもの
神がそう造り賜うたから
俺は　セラペの中に

洗礼の証書隠し持つ

カリフォルニアは　なんて素敵な土地だろう
列をなす道また道
その道をムリエタがゆく
整列した兵士率いて
ピストルに銃弾こめて
馬に銀の鞍つけて

カリフォルニアを　旅してまわる
一八五〇年のこと
馬に銀の鞍つけて
ピストルに銃弾こめて
ホアキン・ムリエタという
メキシコ人とは　この俺のことだ

（「ホアキン・ムリエタのコリード」の後半）

# 2
# クンビアの川

アリシアはメキシコ北部の国境の町ピエドラス・ネグラスに向かっていた。橋の真ん中までくると、まるで牛の背中に焼印を押したように、境界をしめす金属プレートがコンクリート壁に打ち込まれている、ここまでがアメリカ合衆国、ここから先はメキシコと記されている。橋の下には、幅が二十メートルくらいの川があり、濃い緑色の水が流れている。アメリカ側には、広々とした河川敷があり、野球場やゴルフ場がいくつも作られている。アリシアはそれを不公平だと思う。というのも、メキシコ側にはそうしたスペースがまったくなく、雑草が鬱蒼と繁る水辺のすぐ向こうに民家が建っているからだ。

後ろを振り向くと、橋の先端に米国税関の褐色の厳《いか》つい建物がある。まるで要塞みたいに不気味だ、とアリシアは思う。現に、迷彩服を着た若い軍人たちが凶暴そうな警察犬を連れて、車で通関しようとしている人たちの荷物を検査している。警察犬は首綱を引きちぎらんばかりの勢いで、車体のあちこちに鼻を突っ込み、ドラッグや犯罪の匂いを嗅ぐ。車から降ろされた人たちの中には、とても罪を犯しそうにない老夫婦もいる。

そのうち、いきなり警察犬が背の低い白人の老女に飛びかかる。老女はもんどりを打って倒れるが、犬はかまわず老女の上にのしかかり、前脚で心臓のあたりを引っ掻く。連れの老人は

蛇行する国境の川と、橋の下の野球場（米国側）

茫然と見ているだけで、何もできない。首綱を持っている軍人は犬を引っぱろうとするが、勢いづいている犬を制止できないようだ。老女は頭を打ったのか、身動きしない。アリシアは自分の見ている光景があまりに現実離れしているので、頭がくらくらしてくる。真っ暗な穴の中を真っさかさまに落ちてゆくような気分だ。目を瞑《つむ》って、しばらくその場にかがみこむ。

　アリシアはたった一人で不安になるときに、こんな発作に襲われることがある。そんなとき、アリシアは抵抗せずにそんなめくるめく世界に身を任せることにしている。しばらくすると、亡くなる前の母とよく一緒に行った故郷の町の市場が目に浮かんでくる。

　アリシアが生まれ育ったモンテレイ市は、となりのヌエボ・レオン州にある。北の国境まで車で二時間で行け、人口がおよそ三百万の、メキシコシティ、グアダラハラにつぐメキシコ第三の大都市。ダウンタウンには、ガラスや金属のパネルをいくつも継ぎ合わせたような超近代的な高層ビルが立ち並び、高架鉄道や高速道路も整備されていて、まるでアメリカ合衆国の大都会を丸ごと南の国に移植したかのようだ。

　でも、高架鉄道で北に十分ほど行ったクアウテモク[1]駅近くの市場周辺には、極貧のスラムがあり、ひとたび雨が降ると、舗装されていない穴ぼこだらけの道路がまるで濁流の川みたいになってしまう。メキシコの他の都市と同様、貧富の差が激しく、その格差が人々の住む場所や暮しに反映している。だから、超近代的に整備されたダウンタウンは、まるで真っ黒に日焼けした顔に塗った白粉みたいで、ちょっとしたきっかけで剝げ落ちる可能性がある。

　そんな汚れたスラムがあっても、アリシアはモンテレイが好きだ。クアウテモクの市場などには絶対行ってはいけない、と父に釘をさされていたが、母と一緒に何度もこっそり出かけていった。まるで、これが同じ都市の一部かと思えるほどに、まるで異世界に入り込んだかのようだった。狭い路地にはぎっしりと露店が立ち並び、ゲームソフトの海賊版から高級ブランド

（1）クアウテモク（1495年?–1525年）その名は「急降下する鷲」を意味し、アステカ帝国最後の王。

のニセ靴下まで、なんでも安く手に入る。とりわけ週末には、本当にこの国は貧乏なのか、と思われるくらいに品物があふれていた。人もいっぱいだった。歩いているだけで、何となくわくわくしてくる。お金はないけど、こんなお祭りのような時を過ごせるなんて、なんてステキなんだろう。そうアリシアは思った。

それに、この市《まち》には、コロンビア人移民のアコーディオン奏者セルソ・ピーニャが住んでいて、貧しい南米系の移民たちのために、クンビアという素朴なダンス曲をいくつも作っている。セルソ・ピーニャ自身はアリシアの父と同じぐらいの年齢のおじさんで、少女がファンになるようなアーティストでないが、アリシアの大好きなモンテレイ出身のロックグループ〈グラン・シレンシオ〉や〈コントロール・マチェーテ〉、あるいはメキシコで一番人気のある〈カフェ・タクーバ〉がピーニャを慕って一緒に演奏をしていた。それでアリシアはセルソ・ピーニャと、クンビアという音楽ジャンルを知ったのだ。

音楽に詳しい高校時代の同級生ロベルタによれば、クンビアというのは、もともとコロンビア北部で生まれた西アフリカ色の強いダンス音楽で、演奏にはかつて二つの笛と太鼓が使われたそうだ。最初、セルソ・ピーニャはメキシコ北部の伝統的な民謡を演っていたが、八〇年代の初めにカリブ音楽に方向転換。今世紀に入って、エレキギターを使うロックグループたちと一緒に演奏することで、素朴な情感を訴えるアコーディオン演奏に都市生活に特徴的なノイズや無機質のリズムが加わり、現代人が聞くに耐えるロッククンビアの先駆けとなったという。世界の移民たち、難民たち、亡命者たちに向けた曲作りをしている。そうロベルタが教えてくれた。そんなわけで、セルソ・ピーニャの『バリオ・ブラボー』は、アリシアの宝ものだった。

いま、リオ・ブラボーの上にかかる橋の真ん中に身をかがめて、じっと目を瞑っていると、

〈エル・グラン・シレンシオ〉
El Gran Silencio のライブ

〈コントロール・マチェーテ〉
Control Machete "Solo para fanatico" (2002)

父の厳しい忠告にもかかわらずクアウテモクの市場に連れていってくれた母の懐かしい顔が浮かんできた。お母さん、どうしてもっと長生きしてくれなかったの。日本人であることをうらんだりして、ごめんなさい。

　アリシアの耳には、バジェナートという音楽で使われる楽器《ギラ》が軽快なリズムを刻むピーニャの〈クンビア・ソブレ・エル・リオ（川のクンビア）〉が聴こえてくる。

スエナ　スエナ　エモシオーナ（奏でろ　奏でろ　心に響く音を）
ヌエストラ　ヌエストラ　アコルデオーナ（我らの　我らの　アコーディオン奏者）
スエナ　スエナ　エモシオーナ（奏でろ　奏でろ　心に響く音を）
ヌエストラ　ヌエストラ　アコルデオーナ（我らの　我らの　アコーディオン奏者）

アコーディオンが奏でるメロディを聴いていると、呼吸が正常に戻り、眩暈《めまい》がおさまりかけてきた。セルソ・ピーニャが歌っている「リオ」は、この国境の川リオ・ブラボーでも、モンテレイ市のダウンタウンの南側を流れるリオ・サンタ・カタリーナでもない。むしろ、いろいろな種類のリズムやメロディが合流してできたセルソ・ピーニャ自身の「クンビアの川」。その「クンビアの川」が、南米大陸やカリブ海からニューヨークへ、さらにモンテレイへと、いくつもの国境線や民族の壁をすり抜けて、とうとうと流れてゆく。きみもそんな川の一部なんだよ。アリシアには、そうピーニャが語りかけているような気がする。

　涙を腕でぬぐって、ゆっくり立ちあがり、米国側の税関のほうに目をやると、すでに老夫婦の姿はない。迷彩服の軍人たちを引き連れた警察犬があちこち嗅ぎまわっている。

　そんな光景に背を向けて、アリシアはメキシコ側の橋を歩いていく。ビエン・ベニドス・

〈カフェ・タクーバ〉Cafe Tacuba のCDジャケット

セルソ・ピーニャ「バリオ・ブラボー」のCDジャケット

ア・ピエドラス・ネグラス、コアウィラ（ようこそコアウィラ州ピエドラス・ネグラスへ）と、いかにもありきたりの歓迎の言葉で、税関の掲示板が彼女を出迎える。その掲示板の向こうに、まるでプレーリードッグが巣穴からちょこんと顔をのぞかせたように、教会の尖塔が見える。町には、ほかに背の高い建物がないようだ。

国境の橋からピエドラス・ネグラスの教会を望む

## テキサスの「無法者」——「グレゴリオ・コルテスのコリード」

チカーノ詩人の叫び

カルメンという片田舎で
こんな事件　あったんだ
保安官　撃たれて死んだ
ロマンは　重傷負った

翌朝に
人々が　やってきて
口々にいうには
犯人誰なのか　わからない
調査して
およそ　三時間後に

犯人はグレゴリオ・コルテス
と判明した

コルテスは　全州に
指名手配され
その首には　生死を問わず
賞金掛けられた

グレゴリオ・コルテス
片手にピストルを持っていうには
保安官殺し　後悔などしていない
可哀想なのは　兄のほうだ

グレゴリオ・コルテス
魂を真っ赤に燃やしていうには
保安官殺し　後悔などしていない
正当防衛　許されるはずだから

アメリカ人たちが
疾風のごとく　やってくる
三千ペソの賞金

ボーダーの「無法者」グレゴリオ・コルテス（前列中央）

ほしいから

ゴンザレス郡を　追跡中に
数名の保安官　その姿目撃した
それでも　追跡したくない
コルテスが怖いのだ

猟犬が　やってくる
コルテスの足跡たどる
奴を捕まえるのは
星を捕まえるようなもの

グレゴリオ・コルテスがいうには
俺を逮捕できないならば
なんのための計画か
猟犬を使ってまで

（「グレゴリオ・コルテスのコリード[2]」（一九〇一年頃、作者不明）の前半）

ホアキン・ムリエタがカリフォルニアのメキシコ人たちの文化ヒーローだとすれば、グレゴリオ・コルテスは、テキサスのメキシコ人たちにとっての文化ヒーローだ。
テキサスの歴史的背景を瞥見すれば、リオ・グランデ（メキシコ名は、リオ・ブラボー）下

（2） "Corrido de Gregorio Cortez," *Literary Chicana 1965–1995 : An Anthology in Spanish, English, and Caló*, Ed. Manuel de Jesús Hernánez-Gutiérrez and David William Foster (New York : Garland Publishing, Inc., 1997), pp. 203–204.

流域は、肥沃な土壌で農業や牧畜が盛んな土地だが、一七四九年にホセ・デ・エスカンドンによりヌエボ・サンタンデル県としてスペインの植民地となった。一八二一年の米国人の入植開始以来、そこにいたテハーノ（テキサスのメキシコ人）とあとからやってきたアングロ白人とのあいだの対立が顕在化する。アングロ白人入植者たちの反乱、アラモの砦の戦いなどを経て、一八三六年に川の北側がテキサス共和国としてメキシコからの独立を宣言。一八四五年に、そのテキサス共和国がアメリカ合衆国に併合されテキサス州となる。翌年メキシコと米国のあいだで戦争が勃発、一八四八年に米国が勝利し、メキシコは完全にテキサスを失う。

物理的に米国に併合されても、サンアントニオを中心とするテキサス南部には、音楽にせよ、料理にせよ、テックス・メックスと呼ばれるテハーノの文化伝統が根強く残っている。牧場《ランチョ》で素朴な生活を送る牧童《バケーロス》たちの血族意識は強い。

テキサス南部のボーダー・バラッド研究の第一人者アメリコ・パレデスの『片手にピストルを持って』（初版は一九五八年）によれば、グレゴリオ・コルテスは一八七五年にメキシコのリオ・ブラボー河口マタモロスとそのやや上流のレイノサの中間にある農場で生まれたという。(3)八人兄弟の七番目だった。グレゴリオが十二歳のとき、家族は国境を越えて米国のテキサス州オースティンの近くに移住。その二年後に、グレゴリオは兄ロマルドと一緒に家を出て、農夫や牧童として働きながらあちこちを転々。事件の起こる一年前、兄弟は定住を決意して、知り合いの大農場主から農地を借りうける。グレゴリオは二十五歳、四人の子持ちだった。

一九〇一年六月十二日の午後に事件は起こった。カーニス郡の保安官W・T・モリスが通訳を連れてグレゴリオの家を訪れる。保安官はグレゴリオに馬泥棒の嫌疑をかけていた。このとき、保安官に同伴していた通訳がいくつもの致命的なミスを犯す。兄がグレゴリオにスペイン語で、「お前に用があるってよ（テ・キエレン）」といったのを聞き、通訳は「お前がお尋ね者

（3） Américo Paredes, *With His Pistol in His Hand: A Border Ballad and Its Hero* (Austin: U of Texas P, 1996), p. 55.

だってよ（ユー・アー・ア・ウォンテッド・マン）」という風に解釈し、コルテス兄弟が逮捕を予測していると思い込んだ。アメリコ・パレデスは、この通訳がもっとスペイン語がよくわかっていれば、多くのメキシコ人が命を失わずに済んだだろうに、といっている。

グレゴリオ兄弟と保安官の間には、五メートルぐらいしかなかった。保安官が「お前たちを逮捕する」といったとき、丸腰の兄が保安官のほうに向かっていく。保安官は兄ロマルド（歌の中では、ロマンという愛称で呼ばれている）を撃つ。保安官はグレゴリオも狙ったが弾がはずれ、逆にグレゴリオに撃たれてしまう。

グレゴリオは撃たれた兄を連れて北のほうへ逃げる。逃げなければ、アングロ白人によってリンチの憂き目に遭うのは明らかだったから。ゴンザレス郡の友人のもとに匿《かくま》ってもらっていたとき、追手たちの急襲に遭い、コルテスはクローヴァ保安官を撃ち殺す。

コルテスは事件から十日間、徒歩と馬で一人逃走をつづける。徒歩で百八十キロメートル、馬で六百キロメートルぐらいを走破した。その間、千ドルの賞金が掛けられ、三百人近くの追手がつぎ込まれた。追手のテキサス・レンジャーズは、コルテスを単独犯ではなく、馬泥棒の一味の首領と思い込んでいた。

コルテスがちょうど二十六歳の誕生日に捕まったとき、一部の新聞は「大凶悪犯捕まる」という見出しをつけた。コルテスは直ちにサンアントニオの刑務所に送られ、そこからいろいろな罪状で各地の裁判所に廻され、一年近くつづく法廷闘争が始まった。裁判には紆余曲折があり、最終的にモリス保安官殺しはコルテス側の正当防衛と認められた。

この判決はコルテス本人だけでなく、テキサス中に住むメキシコ人を喜ばせた。なぜなら、当時のテキサスは、「メキシコ人は残虐だ。裏切り者だ。盗人だ。卑劣な根性は混血であることからくる。ヨーロッパ人の中でも一段劣るスペイン人の血が混ざっている。北米のコマンチ族やアパッチ族より劣るメキシコの先住民の血が混ざっている」など、メキシコ人に対する謂われなき偏見に染まっていたからだ。そうした偏見がコルテスを「国境の無法者」に仕立てたのであり、コルテスがもとから無法者であったわけではない。

結局、クローヴァ保安官殺人の罪で、コルテスは終身刑を言い渡された。十年以上刑務所に入っていたが、一九一三年七月にテキサス州知事の恩赦により出所。その二年半後に三度目の結婚をし、友人宅で結婚の祝いをしているときに急死する。四十一歳だった。

「グレゴリオ・コルテスのコリード」には、いろいろな替え歌《ヴァリエーション》がある。ここでは一九二九年サンアントニオにおけるペドロ・ロチャとルペ・マルティネスの演奏を採用した(4)。コルテスが亡くなって十年以上経っているが、それでもなお歌われているというのは、コルテスを「無法者」に仕立てた偏見がなくなったわけでないことを示唆してはいまいか。

アメリカ人たちがいうには
もし奴を見つけたらどうしよう
面と向かいあったら
生きて帰れる者　いないはず

牧場の囲い地で
うまく追いつめた
三百人を超える追手たち
コルテスにいっぱい食わされた

（4） "Corrido de Gregorio Cortez," Performed by Pedro Rocha and Lupe Martinez, 1929. *Corridos y tragedias de la frontera*, Arhoolie Records.

エンシナルの近辺で
流れた噂によれば
撃ち合いがあって
またもう一人　保安官殺された

グレゴリオ・コルテス
片手にピストルを持っていうには
腰抜けレンジャーども
たった一人のメキシコ人から逃げるのか

コルテス　ラレードに向かう
恐れることなど　何もない
追ってこい　腰抜けレンジャーども
この俺がグレゴリオ・コルテスだ

グレゴリオ　シプレス家の牧場で
フアンに向かっていうことには
何かニュースはあるかい
俺がグレゴリオ・コルテスだ

グレゴリオ・コルテスがフアンにいうには

ボーダー映画「グレゴリオ・コルテスのバラード」（R・M・ヤング監督、一九八二年）

これから保安官のもとへ行き
ここに来て
俺を逮捕するようにいいなさい

保安官たち　やってくると
グレゴリオ　自ら名乗りでて
捕まえたきゃ捕まえな
ほかに手はないからな

かくしてコルテスは捕まった
貧しい家族を
心の中に抱きつつ
一件落着

さてさて　皆さん
ここでお暇《いとま》いたします
コルテスの悲劇の物語は
これで　終わりです

（「グレゴリオ・コルテスのコリード」の後半）

# 3 ロードランナー少年

橋を渡り終えると、右手にまるで動物の檻みたいに高い金網のフェンスが張りめぐらされている。歩行者たちは捕獲されたばかりの動物みたいに、金網に挟まれた通路を迂回するしかない。

アリシアはふと危険を感じて、金網の前に立ち止まり、うしろを振り返る。すると、鳥のくせに地上を走るのがめっぽう速いロードランナー《ミチバシリ》みたいに、少年が猛スピードで後ろから追いかけてきた。

「ア・ドンデ・バ？」少年が、いきなり下手なスペイン語で、どこへ行くのか、と訊いた。この子メキシコ人じゃないね。メキシコ人だったら、パーティでもないかぎり、こんな風に声などかけてこないから。そう思いながら、アリシアは相手の顔を見た。

本物のロードランナーは蛇やトカゲが好物で、それらを尖った嘴でつついて食べる、と聞いたことがある。

この若者は顔が浅黒く、髪も直毛で黒色だし、目はくりくりっと丸くて、背丈はアリシアより少ししか高くない。百七十センチぐらいだろうか。その顔には、アリシアと少し違うが同じモンゴロイドの刻印が見られる。アメリカ大陸の先住民の血がまざっているに違いない。アリ

南西部の砂漠の鳥、ロードランナー roadrunner

シアは、そうした顔に親近感を覚えて、初対面の人とは絶対に自分から話さないという鉄則を破りそうになる。でも、警戒するのは怠らない。

「ドンデ・エスタ・エル・テルミナル・デ・アウトブセス？」[1]と、ふたたび若者が訊いた。

ピエドラス・ネグラスを訪れるのは初めてだった。だから、バスターミナルはおろか、町の名前の由来であるはずの「黒い石」すら、どこにあるのかわからない。だから、若者の質問には答えようがない。アリシアは返事するのをためらう。

別に「黒い石」にひかれてこの町にきたわけではない。ほかの目的地に行くために通りかかっただけ。でも、なぜかアリシアには物心ついた頃から、黒い色にひかれるところがあった。学校《コレヒオ》の女友達は、みな服でもピンクとか黄色とか赤とか、そんな色がかわいいといっていたが、アリシアは黒い服や黒い靴だけでなく、黒いノートや黒い文房具にさえ、ひきつけられた。

そうしたアリシアの黒色に対する嗜好には、幼い頃のエピソードが少しは関係しているかもしれない。彼女が育ったモンテレイのダウンタウンは盆地の底にあって、そこから遠く南のほうには、ごつごつとした雄姿を見せる東シエラ・マドレ山脈が、まるでコンクリートに覆われた市街地を威嚇するように聳え立っていた。そんな荒々しい山並みの中で、まるで神の見えざる手が斧を持って楔を打ち込んだように、先が鋭く尖っている岩山があり、アリシアはその山が怖かった。

母が亡くなって間もなく、父の部屋に忍び込んで見た本の挿絵を連想させられたからかもしれない。黒いマントを着た男が尖った歯で人の首に噛みついている絵が描かれていた。表紙には、ドラキュラと書かれていたが、それと一緒に並んでいる「コンデ」という文字が何を意味するのかわからなかった。それでも、ドラゴンを連想させるドラキ

（1）バスターミナルはどこかわかる？

モンテレイ市の南に聳える東シエラ・マドレ山脈

ュラという音の響きと、恐ろしいコウモリ男の姿はアリシアの頭から離れなかった。

アリシアは歯のように尖ったあの山を見るたびに、吸血鬼を思いだした。それから、夜になると、必ず吸血鬼が夢の中に現われた。身をかがめて、顔を近づけてくるので、アリシアは目をつぶったまま顔を背けながら、「コンデ、コンデ、コンデ」と声にならない意味不明の呪文を唱えて、十字架を頭上にかかげる格好をした。図書館の本で調べて、十字架とニンニクと日光がドラキュラの弱点だと知ったからだ。そうして、おまじないを懸命に唱えているうちに、汗をびっしょりかいて目が覚めた。

そんなとき母にすがりたかった。母にしっかり抱いてもらいたかった。その願いが叶わぬことだとわかると涙が出てきた。まるで暗い洞窟に一人とりのこされたように、不安で眠れなくなった。父に相談するわけにもいかず、アリシアは胸の中に巣食う大きな不安のコウモリを飼いならすしかなかった。

少し大きくなってから、コンデというのが「伯爵」という貴族の位を意味するということがわかり、メキシコには存在しないヨーロッパの貴族に興味をひかれた。と同時に、どうしてメキシコに存在しないものにそんなに怯えるのか、自分でもわからなかった。メキシコには本当にいないのかしら？　姿を変えていたらどうしよう？　そう思うアリシアには、あの尖った山に対する畏怖も消えなかった。

そのときだ、アリシアが自分の中の欲望に目覚めたのは。生理が始まり、胸が膨らみはじめていた。同じ学校に気になる男の子がいた。その子にシャツの下の胸の膨らみを見抜かれるのが怖くて、いつも教室では女友達の背後に隠れていた。それなのに、アリシアはその男の子の行動を、まるで犠牲者をつけねらうドラキュラみたいに鋭いまなざしで見守っていたのだった。

ふとアリシアが気がつくと、砂漠のロードランナーはすでにフェンスの向こうを疾走しているではないか。失礼な奴だわ、挨拶もしないで。でも、変にからまれなくてよかったけど。そう思いながら、アリシアも金網のフェンスに沿って歩いていく。

市街のロータリーに足を踏み入れたとたん、まるで、米国南西部やメキシコで「ブロンコ」とか「ムスタング」と呼ばれる野生馬みたいに、アリシアの足どりが軽くなった。アリシアの鼻には塵芥と食べ物の匂いがまざったような、懐かしい匂いが届いてくる。この町は目印になる高い山がなく方角がわかりにくい。でも、臭覚が刺激されて、米国では使っていなかった方向感覚が戻ってくる。

まず、広場《ソカロ》から市場《メルカード》をめざそうと思い、木が鬱蒼と繁っている広場で、市場やバスターミナルがどちらの方角にあるかを訊く。まだ朝早いので、タクシーを除けば、車の数も多くない。イダルゴ通りをまっすぐ進む。バケツで水を撒いたあとの商店街の舗道を、小さな商店の主人かもしれない老人が長箒で掃除している。こういう風景はアメリカじゃ見られない。確かにここの舗装状態はよくないし、穴ぼこだらけ。だけど、ただ汚いのを放っているわけじゃない。そう思いながら、アリシアは市場をめざして歩く。

朝早くドアを開け放ったままの酒場《カンティーナ》から、コロンビアの歌手シャキーラの〈オホス・アシ(あなたのような瞳)〉が流れてくる。

歌っている言葉はスペイン語なのに、メロディラインは中東のベリーダンス風で、音楽通のロベルタによれば、これはレバノン人の血をひくシャキーラの売り物らしい。小説家のガルシア・マルケス(2)もこの歌手のことをすごく買っているのよ。そうロベルタは付け加えたが、アリシアは当時まだ外国の作家の作品を読んだことがなかった。でも、マルケスという名の作家も歌を歌うのかなあ、とトンチンカンな感想を抱いたのだった。でも、か細いようで逞しく、ひんぱん

(2) 一九二七年コロンビア生まれのノーベル賞受賞作家。左翼思想の持ち主として知られ、キューバのカストロ首相とも親交がある。二〇〇六年には数多くのラテンアメリカの作家とともに、プエルト・リコのアメリカ合衆国からの独立運動の支持を表明。作風としては、マジックリアリズムと呼ばれる、イリュージョン(幻想)とルポルタージュ(ジャーナリズム)の混交した独自のボーダー・ライティングにより、パムクや目取真俊をはじめ、世界の周縁からリーダブルな「政治小説」を書く若い世代に影響を及ぼす。

に裏声がかぶさるシャキーラの歌い方はとびきり面白いと思った。

アイェール・コノシ・ウン・シエロ・シン・ソル（きのう知ったのよ　太陽のない空を）
イ・ウン・オンブレ・シン・スエロ（土地を奪われた男を）
ウン・サント・エン・プリソン（囚われの身の聖人を）
イ・ウナ・カンシオン・ツリステ・シン・ドゥエーニョ（主人のいない　悲しい歌を）
ヤエー・ヤエー・ヤエー・ヤラへ……

砂漠で飄々と揺れているオコティーヨみたいに、アリシアは日陰でふわふわと体を揺らしてその曲に聞きいる。曲が終わると、ふたたび陽射しの中に出る。アリシアは市場の前で、古くて冴えない黒いスカートをはき、折りたたみ椅子に腰をおろしていた中年女性に道を訊く。

「バスターミナルは、どこ？」

「あと二ブロック《ドス・クアドラス》行くとアジェンデ通りに出るから、そこで右に曲がって、ずっとずっと先よ」女性は右手の甲でまるでアブか何かを払いのけるかのような仕草をして、けっこうな距離があるということを強調する。

「右ね。グラーシアス」といいながら、アリシアも人差し指を突きだして、右に曲がることを確認する。こういう仕草はあまりメキシコの女性はしない。ちょっとアメリカ人っぽいなあ、と自分でも感じる。それから、アリシアは太陽を左手に見ながらバスターミナルをめざす。

レバノン系コロンビア人の歌手シャキーラ

南西部の砂漠の植物、オコティーヨ ocotillo。年に何度か茎の先端に赤い花を咲かせるが、その他の季節は茎だけで生きる。

# 混成的なチカーノ主体——ロドルフォ・〈コーキィ〉・ゴンサレス

わたしはホアキン　混乱の世界で道に迷い
アングロ白人《グリンゴ》社会の
　渦にはまり
法令に戸惑い
態度で侮辱され
搾取で抑圧され

近代社会によって粉々にされた
わたしの父は
　経済の戦いに敗れ
文化生存の苦しみに負けずに
　勝ちのこった
いま！
　わたしは選ばねばならない

肉体的な飢えと表裏一体の
精神の勝利を
取るか

それとも
アメリカ社会の神経症や
魂の不毛と表裏一体の
腹いっぱいの飯
を取るか

そうだ
わたしは長い道のりを乗り越えて
何もないところへやってきた
進歩というケダモノによって
技術系産業系の巨人によって
引っぱられて
アングロ風の成功に
自分を見る
自分の兄弟を見る
悲しみの涙をながす
憎しみのタネを植える
人生というサークルの中で
安全の中に引っ込む
わが民族

わたしはクアウテモク(3)
誇り高く高貴な
　指導者
コルテス大将《ガチュピン》(4)
夢の彼方で文明を発達させた
　帝国の王
わたし自身の血であり
　イメージでもある
わたしはマヤの王子さま
わたしはネサウアルコヨトル(5)
チチメカ族の偉大なる指導者
わたしは暴君コルテスの
　刀であり炎
　　そして
わたしはアステカ文明の
　鷲であり蛇である
わたしはスペイン王国の支配下で
目の届くかぎりの土地を所有し
大地で肉体労働をした。
人間と動物に対して横暴な力をふるう
スペイン人の主人のために

(3) 一八四頁の註(1)を参照。
(4) 一五二一年にアステカ帝国を滅ぼしたことにより、「征服者《コンキスタドール》」という称号が与えられているが、五百年におよぶ新大陸での植民地化に対する周縁地域の先住民の抵抗が終わったわけではない。メキシコのチアパス州やオアハカ州の先住民による武装蜂起や、反米を掲げるベネズエラのチャベス大統領の選出などが一例。だから「征服者」という称号は皮肉にひびく。「グローバリゼーション」は二十世紀末の現象だが、五百年前に始まったという説も成り立つ。「…国境の内側では、あたかもヨーロッパが世界史像を独占していくのと同様に、政治的・経済的な中心的都市・地域が国家像・国民

わたしはインディアンの汗と血をながした
　　　　　　　　　　それでも
　この大地はわたしのものだった
わたしは暴君であり奴隷でもあった
キリスト教の教会が神のよき名のもとに
　古い宗教に取って代わり
先住民の聖母の力と信仰を
　　　　　　　　利用した
聖職者たちは
　良き者であり悪しき者でもある
　　　　　　　人々から奪い取り
そして
　永遠の真理を与えた。
　　　スペイン人も
　　　　インディアンも
　　　　　メスティーソも
みな神の子らで
　かれらの声から真の人間たちが生まれてくる
　　　人間としての自分の価値や

像の主体的創出者として著者性を独占していく。文明たる都市は、国境の内側に閉じ込めた非都市を他者化し、差別化しマイノリティを創出していく」（清水透「「他者化・自然化」をめぐって」七八頁）を参照。

（5） Nezahualcóyotl (1402-1472) 先スペイン期のメキシコ Texcoco の詩人・王様。

メキシコの国章。サボテンと鷲と蛇は、アステカ文明に由来するメキシコの象徴。

自由の
素晴らしい瞬間
のために祈り戦う者たち……
（ロドルフォ・〈コーキィ〉・ゴンサレス『わたしはホアキン』(6)の冒頭）

ロドルフォ・〈コーキィ〉・ゴンサレスは、一九二八年に米国コロラド州のデンヴァーに生まれた。両親は、各地の農場を渡り歩く季節労働者だった。地元の高校を出たあと、プロのボクサーになり、全米ボクシング協会認定のフェザー級三位までいった。その後、バーのオーナーになり、政治活動を始める。六六年に、貧困との戦いをスローガンにした「正義のための《ザ・クルーセイド・フォア・》救世軍《ジャスティス》」という草の根の政治団体を設立、その議長になる。

「正義のための救世軍」は、チカーノ青少年の文化・政治意識の向上に重きをおき、その本部は活動家たちの集会場や青少年のための学校、新聞『エル・ガジョ』の発行所となり、いわばチカーノのための文化センターだった。六九年には、この団体がスポンサーになって、第一回チカーノ青年会議《ユース・コンファレンス》(7)がデンヴァーで開かれ、そこで「アストラン」と「ラ・ラーサ」という概念が提示された。「アストラン」とは、現在の南西部あたりに、アステカ帝国を築いた遊牧民たちのルーツを想定し、その土地をチカーノの自民族《ラ・ラーサ》の誇るべき故郷《ホームランド》として神聖化したものだった。

ゴンサレスの叙事詩『わたしはホアキン』（一九六七年）は、貧困や差別と戦うチカーノの精神的な葛藤から生まれたものだ。チカーノの社会的な自覚を促す啓蒙的なテキストとして、十万部以上も売れ、かつ無料で学校などに配付されたせいで、たくさんのチカーノの若者たちによって読まれた。いまでもチカーノ研究では必読文献のひとつ。「チカーノ・ナショナリズム

(6) Rodolfo "Corky" Gonzales, "I Am Joaquín," *Literature Chicana 1965-1995: An Anthology in Spanish, English, and Caló*, Ed. Manuel de Jesús, Hernández-Gutierrez and David William Foster (New York: Garland Publishing, Inc., 1997), pp. 207-222.

(7) 加藤薫は黒人運動に刺激を受けた六〇年代のチカーノ運動を次のように述べる。「…ブラウン・パワーと呼ばれたチカニスモ運動が、単に政治経済的主体性と平等、公正さを求めただけでなく、美意識を始めとする

にかんする信頼にたる資料として、つまり、六〇、七〇年代の民衆レベル、草の根、労働者階級、先住民の歴史的パースペクティヴを知るために貴重な文献」（エリウド・マルティネス）といった声もある。

正直なところ、わたしはチカーノ・ナショナリズムを狭隘な自民族中心主義と思い込んで、敬遠していた。しかし、この詩を読んで、「アストラン」信仰には容易に与せないものの、ゴンサレスの提示する「チカーノ」という主体には、親近感を覚えた。

というのも、この詩で説かれているのは、「チカーノ」という主体が単に自らのルーツである「メキシコ」を単純に理想化したものではなかったからだ。むしろ新世界と旧世界、あるいは征服者と被征服者、アングロとヒスパニック、英語文化とスペイン語文化など、さまざまな文化対立や葛藤から生みだされたハイブリッドな主体であること、そして、そうした混血主体《メスティーソ》であることがアングロ純血主義の米国社会で下位におとしめられる理由となっていること、さらに、チカーノがかれら自身の中に内在化させられている劣等意識に自覚的になってこそ、外在的な社会問題（差別・貧困問題など）に立ち向かえるようになること、などがこの詩で説かれていたからだ。

よく考えてみると、こうした混血主体に特有の劣等意識とその克服という課題は、チカーノ以外の人々にも当てはまるのではないか。もしそうならば、この詩は、メキシコ系アメリカ人たちだけにとっての文化遺産というより、いまでも米国社会でおとしめられている他の混血の人々や非ヨーロッパ系の移民たちにも通用する普遍性を有しているのではないか。

長詩で一部しか翻訳できないので、詩の概略を説明しておこう。この詩は、米国社会で周縁に追いやられたメキシコ系アメリカ人の現状からスタートして、そこから一気にメキシコのコロンブス到来以前の先住民の時間へと遡り、ヨーロッパの征服とメキシコ最後の先住民文明で

文化革命までも志向し、その中で「解放のための芸術」創造のための美術プロジェクトを優先させた…」（『チカノ・アートの現在』、一六〇頁）

「正義のための救世軍」の集会で演説するゴンサレス（一九六九年）

あるアステカ帝国の滅亡（十六世紀）、メキシコのスペインからの独立（一八一〇年）、メキシコ革命（一九一〇年代）を経て、ふたたび現在のチカーノの現状へと戻る。この詩はそういった叙事詩としての時間の流れを持つ。

時空的壮大さや、人間意識への思想的掘り下げをもって、この詩人を十九世紀のアメリカ大陸詩人ホイットマン（『草の葉』）や、アルゼンチンの国民詩人ホセ・エルナンデス（『マルティン・フィエロ』）に喩える評者もいる。[8]

語り手は一人称の「わたし」だが、それはチカーノの集合的主体。だから、この詩にはチカーノという複合主体を構成する歴史的な人物やイコンが大勢登場する。先住民の母神トナンツィン[9]とグアダルーペの聖母、アステカ帝国の最後の王クアウテモク、征服者エルナン・コルテス、独立の父イダルゴ神父[10]、サポテカ族の血をひく大統領ベニト・フアレス、独裁者ディアス[11]、革命家サパタ[12]、反革命家の将軍ウェルタ[13]、先住民ヤキ族・タラウマラ族・チャムーラ族・サポテカ族など……。

チカーノとは、一言でいえば、十六世紀以来、さまざまな対立の歴史によって強制された「矛盾」そのものだ。己の身に押しつけられたそうした歴史の「矛盾」をいかに文字教育や文学によって生存のための武器に変換していくのか、この詩は問う。

タイトルの「ホアキン」は、いうまでもなく、十九世紀半ばのカリフォルニア州で社会的な不正義に立ち向かったホアキン・ムリエタに呼応。メキシコ系アメリカ人は「無法者」というネガティヴなイメージを、ここでも逆転させようとしている。

さてトランペットが鳴り響き
人々の音楽が

（8）Gerald Head, "El chicano ante el gaucho Martín Fierro : Un redescubrimiento," *Mester* 4 (1973) : 13–23.

（9）カトリック教会は、アステカの人たちの母神トナンツィン信仰にマリア信仰を接木した。宗教学では、それは「習合」と呼ばれる。先住民とその宗教を絶滅させるのではなく、改宗に導く方法。

（10）（一七五三年―一八一一年）クリオーリョながら、一八一〇年に、先住民とメスティーソの側に立ち、スペインに対し独立運動を起こす。

（11）（一八三〇年―一九一五年）一八七六年から一九一一年までメキシコ政治を支配した。

（12）（一八七九年―一九一九年）チェ・ゲバラと並び立つ、メキシコおよび米墨ボーダー地帯で有

〈市民革命〉を刺激する
眠れる巨人のように
ゆっくりと頭をあげて
大地を踏む
　　　　足の音にあわせて
　　　民衆の叫び
　　マリアッチの旋律
　もえるテキーラの炎
緑色の唐辛子《チーレ・ベルデ》の匂い
より良き生活をねがう
　やさしい茶色をした瞳たち
肥沃な農場や
　不毛の平原
山間の村
火煙に覆われた都市で
　　われわれは動きはじめる
　La Raza!（わが民族！）
Mejicano!（メヒカーノ！）
Español!（エスパニョール！）
Latino!（ラティーノ！）

数のカルト的イコン。「サパタは、農地改革とインディオ農民の解放のために戦った不屈の闘士として、彼の理想をうけついで完成された一七年憲法とともに、メキシコの歴史のなかに不滅の栄光として、永遠にいきつづけている」（増田義郎『メキシコ革命――近代化のたたかい』一六一頁）

ベニト・ファレス（一八〇六年-七二年）メキシコ史上唯一の先住民出身の大統領。最も敬愛される指導者の一人。

Hispano!（イスパーノ！）
Chicano!（チカーノ！）
自分を何と呼ぼうとも
わたしは変わらない(14)
わたしの気持ちも同じ
わたしは叫ぶ
そして
いつものように　歌う

わたしは我が民族の民衆であり
同化を絶対に拒む
わたしはホアキン
ハンデキャップは大きい
でも心意気は高く
わたしが信じるところは不変
わたしの血は純血
わたしはアステカの王子でキリスト教の救世主
わたしは永続するだろう！
わたしは永続してやるぞ！
（ロドルフォ・〈コーキィ〉・ゴンサレス『わたしはホアキン』の最後の部分）

(13)（一八五四年—一九一六年）権謀術数にたけた軍人。最初は革命派のマデーロの側についたが、のちに反革命に走り、大統領になった。

(14)メヒカーノ（メキシコ人）、エスパニョール（スペイン人）、ラティーノ（南米系米国人）、イスパーノ（スペイン系米国人）、チカーノ（メキシコ系米国人）。こうした呼称は、「武器」をもたない弱者集団が団結するときに役に立つが、他の弱者集団を排除する装置にもなる。「わたし」は、そうしたカテゴリゼーションの両義性に自覚的であるがゆえに、「和して同ぜず」の姿勢を貫く。

# 4 キッカプー族

アリシアはドキッとする。

小さなバスターミナルのプラスティックの椅子に坐って出発便を待っていると、後ろからそっと肩に手を触れ、「オーラ、エルマーナ」と声をかける者がいたからだ。

〈やあ、お姉ちゃん〉て、気安く呼ぶ者は誰だ！　そう思って、後ろを振り返ると、さきほどのロードランナー少年ではないか。

少年は顔をアリシアのほうに近づけ、アリシアの耳に向かって、そよ風を送るみたいに「ア・ドンデ・バ？」と囁く。

少年が言葉を放つと、それと一緒に〈娼婦の夕べ《フッカーズ・イヴニング》〉という俗名を持つサクラソウの甘い強烈な匂いが漂ってくる。アリシアは、まるで自分が宙空で小さな羽根をばたつかせ、花の蜜を吸うハミングバード《ハチドリ》になったような気がして、思わず少年のほうに引き寄せられそうになる。

しばらくして、少年はもう一度「ア・ドンデ・バ？」と訊く。アリシアはふと正気に返り、意地悪な気持ちになる。さっきから、どこへわたしが行くって？　そんなの余計なお世話じゃない。アリシアは頭の中でそう感じるが、それでもなぜか口を滑らし、「ムスキスよ！」と答えていた。

〈娼婦の夕べ〉hooker's evening。南西部で夕方に花を咲かせる。サクラソウの一種。

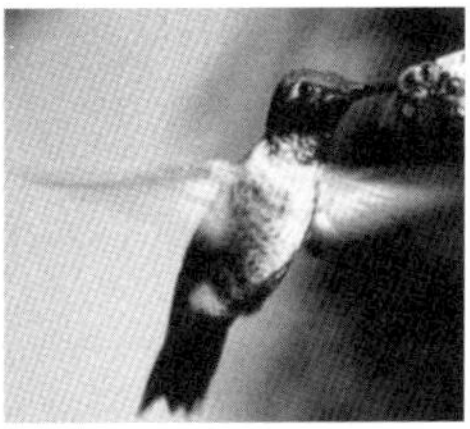

熱帯の鳥、ハチドリ hummingbird

「僕と一緒だ《ヨ・ミスモ》」と、少年がうれしそうにいう。

まわりに坐っている者たちは、臆病なくせに好奇心旺盛なジャックラビット（野兎）みたいに、ぴんと聴き耳を立てている。

少年の言葉を聞いて、アリシアはまずいことになった、と思った。見ず知らずの人とはかかわりをもちたくなかったから。

「きみはメキシコ人？」

「どうして？」

「なんか、中国人みたいだからさ」

「それがどうしたの？」

「いいや、カッコいいと思って」

アリシアは思わず吹きだしてしまう。中国人に似ていることをステキだといわれたことなど、これまで一度もない。でも、少年のその一言で、こわばったアリシアの心は、熱湯をかけられた固い氷のかたまりみたいに、徐々に溶けだす。

「どうしてムスキスなんかに？」と、少年は訊いた。

アリシアは、警戒心を百パーセント解いたわけではないが、その質問に答えるために、自分の素姓を少しだけ明かした。

ヌエボ・レオン州モンテレイ市にアイルランド系の司祭が作ったCECVAという高校に通った。正しく訳せば、「谷間の教育・文化センター」となるはずだが、そのカトリック系の私立高校を出たあと、父のつよい勧めもあってアメリカ合衆国の大学に進学した。いま、サンアントニオ市にあるテキサス大学に通う二年生。一月から五月までの春学期に、大学の図書館で貸し出し係のアルバイトをしていると、ちょうど学期が終わる頃に、ブルーのTシャツにジーンズ姿の日本人がカウンターにやってきた。父親ぐらいの年齢の男だった。ピエドラス・ネグラス近辺に住んでいる先住民のことを調べたいといったので、参考文献を探す手伝いをした。日本の大学で教えていて、調査のためにやってきたといったが、身分証明書を見たわけではないので、真偽のほどは疑わしい。自分のイメージしていたサムライみたいに無口の日本人とは違ってよく喋るし、日本人のくせに「ロベルト」と名乗ったからだ。アリシアは笑ってしまった。あまりに下手くそなウソだったから。

「ウソでしょ、その名前」と、アリシアは、まるで自分でも信じられない気安さを感じていった。

「ウソだけど、そのほうがメキシコじゃ通りがいいからね」と、日本人は素直に認めた。

「やっぱり。そうだと思った」

「どうして?」

「そのぐらいわかる。わたしの母、日本人ですもの」

「ウソだろう、それ?」

「ウソじゃないわ」

「じゃあ、何ていう名前? お母さんは」

「キクエ・オオシタよ」

「なんか、本当みたいだな」

「本当みたいじゃない。本当だもの。でも、わたしはメキシコ人」

「信用するよ。でも、きみの言い方って、アメリカ人ぽいね」

「誉めているの。それともけなしているの?」

「誉めてるんだよ」

ピエドラス・ネグラスの市内風景

「グラシアス[1]」

「デ・ナダ[2]」

アリシアはそれまで先住民に興味などなかったが、奇妙な日本人が帰ったあと、資料として使われた本のひとつをカウンターに残しておいた。ケヴィン・マルロイ著『国境の自由[3]』というタイトルの本で、「フロリダ、インディアン居留地、コアウイラ、およびテキサスにおける〈逃亡セミノール族〉」という副題がついていた。

そんな名前の部族は聞いたこともなかった。まして彼女の生まれ育ったヌエボ・レオン州のすぐ隣の州に、そうした先住民が住んでいることなど問題外だった。アリシアはその本に載っている地図や写真を見て、興味をそそられた。フロリダからどうしてよりによってこんな奥地に移り住むようになったんだろう？　そう思いながら、アリシアははるばる太平洋を渡ってメキシコにやってきた母親のことがふと頭をよぎった。大学が夏休みに入ったら、モンテレイの家に帰ることにしていたけど、ちょっとだけ遠回りして、〈逃亡セミノール族〉の村を訪ねてみよう。

少年はそんなアリシアの話を聞いて、自分から「ラウル」と名乗った。先住民のひとつ、キッカプー族の血を引いているという。

「おれたちの部族には、もともと姓を名乗る習慣はないけど、アメリカ政府向けにガルシアと名乗っている。だから、ラウル・ガルシア」

それから、少年はキッカプー族の者には、インディアンネームもあると付け加えた。家族の姓の代わりに、コヨーテとか熊とか人間とか、十四の〈トーテム（血族）[4]〉があって、各自がそのうちのどれかに属することになっているらしい。

「おれの〈トーテム〉はベリーで、おれの名前は〈熟したベリー〉さ」

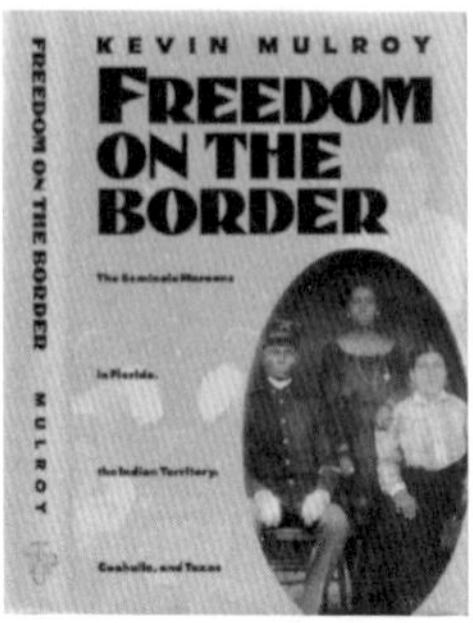

マルロイ『国境の自由』

（1）ありがとう。
（2）どういたしまして。
（3）Kevin Mulroy, *Freedom on the Border : The Seminole Maroons in Florida, the Indian Territory, Coahuila, and Texas* (Lubbock : Texas Tech UP, 1993).
（4）トーテミズム　北米のオジブエ族の世界観（シャーマニズム）に端を発する。人々はいくつかの動物や植物の「同族」に分かれ、争いや結婚でのタブーがある。

そんな話を聞いても、アリシアには半分ぐらいしかわからない。

少年によれば、キッカプー族はもともと米国北部の五大湖周辺に住んでいたが、十七世紀以降新大陸にやってきたイギリス人とフランス人の対立に巻き込まれ、南に移動し、十九世紀の中ごろにメキシコ側に移ってきたという。

メキシコではピエドラス・ネグラスの南のムスキスという町から少し奥に行ったところ、山の麓にあるナシミエントの周辺に住んでいた。メキシコ政府からは、北の攻撃的なアパッチ族やコマンチ族から領土を守る「辺境の防人」として土地使用を認められていたが、アメリカ合衆国側からはテキサスの牧場の馬や家畜を盗む「盗賊」と見なされていた。それでも、二十世紀の初めの頃まで国境の山や川を自由に行き来する権利を両国から得ていた。八〇年代ぐらいまで、何世帯かの者は国境の橋の下のリオ・グランデの河川敷に、葦で作った小屋を作って暮らしていた。

「現在はテキサスのイーグル・パスに居留地を得て、〈キッカプー・ネーション（キッカプー国家）〉を作っているけど、おれたちの聖地はナシミエントで、たえず酋長は宗教的な行事で里帰りしているんだ」と、少年は大事そうな宝物をアリシアに与えるかのように、おごそかにいった。

「キッカプー族のあいだに口伝えで伝わる話を聞かせてあげようか」

そのとき、待合室に出発時間を告げるアナウンスが流れた。ふたりは小さな荷物を抱えてガラスドアの外に出て、ムスキス行きのバスに乗り込む。なぜかふたりは自然と並んで坐っていた。アリシアは、まるで毎年春に大気中を舞うコットンウッド《ハコヤナギ》の綿毛にくるまれたかのように、ふわふわとした感触に包まれる。

〈キッカプー国家〉の居留地（テキサス州イーグル・パス）

# 国境を越えたバリオ詩人——アメリコ・パレデス

それから?
そこから　どこへ?

あなたのサンタ・マドレ（聖母）を汚す
世界に向かって　話したあと
わたしには　汚れたペン先などない
わたしに吼える犬もいない

そこから　どこへ?

　口を　ぬぐってから
嘆きの言葉や
かれが我々と一緒にしたことを
述べながら
長々と、長々と……

それから?
　あらゆる行進と
議論と
演説と、銃撃と
公開討論のあとで

それから?

同胞たち《カルナレス》よ……

そこからどこへ?

(一九七〇年)

(アメリコ・パレデス「若き死者に捧げる歌」――ルーベン・サラサールとその他の人々に捧げる)(5)


アメリコ・パレデス(一九一五―九九年)は、リオ・グランデ河の河口のブランズヴィル(テキサス州)に生まれた。父方の祖先は、まだその一帯がスペイン領のヌエボ・サンタンデル県と呼ばれていた十八世紀頃に移ってきたという。現在、南テキサスと呼ばれているリオ・グランデ下流域は、パレデスの心の故郷であるだけでなく、執筆の源泉でもあった。

ボーダーの「無法者」グレゴリオ・コルテスを歌ったコリードの歌詞を収集し、文化人類学的に分類・解説した出世作『片手にピストルをもって』(一九五八年)や、その名も『テキサス=メキシコのカンシオネロ――ボーダー下流域のフォークソング』(一九七六年)など、ボーダーのフォークロア研究の第一人者であるのは誰もが認めるところ。若い頃から習っていたというピアノとギターの技術を生かして、アングロ白人の警察やテキサス・レンジャーに代表さ

(5) Américo Paredes, "Canto de la muerte joven," *Between Two Worlds* (Houston: Arte Público Press, 1991), p. 137.

れる社会的権威に虐げられるメキシコ人の、いわば負け犬の側に立ったボーダー・バラッド研究やフォークソング研究に特徴がある。(6)

詩についても同じことがいえ、活字で読んでもよいが、節をつけて歌えそうな詩が多い。たとえば詩の中で、キーワードやキーフレーズが何度か繰り返されるので、歌ってみると、きっと聞き手にインパクトを与えるに違いない。

詩集『ふたつの世界のあいだに』(一九九一年)のタイトルが示唆するように、アングロ・プロテスタント文化とスペイン系カトリック文化のはざまを視座に、英語とスペイン語の両方を駆使した詩を書く。もともとはスペイン語文化の世界に育っていたが、英語で書かねばならないというアメリカ合衆国の同化政策のプレッシャーがつよかったようで、若い頃の作品に英語で書いたものが多い。テーマも圧倒的に強いアングロ英語文化圏の中で、いかにそれに押しつぶされずにスペイン語文化保持者として自己を確立するか、という難問を扱う。

「若き死者に捧げる歌」は、そうしたはざまに生きるチカーノの体験をテーマにしたスペイン語の政治詩。スペイン語テレビ局の人気ジャーナリスト、ルーベン・サラサール(7)の死を扱っている。サラサールは一九二八年に国境の町、チワワ州フアレスに生まれた。ロサンジェルス警察によるメキシコ人迫害を、テレビのスペイン語放送や『ロサンジェルス・タイムズ』紙の週刊コラムで鋭く追求したために、警察やFBIににらまれていた。一九七〇年八月二十九日、サラサールはイーストLAで三万人もの人が参加した「ヴェトナム戦争反対デモ」を取材したあと、ホィッティア通りの〈シルヴァー・ダラー・カフェ〉で酒を飲んでいる最中に、二十五センチもある催涙弾が頭部に直撃して死亡。検死の結果、明らかな殺人行為であることが判明したが、催涙弾を撃った保安官補は罪に問われなかった。サラサールの死は、警察の横暴だけでなく、合衆国の司法の欠陥を露呈させた。詩人は警察の権力に勝てないかもしれないが、こ

(6) 今福龍太による先駆的なパレデス論がある。「国境文化のなかの「放蕩息子」たち――アメリコ・パレデスへの手紙」(『荒野のロマネスク』二二三―二五九頁)。

(7) Ruben Salazar の詳細は、次の英語版ウェブを参照。la voz de aztlan 〈http://www.aztlan.net/default3.htm〉

の事件を詩にすることによって、そうした横暴の事実を長く子孫に伝えることはできる。

さて、アメリコ・パレデスは第二次大戦のときに、『スターズ・アンド・ストライプス』の記者として日本にやってきて、日本滞在の体験を詩をしたり、「イチロウ・キクチ」や「巣鴨」といった優れた短編小説に結晶させたりしている。(8)

まったき未来の　どこかまったき余所にある
四つ角に　わたしはたたずみ
このバリオから　旅立つために
信号が　青に変わるのを　待っていた

だけど　信号は　赤だった
永久に　永遠に
信号は赤だった
飲んだテキーラが
脳ずいに　きいてきた

これこそ　四つ角にたたずみ
信号が　青に変わるのを　待っている
宙ぶらりんの人々《ピープル・イン・ビィトウィーン》の運命

（一九五〇年）

（アメリコ・パレデス「わたしのプエブロの小さな四つ角」(9)）

（8）Américo Paredes, *The Hammon and the Beans and Other Stories* (Houston : Arte Pūblico Press, 1994).

（9）Américo Paredes, "Esquinita de mi pueblo," *Between Two Worlds* (Houston : Arte Pūblico Press, 1991), p. 114.
この詩について、今福龍太はパレデスの日本（極東）滞在に触れながら興味深い指摘をしている。たんにチカーノ少年のバリオからの旅立ちのみならず、「メタレヴェルで自らの歴史と社会空間を対象化する、一つの認識論的なジャンプの契機が存在する」と。（「"Red" の縞模様を織るように――グレーター・メキシコへの旅」『すばる』二〇〇六年十二月号、二二一頁）

## 5

# 「犬が言葉をしゃべった夜」



ムスキス行きの長距離バスが走りだすと、〈熟したベリー〉こと、ロードランナー少年はキッカプー族のあいだで代々語りつがれてきた「犬が言葉をしゃべった夜」という物語を語りはじめた。

「五月の初め、わしらはレモリノというプエブロに暮らしていた。ピエドラス・ネグラスより南西に六十キロ、聖地ナシミエントより北に百キロのところだ。

知っておるだろうが、そのあたりは砂漠地帯で、五月でも、もう夏の陽気だった。で、レモリノから五キロぐらい離れたところに、狩りの場所を移した。そこは年寄りの肌みたいにカサカサに干からびたチワワ砂漠のオアシスだ。辺鄙なところだが、いたるところで魔法の湧き水がポコポコ音を立てておった。

クルミやオークといった大木があるおかげで、日陰ができた。樹齢百年を越す木たちは、わしらだけでなく、ワイルドターキーや鹿にとっても、照りつける太陽や冷たい北風から身を護ってくれる避難所だった。そんなわけで、サン・ロドリゴ川の近くに小屋を建てて、野営地に灌漑溝を十字型につくった」

ワイルドターキー wild turkey

少年は、いつの間にか老けこんだ年寄りみたいになっている。アリシアは内心の驚きを懸命に隠して黙っていた。騒ぎ立てていま語られようとしている話を台なしにしたくなかった。ときどき、少年の話し声が山の向こうから聞こえてくるコヨーテの遠吠えみたいにかすれ声になる。まるであの世から語りかけられているみたい。アリシアはふとそう感じ、死んだ振りをするのが得意なオポッサムみたいに体をまるめると、この世ならぬ声にじっと耳をすませた。

「五月のこの日は、いつもと変らぬごく平凡な一日としてはじまった。たいていの者は前日に鹿狩りに出かけていたが、村は朝早くから活気にあふれていた。馬につけられた鈴が鳴り、家畜たちがこれから川に水を飲みにいくところだということがわかった。

いとこ同士である八歳の少年と十四歳の少女も、ほかの子どもたちと同じ一日を送ろうとしていた。メロンやスクワシュを採ったり、馬を川まで連れていったりした。気温が高くなってくると、ほかの子どもたちと川で水浴びをしたり、土手の小さな洞穴を探検したりした。

午後になると、大人たちは活動をやめた。あまりに熱気と陽射しがつよくて、冷たく暗い住居の中におらねばならなかった。サトウキビの茎と葦からなる小屋は、風通しがよかった。

疲れを知らない子どもたちも、ついに外の暑さに負けてそれぞれの避難所へと向かった。

陽が西にかたむくと、家では夕食のための火をおこした。皆が食事をおえると、酋長は評議会を召集し、レモリノにとどまることの是非を長老たちに問うた。

やがて、あたりが巨大なワタリガラスの翼みたいに、漆黒の闇につつまれると、だれもが後ろから背中を押されるように、夜の休息にしりぞいた。

その夜、八歳の少年は上機嫌だった。父が双眼鏡を旅の土産にくれたのだ。父は双眼鏡を手渡しながら、この「新しい目」をためす日がすぐにやってくるぞ、と息子にいった。

一方、十四歳の少女は、祖母とひとつの小屋で暮らしていた。父と母と兄弟たちは皆鹿狩り

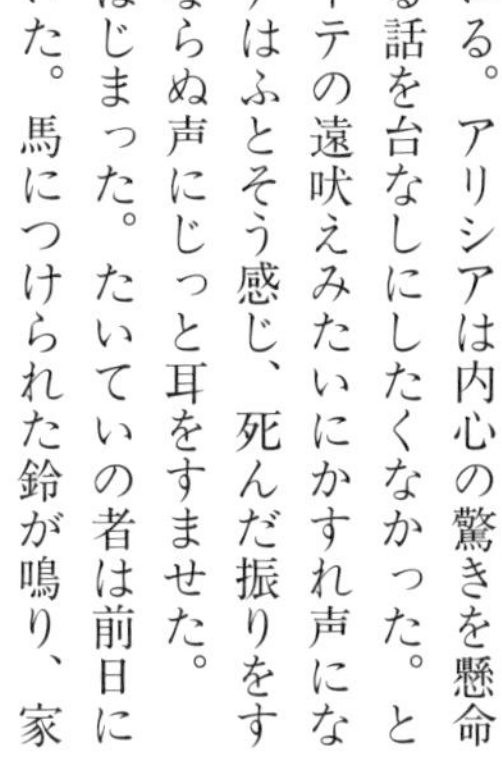

オポッサム opposum 南西部の砂漠の小動物。

に出かけていた。少女は大小の動物を扱うことに長けている、と村で評判だった。動物の言葉がわかる、という者さえおった。

外が暗くなると、少年は双眼鏡をしっかり胸に抱いて目をとじた。

少女も横になったが、目はあけていた。暗闇はいつもと同じ夜の音を生みだしていたが、今夜は四軒先の子犬が鳴き声をあげていた。最初は、その鳴き声も途切れとぎれだった。犬がスカンクかアルマジロの気配を感じとったのかな。少女はそう思って、耳をすました。

すぐにぎょっとして、恐ろしくなった。小屋を離れると、犬のいるところへ歩いていった。子どもだけがやるように、子犬を抱いてなぐさめてやった。コットンウッドの花みたいにふわふわの白い毛をなでてやりながら、そっと子犬に話しかけた。

ふと少女は子犬のもとを離れ、急ぎ足で暗がりの中を小屋までもどった。気を落ちつかせ、祖母に自分の心配していることを話そうとした。ぐっすり寝込んでいた老女は、なかなか目を覚まさなかった。少女がねばり強く声をかけ、子犬も吼えるのをやめなかったので、老女は少しずつ目が覚めてきた。

「どうしたんだい?」と、老女は訊いた。少女はためらいがちに自分の心配事を話した。あの犬が、聞く耳をもつ人だけに教えてくれているみたいよ。明日の朝、この村がなにか恐ろしいことに見舞われるだろうって。老女は少女の話を信じきれずに、少女をそっとさとした。それでも、少女には動物の言葉がわかるということだけは疑わなかった。

少女にあれこれたずねてから、祖母は少女の言葉を信じた。なにか恐ろしいことが起こるって、犬が教えてくれてるのよ。少女はヒステリックになっていた。なにがっていうのは、わからないけど、とにかく犬が教えてくれてるのよ。

やがて、老女は少女をやさしくなだめながら、村人たちにそのことを伝えるように、少女にいった。

　少女はただちに小屋から小屋へと走りまわり、村人を起こして犬の警告をつたえた。少女の言葉を信じる者はいなかった。無視されるのはまだ良いほうで、なぜ起こしたのか、と口汚くののしる者もいた。村人たちは、どうせ子どもの悪戯だろうよ、といって、ふたたび眠りについた。少女はコヨーテに追いかけられた野兎《ジャックラビット》みたいに、へとへとになって小屋にもどってきた。横になり興奮したまま、あたりに最初の陽の光が射すのを待った。

　ようやく時間がたった。夜明け前に少女は祖母に別れをつげると、そっと小屋を離れて、川に向かった。向かう先は土手の小さな洞穴。葦が茂っていて、身を隠すことができるだけでなく、そこからだと河畔を眺めることもできた。

　いっぽう、少年は、夜中に少女の呼び声で目を覚ましていた。少年もまた別の理由で、興奮して眠られない夜を過ごしていた。少女が少年の家にいったとき、少年は父親からもらった「新しい目」のことで頭の中が一杯だった。一家が少女を追いはらうと、少年はふたたび横になり、明日明らかになるはずのさまざまな謎に思いをはせた。

　なかなか眠りにつくことができなかったので、少年も夜明け前に小屋を出た。双眼鏡も一緒に持ってでたが、それを使うにはまだ暗すぎた。音を立てないように苦労しながら、少年は川まで歩いていったが、少女がそこに隠れているのは知らなかった。川に着くころには、東の空がまるでボブキャットが獲物を襲うときのように、またたく間に明るくなってきた。

　葦がびっしり繁った土手にやってくると、少年はドキッとして歩みをとめた。たくさんの馬の蹄《ひづめ》の音が聞こえてきた。すばやくサトウキビの藪の中に身を隠した。耳をすまして、ほかの音を聞こうとした。声がした。知らない人たちが聞きなれない言葉でしゃべっている声が聞こえてきた。アメリカの兵隊だ！　かなり距離があったが、「新しい目」のおかげで鮮明に見る

ボブキャット bobcat 南西部の砂漠に生息する。

ことができた。黒っぽい軍服に、ライトブルーのズボンをはき、そこに黄色のストライプが入っていた。その光景は少年の脳裏に刻みこまれた。たくみに身を隠しながら、なおも観察をつづけた。馬の毛は斑でなかった。栗毛、黒毛、灰色の毛のどれかだった。兵隊はみな銃をもっていた。自分たちの村には武器がないことに気づき、少年は焦った。

隠れていた場所からあとずさると、村に向かって一目散に走った。太陽が地平線から顔を出そうとしていた。村では朝食の準備をしていた。少年の心臓は、恐怖心と全力疾走のせいで張りさけそうだった。

少年は、両親に向かって叫んだ。見たこともない銃をもった兵隊が馬と一緒に近くまできている、と。大人たちは、少年を相手にせず、よそで遊んでいなさい、と叱った。少年はあきらめて、川に向かって走っていき、土手にある洞穴に身を隠そうとした。

ようやく川にたどり着いたと思ったら、サトウキビの茎がぱちぱちとライフル銃のような音をたてた。何人もの兵隊が馬に乗って村に向かっていった。攻撃をしかけながら、無差別に銃を放った。村にいたのはほとんどが女性か子どもか、老人だったが、だれもが恐ろしさのあまり叫び声をあげ、悲鳴をあげた。みな、まるで隊列を乱された蟻みたいに逃げまどっていた。

兵隊はたくさんの村人を殺した。まもなく野営地は、太陽よりも真っ赤な炎につつまれた。殺されなかった女や子どもは囚人となった。早朝の襲撃でなんの抵抗もできずに、ただ驚き、無言で、兵隊に命令されるままに従うしかなかった。リオ・ブラボー川を渡り、まもなくサンアントニオへとつづく道にはいり、最後には、現在オクラホマと呼ばれておるところへ向かった。

少年は兵隊たちが一人残らず去ったことを確認すると、地面を這うように小屋があったところまでもどってきた。なにも残っていなかった。まるで季節はずれの嵐がすべてをさらっていってしまったかのようだった。

少年は怖かった。腹もすき、さみしく、あてもなく歩きはじめた。四日後にリオ・ブラボー川を渡り、牧場のある家に向かった。白人の牧場主が少年を迎えいれ、大人になるまで牧場においておいた。

少女は川のところに一日中隠れておった。夜になると、村にもどり、その日に起こった惨事に涙をながした。だれ一人残っていなかった。言葉をしゃべるあの子犬さえも。

少女は少年より年長だったし、ずっと賢明だった。知恵を働かせて、次にどんな行動をとったら良いかを考えた。鹿狩りにいっていた者たちがまもなく帰ってくるはずだった。少女は待つことにした。鹿狩りは三、四日でおわるので、きっとまたここに戻ってくる。

少女の考えは正しかった。数日後、鹿狩りに出ていた者たちが帰ってくると、少女は隠れ家から走っていき、アメリカ兵の襲撃のことを話したのだった」

キッカプー族がアメリカの兵隊に襲われたメキシコ北部のレモリノ

## 砂漠の監獄詩人——ジミー・サンティアゴ・バカ



何年か　オレは国中を放浪した
オレの両親を知る人たちが
オレのところに戻ってきてくれた

オークの木が倒れて　枝が池に達していたが
その木の上に　片腕の老人ペピンがすわっていた
「マルティンよ　お前の親父とわしは
昼下がりに　オバちゃんたち《ウナス・ビエハス》と
エル・フィデル酒場《カンティナ》にいたんじゃ
トゥ・サベス、ノス・プシモス・ビエン・チャトス(1)
すると　お前のかかあシェリが入ってきてな
ダニーに何をいったのか　覚えていないが
お前の親父のそばにいた女がボソっというわけよ
あんたの奥さん　足がビッコじゃなかったの(2)
それを聞いたシェリがシン・ウナ・パラブラ泣きだして
いきなり向きを変えて　出ていったんじゃ」
盲目のエステラ・ゴメスの信心深い声が
ある日のこと　あたりの空気を漆黒の闇のように暗くした
「九二年のことだよ　息子よ。何があったって《ケパソ》？
採るべき大豆はもうないし　汽車に積みこむ穀物もなかったよ
ピノス・ウェルズは干あがった　このわたしのかさかさの手みたいにね
だれもがよそに働きにでていったのさ。わたしはエスタンシアに
コン・ミ・イホ・レイナルド(3)
テハスのガバチョス(4)のために　わたしたちは働いたんだよ

(1) そうさ　わしらしこたま酔っ払っておった

(2) 一言もいわずに

(3) 息子のレイナルドと一緒にね

(4) テキサスの白人たち

アルファルファを積みこんだり　畝《うね》一列あたり五十セントで綿花を摘んだりして
ダニーだと？　あの酔っ払いの女だね。シェリだって？　あの嫉妬深い女かい
マルティンよ　あんたのファミリアに起こったのも　そういうことさ」

肩からセラペを羽織ったセニョーラ・マルティネスは
粉雪舞うなかで　オレのほうに身を乗りだしていった
「シェリはね　バッグを取りに家に戻るのが怖かったのよ
それで代わりにわたしに取りにいかせたりして。ああ　いやだいやだ
忘れもしないよ　あの日のことは　息子よ。クローゼットのドアを
開けると　そこにあんたの父さんがいるじゃないの。肉切り包丁を
振りあげてさ　いまにも襲いかかろうとしたんだからね」

メルリンダ・グリエゴの声が小川からオレに
囁きかけた。木の葉が水の流れに
くるくると舞うような　そんな軽ろやかな声だった
「あなたはよく泣いたわよ　マルティン。ディオス・ミオ・コモ・ジョラバス(5)
ときには《アベセス》あなたの父さん《ヘフィト》がラス・フロレス酒場へ
一緒にあなたを連れてきて。わたしがウェイトレスをしていたから
会いにきたのよ。あなたは床の上で
空っぽのウィスキーのミニチュアボトルで遊んでいたわ
あるとき三人でエル・パルケに行って　水に足をひたして涼んでいると

(5) そうよ　半端じゃなく泣いたわよ

バカの詩集『マルティンおよびサウス・ヴァレーの瞑想』（一九八七年）

あなたの母さんがわたしのそばにやってきて　キンキン声で叫んだ
わたしがあなたをダメにするって。あたし溺れさせられるかと思ったわよ
キエン・サベ・ミホ[6]　わたしが覚えているのは
あなたのお母さんがすごく嫉妬深かったってことよ」
（ジミー・サンティアゴ・バカ「マルティン[7]」の第三章の前半）

ジミー・サンティアゴ・バカは、一九五二年にニューメキシコ州サンタフェに生まれた。父からアパッチ族の血を、母からメキシコ系の血を受けつぐ混血（メスティーソ）だという。二歳のときに両親が離婚して、祖母のもとに預けられる。その後、中産階級の親戚と下層階級の親戚のあいだを行ったり来たりして、五歳のときにアルバカーキのカトリック系の孤児院セント・アンソニーズ・ホームに預けられ、そこに十一歳までいた。その後は、お定まりのストリートワイズなギャングとなって、少年院を出たり入ったりした。その間、母は再婚するが、再婚相手に銃殺される。父もアルコール中毒で亡くなる。

ここに訳した詩は、ジミー・サンティアゴ・バカの出世作ともいえる自伝色のつよい詩集『マルティン』（一九八七年）から採った。この詩からは、断ち切られた両親との絆を言葉によって再創造し、おのれの生に意味を与えようとするつよい意志がうかがわれる。

それだけでなく、生の体験から出発しながら、パワフルでリリカルな詩ができあがるまでの詩作プロセスが推測できる詩でもある。換言すれば、ときに批評家によって「韻文による小説」と称されるこの作品で、詩人は語り手にマルティンとフィクショナルな名前をつけたり、英語の文章の中にチカーノたちの標準語であるスパングリッシュを混ぜたりして、おのれの魂の放浪を巧みに「編集」し、言葉をもたない他のストリート・キッズたちにも通じる普遍的な

（6）だれにわかるって　いうの　息子よ

（7）Jimmy Santiago Baca, *Martín and Meditation on the South Valley* (New York : New Directions, 1987), pp. 11–14.

物語に仕立てあげている。

ジミー・サンティアゴ・バカは、ニューヨリカン詩人のミゲール・ピニェロ(8)と同じ〈監獄詩人〉。二十歳のときにかれ自身は認めていないドラッグ売買の罪で、アリゾナ州フローレンスの刑務所にいれられ、六年間そこで過ごす。刑務所で初めてスペイン語や英語を学び、パブロ・ネルーダやホイットマンやアレン・ギンズバーグなどの詩を読み、詩を作ることを覚える。母音や押韻やシラブルを知ることは、「忌わしい過去を燃やす薪」になり、詩は自分をケダモノ扱いする社会に対峙する道具となる。

二〇〇四年の夏、わたしはニューメキシコ州アルバカーキに詩人を訪ねた。詩人が信頼を寄せる斉藤修三さんの紹介のおかげで、すぐにわたしの泊まっていた安モーテルにピックアップ・トラックで迎えにきてくれた。はるばるアラスカからバカを慕って移住してきたという若い詩人も一緒にきて、三人で近くのバーへ行きテキーラで乾杯した。もちろん、ショットグラスでイッキ飲み。ライムと塩を舐めながら、いきなり三杯ぐいっとやったので、目の前がくらくらっとなった。

ジミーは、会ったばかりのわたしに対しても、ギャング特有のハッタリやカマシはあるにしても、基本的に率直な男だった。付き合った女性は数知れず、「十四人の女と離婚した」と、のたまった。「最近離婚した女房に全部持っていかれて、ノートパソコンしかない。毎日、ノートパソコンをもって図書館に行って打ってるのさ」と、自己紹介した。

初期詩集『おのれの土地でありながら移民者』(一九七九年)や、アメリカ図書賞受賞作『マルティンおよびサウス・ヴァレーの瞑想』(一九八七年)を含む詩集五冊に、ノンフィクション『立つ場所——メイキング・オブ・ア・ポエット』(二〇〇一年)や、短編集『一枚の紙きれの重さ』(二〇〇四年)など、すでに十冊を越える作品を刊行している。イーストLAのストリー

ジミー・サンティアゴ・バカ

(8) ニューヨリカンとは、プエルト・リコ出身のニューヨーカーの呼称。ミゲール・ピニェロは、ポエトリー・スラムが得意な監獄詩人(越川芳明『トウガラシのちいさな旅』七八-八二頁を参照)。

トギャングの扱ったハリウッド映画『ブラッドイン、ブラッドアウト』の脚本もある。
　チカーノ詩人としてはとびきりの成功者なのに、モノに執着していない。「昔印税で息子に買ってやった家に、間借りしているんだ」と、苦笑しながらいった。翌日、その「息子の家」に遊びに行くと、家具のないがらんとした部屋の中にテーブルがひとつあり、その上にノートパソコンが一台置いてあった。「監獄をでたあと半端仕事をしながら、詩を書いていたけど、もの凄く退屈で、監獄に戻りたくなった。オレにはその日一日を生きる、そんな生き方しかできないんだ」
　わたしが翌日メキシコのファレスに行く予定だというと、その場でファレスの友達に電話をかけ、面倒を見てやってくれ、といった。別れ際に、ジミーはチカーノギャングの握手の仕方を教えてやるといった。チカーノ魂をもつ者と会ったときにこうすれば、相手は必ずお前を信頼する、と。

映画「ブラッド・イン、ブラッド・アウト」

来る月も来る月もオレはいろいろな声を聞いた
サンタフェの〈ピグリー・ウィグリー〉の店長のパンチョ・ガルサによれば
「母さんには疵物《きずもの》の果物とか　箱の形の崩れたクッキーとか
ときには袋にはいった小麦とか　あげたもんだよ。ダニーが母さんの稼いだ金を
ぜんぶ飲んじゃっていたから。母さんは優秀なレジ係りだった」

森のはずれの赤い家の向こうから
トレオンの女呪術師《ブルーハ》のアントニア・サンチェスが
声をかけてきた

「ドンデ・エスタ・トゥ・ママ?(9)
あの狂人にはやられてないだろうね
セ・カソ・オトラ・ベス・イ・ティエネ・ドス・ニーニョス(10)
いやいや　ノ・テ・プエド・デシール・ドンデ・ビーベン(11)」

オレは真っ赤な干からびた土の道を歩いた
灼熱の収穫期の作物と森に挟まれた小道だ
釣りの仕掛けをもって身をかがめ　鹿の道を青ミミズをぶらさげて歩き
小川の岩場をスキップで渡り　傾きかけたフェンスをまたいで越えると
隠れ池にたどり着いた　息を切らし　水を蹴散らし岸辺までいき
釣り糸を垂れた
大口のブラックバスが水の環をつくってそばを泳いでゆく
ナイロンの釣り糸がゆっくりと下に沈んでいく
オレは餌が水の中で動くのが見えなくなるまで
釣りをしていた　やがて向こう岸が見えなくなり　月が真っ黒な水辺にすっと
姿をあらわし
暗闇の中の窓辺に映る蠟燭の炎のようになった

草の上に寝転び　星を眺めた
声に出して一人言をいった
朝になったらここを出よう

(9) あんたの母さんはどこにいるって?
(10) 再婚して　子どもが二人できたらしいが
(11) どこに住んでいるのか、わたしにはいえないな

数日後　テキサスの北部にいた
収穫の埃がくすぶり　昆虫がにおい
空っぽの木箱や野菜の箱が
農作物のスタンドに立てかけてあり
蜂が木箱の割れ目にとまり羽根が楔みたいに見え
つぶしたトウガラシみたいにべとついて
蠅がブリキのバケツの水を飲みにきて
紙袋の中でぶんぶんいって
オガクズの散った土の床に落ち
スタンドの脇を　ごつごつした八輪車が
ぬるぬるしたポテトでピカピカとまぶしい　ゴムをぐつぐつ煮る
グリースの臭い　サイドボードの棚から押しつぶした果物の果汁がにじみでる

あなたの旅立ちが　オレを根なし草にしたんです　母さん
子どもから芯を抜いて　空洞にしてしまったんです
あなたはだんだん細っていき
納屋のロフトの壊れた人形になりました
あなたの顔があるはずの　燃えた記憶の小さな場所を
月の輪が通りすぎます　オレの夢の中では
一連の出来事がばらばらになっています

（ジミー・サンティアゴ・バカ「マルティン」の第三章の後半）

尚、「犬が言葉をしゃべった夜」は、Bill Wright and E. John Gesick, Jr., *The Texas Kickapoo : Keepers of Tradition* (El Paso : Texas Western Press, 1996). を参考にしました。

# 6

# 騎兵隊の襲撃

アリシアがそっと目をあけると、〈熟したベリー〉は、ふたたび少年の顔に戻っていた。アリシアはほっとして、まるで親鳥から餌をもらったナゲキバト《モーニング・ダヴ》の幼鳥みたいに、率直にうれしさをあらわした。

「グラシアス・ポル・トゥ・クエント！」(1)

「デ・ナダ！」(2)

少年によれば、物語に語られた年は一八七三年のことらしい。五月十七日、ロナルド・S・マッケンジー大佐によって率いられた合衆国第四騎兵隊がピエドラス・ネグラスのすぐ北のあたりからリオ・グランデ川を渡り、夜行軍でレモリノまで迫ると、明け方にキッカプー族を襲った。

プエブロには酋長が一人いて、皆から選ばれる評議会があった。通常、キッカプー族は血の繋がった者からなるグループで暮らし、リオ・グランデの南にある〈聖地〉ナシミエントを中心に、大きな円を描くように移動生活を送っていた。ひとつの土地には、数日から数カ月単位でとどまり、狩猟をしたり野菜を作ったりした。かれらは半狩猟民族だった。

その日、若い男たちは遠くまで狩りに出かけていて、村に残っていたのは、女、病気の男、

ナゲキバト mourning dove 南西部全般に生息する。

(1) お話をありがとう。

(2) いや、どういたしまして。

子ども、老人だけだった。四百名におよぶ騎兵隊によって、キッカプー族の村は手もなく壊滅させられ、約四十名の住民は強制移住させられた。

「英語の本によれば、キッカプー族がしばしば南テキサスの牧場を襲ったからというんだ。北〈米国〉の言い分だけど」

「へぇ、それは本当の話？」と、アリシアが訊く。好奇心たっぷりのプレーリードッグみたいに、ぴんと背を伸ばしながら。

「本当だとも、本当じゃないともいえるかな」と、少年は困ったような暗い顔を見せる。そして、まるでアルマジロが丸い甲冑の中に身を隠すかのように身構え、言葉をつづける。

「というのも、キッカプー族は、アメリカ人やメキシコ人と違っていた。土地の所有権とか、国境とかに対する考え方がさ」

「土地の所有権？」

「とくに狩猟民族にいえることだけど、土地は自分たちの所有物だと考えないんだ。一時的に借りているっていえばいいのかな」

「誰に？　アメリカ人に？」

「まさか。違うよ。強いていえば、この〈地球〉にだろうね。〈自然〉というのは人間だけのものじゃないっていう考えが根底にあるんだ。そもそも、あちこちで放牧するほうが、大地を疲弊させないだろ。一箇所で牧草を食べ尽くすと生態系も崩れるし」

「だからといって、人の牛や馬を盗んでいいという話にはならないでしょ？」

「もちろんさ。でも、アメリカ人だって、太陽が昇るほうからいきなりやってきて、オレたちが放牧に使っていたところに杭をたてて自分の土地だと主張するっていうのは、それ自体が〈盗み〉の行為じゃないかい」

少年はそこから、穴掘りの得意なジリス《ゴーファー》みたいに、歴史の細部にどんどん深く入り込んでいった。

一八二四年、ちょうど騎兵隊によるキッカプー族への襲撃のあったときより五十年前に、メキシコはスペインから独立をはたす。八百名ほどのキッカプー族は、ボウルズ酋長の指揮するチェロキー族とゆるい〝連合〟を組んでいた。かれらは新しくメキシコの領地になった〈南西部〉にとどまる許可を新生メキシコ政府から取りつけた。

その頃〈テハス〉と呼ばれていたテキサスは、メキシコからの独立を画策していた。インディアン局の長官サム・ヒューストンはボウルズ酋長と条約を結ぶ。かれらの〝連合〟が、〈テハス〉の独立に反対するメキシコ政府軍側につかずに、中立を保てば、その見返りとして、現在の土地を所有してもよい、と。

しかし、三六年にテキサス共和国がメキシコから独立をとげるや、その約束は反故にされる。土地を求めて東からやってくる白人たちが〝連合〟と衝突するようになる。ヒューストンにつづく二代目のテキサス共和国大統領、ミラボー・B・ラマーは〝インディアン〟を敵視しさえし、かれらを追放しようとする。

そんな折、キッカプー族は〈テハス〉奪回に燃えるメキシコ軍の側につき、襲撃に加わる。平和主義者であったチェロキー族のボウルズ酋長は戦いをよしとせず、ついにキッカプー族と袂を分かつ。

アリシアは初めて聞く話に眩暈《めまい》を覚える。

テキサスといえば、アラモの砦ぐらいしか思い浮かばない。そのあたりの歴史として知っているのは、テキサスが米国に併合されたときに、怒ったメキシコが戦いを挑み、その戦争で負けて、サンタアナ将軍が捕虜になり、メキシコの有していた土地の二分の

メキシコへの移住の途上にあるキッカプー族（一九一〇年頃）

一を割譲する条約にサインをさせられたということぐらいだ。米国はずるいな、と思いながらも、戦争に負けたのだから仕方ないと思っていた。

「一八四八年の〈グアダルーペ・イダルゴ〉条約だね。でも、メキシコ国境がリオ・グランデ川になっても、オレたちキッカプー族はメキシコ政府の許可があったから、それまでどおり自由にメキシコのナシミエントに行くことができた。国境など関係なしにさ」

「二重国籍ってこと？」

「いうならば、三重国籍かな」

「へえ？」

「オレたちは、ヨーロッパ人の名づけた〈インディアン〉じゃない。[*1] キッカプーさ。キッカプー国家の一員」

「だから？」

「アメリカ政府にもメキシコ政府にも従属しないってことさ。オレたちは政府の手下じゃない。マスコゴスの連中みたいに」

「マスコゴスって？」

「黒人セミノール族ともいうよ。黒いインディアンだよ」

「あのフロリダからやってきた？」アリシアはあの変な日本人が図書館で調べていた部族のことを思いだす。

「そうさ。ナシミエントに住んでいるマスコゴスの連中と同じ血筋をひく者がテキサスにもいて、マッケンジー大佐のもとで〈斥候〉をしていたんだ。土地鑑があるから」

「レモリノのプエブロを、かれらも襲ったの？」

「そう英語の本には書いてある。しかも、米国陸軍は連中に勲章を与えて英雄扱いだ」

セミノール黒人の〈斥候隊〉（一九〇三年）

「そう？」

「アメリカに魂まで売りやがって。オレたちは、大国に翻弄されることはあっても、魂までは売り渡さない」少年はガラガラ蛇が牙をむき出して飛びかかるみたいに、怒りをむき出しにした。さっきまでのおとなしい言葉づかいは消えて、別人のようだ。

アリシアに理解できるのは、大国というのは、米国であれメキシコであれ、社会の底辺にいる一番力の弱い人々をダシに使うということだ。だから、少年の怒りもわからないではないが、マスコゴスの人たちも一概に責められないと思う。かれらも歴史の犠牲者なのだから。そもそもアリシアがこの旅に出たのも、黒人セミノールの村を訪ねたかったからだった。でも、そのことは少年には黙っていた。

そのとき、テキサス草原に咲く蒼い矢車草《ブルーボネット》の匂いがした。アリシアは花粉をめがけて花弁の中にとびこむミツバチみたいに、ふと少年の頬にキスをしていた。なぜ気やすくそんなことをしたのか、自分でもわからない。

少年は照れもしないで、アリシアのキスを受け入れると、右腕を窓際の席にすわっている彼女の肩にまわす。

## 田舎のパチューコ——ホセ・モントーヤ

オイ　エンテラロン・アル・ルーイ（きょうは　エル・ルーイの埋葬日）

聖者ペドロも　サンピンチェ(3)も
ひとり残らず　参列する
四〇年代のあの時代と
五〇年代の初めとともに
ウン・バト・デ・アトジェ(4)が消えた
ちょっと痩せて　やつれ果て
人生の　到達点へと　まっしぐら
あびるほど　酒を飲み　ラ・ビダ・ドゥラ(5)
猛スピードで　年をとる　でも
最後まで　びしっとキメていた

サンホ(6)に行けば　エル・ルーイに会える
黒っぽいトップコートで　渋くキメて
勝手に夢の中で　演《や》っている
ハリウッドのボガート
キャグニー　ラフトの役を

エラ・デ・ファウラー(7)
エル(8)・バト　カルナル・デル・カンディ・イ・エル
ポンチ——ロドリゲス三人兄弟さ

(3) 聖者うすのろ
(4) イカした野郎
(5) キツい生活
(6) カリフォルニア州サノゼ
(7) ファウラー（田舎町）の時代
(8) エル・ルーイはエル・カンディとエル・ポンチの兄弟

ウェストサイドじゃ　この三人は知られた存在だった
セルマや　ギルロイの町でさえも

乗りこなす　四八年型のフィートトライン　ツートンカラー
ブエナス・ガラス(9)　いつも
メアリー嬢とヘレン嬢みたいなルカス(10)と一緒で
リラス・ビエン・アフィナダス(11)
〈ラ・パルマ〉を歌う
ラ・ケ・アンダバ・エネル・フロレロ(12)

エル・ルーイは　テイラー仕立ての背広を
作ろうと思い立つ　ユニークな発想だ
ポルケ・ファウラー・ノ・エラ・ナダ・コモ・ロス(13)
古きＥＰＴ　フレスノ市のウェストサイドでしか
せいぜいビッグなひととき　過ごせなかったから
（以下略）

（ホセ・モントーヤ「エル・ルーイ(14)」の前半）

ホセ・モントーヤは、一九三二年ニューメキシコ州の労働階級の家に生まれた。メキシコ系三世で、父母方ともに祖父の時代に、北メキシコのチワワ州から米国にやってきていた。十歳ぐらいのとき、農業地帯の中央カリフォルニアへ移住。そこから、大都市オークランドとアルバカーキを行ったり来たりしたあと、高校に入る頃には、こんかい訳出した詩にも出てくるカ

（9）クラッチはよく効き
（10）ステキな女たち
（11）よく調弦された竪琴で
（12）花園を散歩する歌を
（13）ファウラーはＬＡとは違うから
（14）José Montoya, "El Louie," *Literature Chicana 1965–1995: An Anthology in Spanish, English, and Caló*, Ed. Manuel de Jesús Hernández-Gutierrez and David William Foster (New York: Garland Publishing, Inc., 1997), pp. 225–228.

リフォルニア州ファウラーに定住する。フレスノ南東十マイルの、住民数千人の田舎町。

その後、海軍に入隊し、朝鮮で掃海作業に従事する。美術と美術教育に興味があり、大学と大学院に通い、七〇年に州都サクラメント市で、〈反逆チカーノ前衛芸術《リベル・チカーノ・アート・フロント》〉という団体を創設。頭文字〈ＲＣＡＦ〉をもじって、ユーモアをこめて〈ロイヤル・チカーノ・エア・フォース（王立チカーノ空軍）〉と呼び、そこで〈バリオの美術〉というプログラムを実践。

モントーヤの詩はそうしたコミュニティでの啓蒙活動と切り離すことができない。六〇年代後半から七〇年代にかけて〈チカーノ・ルネッサンス〉を形成するロドルフォ・〈コーキィ〉・ゴンサレスやリカルド・サンチェスなどとともに、道を踏みはずしたチカーノの若者たちに希望を与える〈バリオ詩人〉と呼ぶこともできるだろう。

四〇年代から五〇年代にかけて、チカーノ社会で一世を風靡したパチューコ[15]（不良少年）はまさにバリオの生んだヒーローであり、モントーヤは美術や詩に、チカーノ・バリオ表象としてパチューコを好んで描いた。しかしながら、詩「エル・ルーイ」に見られるように、のちにルイス・バルデスが映画『ズートスート』で描く都会のパチューコと違い、田舎町のパチューコは朝鮮戦争で勲章をもらっても、その後社会での活躍の場を与えられず、むしろ末期は惨めだ。モントーヤは、パチューコに託してチカーノの生の輝きと死の無残さを歌っているようだ。

そうしたチカーノ特有の主題もさることながら、モントーヤの詩作の最大の特徴は、むしろ、そのインターリンガリズムにある。英語とスペイン語とスパングリッシュ（とりわけ、カローと呼ばれるパチューコたちの隠語）が淀みなく流れるように行き来する。そうしたコード（言語）・スイッチングによって、ボーダー・ピープルとしてのチカーノの文化複層性が表現される。アルフレッド・アルテアーガは『チカーノ詩学』

ホセ・モントーヤ作「パチューコ」（一九七八年）

（15）パチューコが愛用したズート・スーツは、東海岸のアングロ白人のアイビー・ルック（たとえばブルックス・ブラザーズ製）とは正反対のコンセプトからなるファッションだった。それは反体制の記号として、フィリピン出身の移民の若者や、黒人やラティーノの若者に浸透した。黒人のあいだではハーレム・スーツと呼ばれた。（加藤薫『21世紀のアメリカ美術　チカーノ・アート』、一一一頁）

（一九九七年）の中で、モントーヤの詩「エル・ルーイ」を取りあげ、エル・ルーイというパチューコはマンボ（ラテン文化）もブギウギ（北米文化）も踊り、ボーダーの両側の文化を融合すると指摘し、この詩のコード・スイッチングという方法が、チカーノ・スピーチ一般のスタイルである、と述べる。「スペイン語があり、英語があり、そしてその混交がある」。だから、そうしたマルティリンガルの混交スタイル《ハイブリダイゼーション》こそ、パチューコを題材にしたこの詩にふさわしい、と。(16)

だが、正直いうと、訳出するのに難儀したのも、辞典に載っていない隠語の意味を探り出すことと、そうした変幻自在のコード・スイッチングの処理であった。

オイ　エンテラロン・アル・ルーイ

イ・エン・ファウラー(17)　ネセイの
ビリヤード場で　ベービー・チュークスが
セ・アクエルダン・デ・ルーイ(18)
エル・カルナル・デル・カンディ・イ・ポンチ(19)
ラ・ベス・ケ・ロ・フィレリアロン・エン・エル・カーサ・ドーム(20)
イ・クアンド・セ・カティオ・コン・ラ・チバ(21)

オイ　エンテラロン・アル・ルーイ

かれの死は　屈辱だ

（16）Alfred Arteaga, *Chicano Poetics: Heterotexts and Hybridities* (New York: Cambridge UP, 1997), pp. 68–70.

（17）それからファウラーの

（18）ルーイの思い出にふける

（19）エル・カンディとエル・ポンチの兄弟だ

（20）カーサ・ドームで飛び出しナイフで喧嘩した日々

（21）仲よく遊んだ思い出

ポルケ・ノ・ムリオ・エン・アクシオン[22]
ノ・ロ・マタロン・ロス・バトス[23]
ニ・ロス・グックス・エン・コレア[24]
アパートで　一人さみしく　死んだのだ
たぶんボガートの映画のように

結末は　残酷な　神の悪ふざけ
だけど　やつの人生は
注目に　値するものだった！

（ホセ・モントーヤ「エル・ルーイ」の最後）

（22）ヒーローみたいに死んだのではないから
（23）不良たちによって殺されたのでもないから
（24）朝鮮でアジア人の連中に殺されたのでもないから

## 註

＊1　インディアンという呼称は、新大陸を東洋と勘違いした西洋人がそこに住む先住民を「インド人」と呼んだことから始まる。長らく蔑称として使われてきたので、PC（政治的正しさ）を訴える良識派は「ネイティヴ・アメリカン（アメリカ先住民）」という呼称を使うことを主張。しかし、もっともラディカルなインディアン作家のひとり、シャーマン・アレキシーは敢えて「インディアン」という呼称にこだわる。自分たちを差別してきた歴史を白人の記憶から抹殺させないために。そういう政治的自覚をもつ先住民にとって「インディアン」という呼称は反差別の戦いの武器となる。Sherman Alexie, "The Unauthorized Autobiography of Me," *Here First : Autobiographical Essays by Native American Writers*, Ed. Arnold Krupat and Brian Swann (NY : The Modern Library, 2000), pp. 3–14. 長岡真吾「「敵の言語」とインディアン作家――モマデイ、シルコウ、アレクシー」横山幸三監修『英語圏文学――国家・文化・記憶をめぐるフォーラム』人文書院、二〇〇二年、二七一―二八九頁。

# 7 目覚め

アリシアがバスの窓から外を覗くと、青く晴れ渡った空に、まるで綿菓子の形が崩れたような積乱雲がいくつも見えた。

アジェンデという町を出てから外の景色は、それまでの緑豊かな森林から、石灰岩の土壌に子供の背丈ぐらいのユッカが散在する平原へと変わっている。

ユッカは、まるで野生馬が尻尾を空に向かってぴんと直立させたかのように立っている。そのまわりをセージブラッシュや緑の木立が取り巻いている。

遠くのほうに、山並みが延々とつづいているのが見えた。一個一個の山の連なりというより、何万年も昔に、そこの断層がまるごとぐっと持ちあがって出来た地形のように思えた。どこまでもつづく広大な景色だった。

アリシアは、ふとこれはニューメキシコ州のタオスというところの景色に似ていると思う。彼女自身は行ったことはないが、留学生のために英語のチューター（個人教授）をしているカルロスに、かれの部屋でタオスの写真を見せてもらったことがあった。カルロスによれば、タオスとその周辺にはプエブロ・インディアンと称される二十を越える先住民の部族が太古の昔から住んでいるという。タオス周辺が神聖な土地だから、というのがその理由らしい。

ユッカの平原（メキシコ）

タオスの風景。広大で平坦な土地と遠くの山と高い空。

「磁石が鉄をひきつけるみたいに、その土地はいわば霊を呼びよせる不思議な力を持っている」と、カルロスはあたかもプエブロ・インディアンの信仰を代弁するかのように、真顔でいった。

アリシアは、そういった超自然的な現象を素直に信じられない。迷信とは思わないが、霊場とか先祖の霊とか、そういった信仰は自分が受けたカトリックの教えと折り合わないように思える。

アリシアの不審そうな顔つきを見てとって、カルロスがいった。

「十六世紀末にメキシコのほうから、オニャテという男に率いられたスペインの軍隊がやってきて、いったんは征服させられるんだけど、それから一世紀後に一斉に蜂起して〈プエブロの反乱〉を起こすんだ」

「スペイン人の目的は、改宗？」

「〈シボラ〉という伝説の〈七つの黄金の町〉を探しにきて、神父はキリスト教への改宗を試みたんだ。スペイン人たちはインディアンの黄金と心の両方を盗もうとしたわけさ。もっともアステカで見つけたような黄金は、そこじゃ見つからなかったけど」

「で、いまはどんな感じ？」

「十九世紀半ばからいままでの交渉相手は、合衆国政府。南北戦争後にはリンカーンなどとも交渉をした。なんといっても、プエブロ・インディアンの歴史はつねに強大な大国との取り引きの連続。まともに歯向かえば、撲滅させられるのがわかっているから」

「完全には心を許していないってこと？　キリスト教に改宗していないの？」

「たとえば、ズーニ族だけど、確かにいまは英語を喋っているけど、木造の教会の壁には、巨大な鳥の絵が描かれている」

ジョージ・シャコン作「一六八〇年、プエブロの反乱」。ヌエボ・エスパーニャ（現在のニューメキシコ州）のプエブロ・インディアンが立ちあがる。二十一人のフランシスコ会の僧侶と三八〇人のスペイン人が殺された。

「イエスじゃなくて？」

「そう。ズーニの人たちが昔から信じてきた〈シャラコ〉という名の神様の使者さ。その一方で、町の中にはイエズス会の学校などもあるよ」

そういうと、カルロスは白い小さな薄紙を取りだし、まるで職人みたいな手際のよさで、その上に刻みの葉を少しずつおき、くるくると巻く。

「知ってるかもしれないけど、モタってスペイン語でいうよ」

「マリファナ？」

アリシアはアメリカの大学に留学して初めてそのスペイン語の呼び名を知った。メキシコにいたときは、男の子と喋っているだけで、なんだか知らないが、自分が悪いことをしているような気になってしまうのだった。ましてマリファナなど吸いたいとも思わなかった。

カルロスは巻き紙に火をつけると、ぐっと吸い込み、アリシアに手渡す。黒雲のような不安がアリシアの胸をよぎる。やってはいけないといわれていることを初めてやるときに、誰でも感じる不安だ。中毒になったらどうしよう。カルロスとの関係だって、本当に心を許せるところまで行ってはいないし。ドラッグに酩酊しているうちに、悪戯でもされたらどうしよう。ふと教会の告解室で神父様に懺悔している自分の姿が思い浮かぶ。

「無理にすることないさ」

驚いたことに、なぜかその一言で救われた気がして、アリシアは決心した。「神様ごめんなさい」というと、アリシアは吸う。

「煙を外に吐きださずに、肺に吸い込むんだ」と、カルロスがアドバイスする。

アリシアはカルロスにいわれた通りに口をへの字に閉じると、煙を深く胸の中に吸い込む。が、喉に引っかかって咳き込んでしまう。ふたりは顔を見合わせて笑う。これまで自分に固く

シャラコ shalako　ズーニ族の神々の使者と収穫祭の踊り

禁じてきたタブーの扉はいったん開けてみると、あまりにあっけなかった。

「最近の一番の事件といえば、一九四〇年代にタオスとアルバカーキのちょうど真ん中のロス・アラモスという山の中に、核実験場が作られたことなんだ」と、カルロスはまるできのうの出来事のように話す。

「ヒロシマに落とされた原爆もそこで作られた？」と、アリシアはふと母の故郷を思いだして訊いた。

「そうさ」

　アリシアは母の伯母が原爆に遭って、火傷を負って、いまも後遺症に悩まされているという話を、生前母から聞いたことがあった。

　アリシアがそのことに触れると、カルロスはいった。「後遺症っていえば、核実験したときに放射能に汚染された人がアメリカにもいっぱいいる。いまだって、砂漠に作られた化学工場の排水で飲み水がやられたり、環境汚染は過去の話じゃない」

「プエブロ・インディアンとあたしは遠く原爆でつながってるのね」

「超自然の霊場とテクノロジーの最先端をゆく核施設が同居してるって、すごい話だろ」

　そういうと、カルロスはCDをかける。サンタナの「マジック・ウーマン」という曲らしい。まるで魔女が夜空をゆっくり飛んでいくかのような低音のリードギターが聴こえ、それから魔女の飛行を助けるかのような、魔術的な歌声がつづく。

　そのとき、アリシアの目はふと部屋の壁に飾ってあるディエゴ・リベーラの絵「花市場」に釘づけになった。褐色のインディオの女性がユリの花を売り買いしている様子が描かれている。まるで拘束具で首を固定されたみたいに、その絵に描かれたユリの花から目が離せなくなる。アリシアの視覚が変になってしまったのか、それとも絵自体の遠近法がおかしいのか、ユ

ロス・アラモス国立研究所。一九四二年、オッペンハイマー博士の提案で、秘密裡に原爆開発を始める（マンハッタン計画）。

リの花が人間の背丈以上もあり、異常に大きく感じられる。

しばらくその絵を凝視していると、急に睡魔が襲ってきた。「ごめん」というと、アリシアはそれまで腰をおろしていたカルロスのベッドに横になる。

目を閉じると、小さい丸いオレンジ色の光が見える。その光が部屋全体をオレンジ色に染めている。丸いオレンジ色はやがてぼんやりと黒い球に変わり、遠くに引っ込み、まるでどこまでもつづく長いトンネルみたいになる。アリシアは眩暈を覚える。ひょっとしたら、このまま永遠に抜けられないかもしれない。そうなったらどうしよう。「トンネルから出させてください」と、アリシアは無言で祈る。そのまま意識が遠のいていく。

ディエゴ・リベーラの「花市場」

目を開けると、曇りガラスの窓から光が射しこみ、外は白々と明けかかっていた。カルロスは部屋のすみに、山猫みたいに背中をまるめて寝ている。アリシアはそっとベッドから起きあがると、机の上に「ありがとう」というメモ書きだけを残して部屋を出た。早朝の空気は、まるで絞りたての牛乳のように濃密で新鮮だった。

## 洗練された貧乏詩人——ゲーリー・ソト



農場監督が　ピューと口笛を鳴らすと
弟と僕は

鍬《くわ》を肩に担ぎ
農場を後にした
バスのところにもどりながら
ブロークンの英語で　ブロークンのスペイン語で
おしゃべりした
レストランランの食事にも
ダンスのチケットにも
稼いだ金をつかう気がしなかった

ひび割れたバスの窓ガラスから
僕は綿花の葉を見た
小さな手がさよなら　と合図しているみたいだった

鍬入れ
三月は綿花のために長い列を鍬で掘った
土埃が大気中に舞い
鼻の穴に入ってきた
目にもだ
手の爪の先には黄色の土が

鍬が僕の影の上を

行ったり来たりして　雑草や
太った毛虫が真っ二つにちょん切られ
ちぢんで
環のようになって
風と一緒に飛んでいった

太陽が左側にあって
僕の顔を射したとき
汗が　いまだに
僕の中にある海が
顎に浮きあがり
ポタッと落ちて　初めて
地面に触れた

（ゲーリー・ソト「農場の詩」[1]）

ゲーリー・ソトは、一九五二年にカリフォルニア州フレスノ市に生まれた。祖父母はメキシコ生まれだが、父は同じフレスノの生まれで、ゲーリーが五歳のとき、作業中の事故で亡くなっている。ゲーリーは本のない労働者階級の家庭で育ち、早くから農場で働いた。文学に目覚めたのは大学に入ってからで、図書館で『ザ・ニュー・アメリカン・ポエトリー』というアンソロジーを手に取ったことがきっかけだという。最初は、グレゴリー・コーソをはじめビート世代の詩人たちに惹かれ、のちにセオドーラ・レトキやW・S・マーウィンなど、より洗練された詩人に向かった。

（1） Gary Soto, "Field Poem," *New and Selected Poems* (San Francisco : Chronicle Books, 1995), p. 11.

ゲーリー・ソトには十冊を越える詩集のほかに、アメリカ図書賞を受賞した回想録『ストリートに生きる』（一九八五年）をはじめ、少年時代の思い出を題材にした散文や小説や児童書がある。著作は合わせて五十冊近くもあり、恐ろしいほど多作だ。

少年時代にスペイン語が日常で使われている環境にあったにもかかわらず、ソトは詩の中でスペイン語やスパングリッシュをほとんど使わない。「チカーノ詩人」とか「チカーノ作家」というレッテルを貼られることを嫌い、ごく一部の詩（「ジョッギングをはじめるメキシカン」）を除いて、エスニック色や政治色は薄い。

その代わり、ソトが拘《こだわ》るのは「貧乏」だ。ソトは自分の文化が「貧乏の文化」だといっている。貧乏は、少年時代の思い出や肉体労働や家族や宗教などとともにソトが好んで取りあげるテーマのひとつだ。最初に訳出した詩は、デビュー作の詩集から採ったが、子供の頃に育ったサン・ホアキン・ヴァレー（中央カリフォルニアの農業地帯）を舞台に、レストランで食事する金も遊ぶ金もない貧しい農場労働者の絶望的な心象が、鍬でちょん切られ風に吹き飛ばされる「太った毛虫」に刻印されている。

ソトの詩の特長は、そうしたカリフォルニアの大地に根ざしたメタファーのほか、ソフィスティケーション（洗練された語の使用）とユーモアにあると思う。それらの特性は、シビアな現実にまともにぶつかっていくというより、むしろ一歩引き下がったところから生まれたものではないだろうか。

ある意味で、ソトはへそ曲がりなのかもしれない。カトリックの信仰あつい家庭に育ち、その影響を強く受けながらも、母親の言葉に背いて、メキシコ系の女性ではなく、日系女性キャロリン・オダと結婚している。

信仰について、かれは「和解したカトリック」と自称している。信じているのはカト

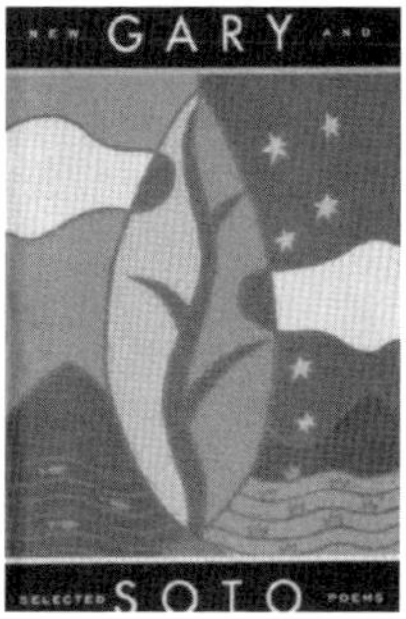


ゲーリー・ソトの詩集（一九九五年）

リック教会のオーソドックスな戒律ではなく、長い年月をかけて獲得した自分流儀の信仰という意味だろうか。そうした宗教を題材にして、ソト一流のユーモアがよく出ているのが次に取りあげる詩「宗教の家庭学習」。

あの夜　ママが僕たちに電話をかけてきて　大声でなじったとき
僕は　リックと僕が十分稼げるようになるまで
あと三年かかると答えた。ママは僕たちが刑務所に行かないかぎり
僕たちを誇りに思う　といった。刑務所のことは僕の頭になかったのに
ああ　僕は何を考えていたっけ？
『人間とは何か』という本を手に取ったとき
僕は自分が何の本を読んでいるのか思い出すために
本の表紙を見つづけなければならなかった。
僕の頭からどんどん酸素が抜けていき　目が覚めているのは
ガールフレンドがオレンジを持ってきてくれて
ソファに一緒に座ったときだけだった。彼女のブラウスはたくさんの
影を映した。ひとつは僕の手だった。僕はそれがとても気に入った
彼女の唇が僕の唇にぴったりフィットするのも気に入った
彼女は僕が身近にいないと
寂しいといった。人は自分のことがよくわかっていないからそう
感じるんじゃないかな　と僕は答えた。
僕は　のんびり構えてごらん

自分を花か何かだと思ってごらん　といった
僕が彼女の太腿に手を当てると　彼女はちょっとだけ脚を
ひろげた　僕の一番長い指が中に忍び込むと
気味のわるい液体の温かさを感じた
彼女は僕を押しのけた　口紅が彼女の唇からはみ出ていた
彼女の髪は　まるで寝苦しい夜を過ごしたあとのようだった
彼女が去ったあとで　僕は聖書を開き
イエスが自分の四つの傷の一つずつに触れるくだりを読んだ——
イエスが壁を通りぬけるとき　使徒の一人トマスは近くにいなかった(2)
僕は恥ずかしくなった　というのも聖書のページをめくる僕の左手は
ガールフレンドのパンティをパチンと閉じた手だったからだ
ソファから立ちあがり　虹鱒の臭いのする手を洗って　ベッドに行った
そのときだ　またも〈トップ・ラーメン〉の夕食になった　激しいどしゃぶりの夜に
僕は気づいたのだ　自分の信仰が間違っているんじゃないか　と

（ゲーリー・ソト「宗教の家庭学習」(3)）

（2）『ヨハネによる福音書』第二〇章より。「見ないで信ずる者」を讃えるくだり。

〈トップ・ラーメン〉ニッシン・フーズ（米国）が製造・販売するインスタントラーメンの商標。

（3）Gary Soto, "Home Course in Religion," *New and Selected Poems* (San Francisco : Chronicle Books, 1995), pp. 143–147.

# 8

## 〈過去の出現〉



バスは広大な平原の上に切り拓かれた一本のハイウェイを走っている。アリシアの故郷モンテレイと違って、ここはまだ開拓の手が入らない原初の大自然が残っていて、そんな緑の大海の中に人間の集落が孤島のように点在している。バスは、水上すれすれで波乗りするイルカみたいに、上下にスプリングをきかして快調に飛ばしていた。

集落のひとつで、下校する高校生の男女が大勢乗ってくる。座席にすわるなり、友達の半そでの白シャツの袖をつまんだり、髪を撫でたりしている。アリシアも二年前までそんな高校生だった。でも、いまでは、そんな無邪気な若者だったことが遠い昔のことのように感じられる。

アリシアは〈熟したベリー〉と話をしたいが、かれは軽い寝息をたてて眠っている。仕方なく、窓の外を眺めながら、自分ひとりの思索にふける。

初めてマリファナを吸った日の翌朝、アリシアは自分のアパートに帰りながら、なぜあのような長いトンネルが自分の前に現われたのか考えた。なぜそのまま抜けられないかもしれないという恐怖心に囚われたのか。アリシアにはよくわからないが、たぶんマリファナの何かの成分が自分の脳に働きかけ、果てしのないトンネルという恐ろしい幻影を作りだしたのだろう。

そもそも、もともとからドラッグに対する過度の恐怖心がなければ、そういった幻影も生まれなかったはずだし、とすれば、眠っていた潜在意識がドラッグの吸引を通じて浮上して、トンネルという形をとったといえなくもない。

後日、カルロスは「それはバッドトリップ（悪夢的幻覚）だ」と、断言した。「マリファナで、そうなるのは珍しいけど」

「絵の中のユリが異常に大きく見えたけど、あれもバッドトリップ？」

「あのディエゴ・リベーラの絵かい。あの花はユリじゃない。カラーといわれるサトイモ科の花さ」

「学名じゃなくて。実際に、あんなに大きい花があるの？」

「四角い茎は一メートル以上あるらしい」

「ということは、あれは写実的な絵なのか」

「というか、むしろディエゴ特有の誇張法だと思うけど」

「どこが？」

「花がやけに大きく描かれているのは、花という生命体へのディエゴ一流のオマージュじゃないかな。それは、とりもなおさず、インディオの素朴な生活への讃歌でもある。人間も大地も褐色に近い色で描かれ、それとは対照的に花だけが白と緑で描かれているだろ。それで、女性の背負っている花束のドームのような形、手に抱えている花の大きさがひときわ浮き立つ」

「それで、あたしの目が花の白さに引きつけられたわけね」

「アリス。あの花、怪物みたいに見えなかった？」

「どうして？」

「白っていうのは、十五歳のときのキンセネーラのお祝いのドレスの色でもあるし結婚式に花嫁が着るドレスの色でもあるだろ。普通は〈純潔〉を表す色っていうことになっているけど、それは人間が純潔というより、不純だからこそ、それを覆い隠すものが必要になるんじゃないかな」

「それが怪物と、どう関係するわけ？」

「白っていうのは、ありのままの自然の色っていうより、人間の大いなる作為の色って感じがしちゃうんだ」

そういうと、カルロスは二枚の葉書き大の絵を取りだす。二つとも、赤土の上に痩せた死者が横たわっている。どちらの絵も、自分の肉体から切り離された女性の頭部がいくつも並んで、横たわる死者を見つめている。上部には、遠くなだらかな山なみが青で描かれている。

一方の絵では、ハイヒールを履いた脚が七人分、まるでトウモロコシ畑のように整列している。その下には四角いピラミッドのような建物が数個並んでいる。

「ロドルフォ・モラレスという画家。オアハカの先住民の村に生まれたらしい。一九七五年、五十歳のときに、同郷のタマーヨに見いだされた。そのハイヒールの脚が描かれている絵のほうは、〈別れ《デスペディーダ》〉というタイトルで、死者の葬送をモチーフにしている」

「死者の手と足を、誰かの黒ずんだ手がつかんでる」

「この絵は左側の女性たちの顔が死者を見送っている図と解釈してよさそうだけど。問題は、九つの顔が上から死者を見ているもうひとつの絵さ。〈過去の出現《プレセンシアス・デル・パサド》〉というタイトルで、「出現」という名詞が複数形になっている点と、顔が青みを帯びている点に注目すると、こちらの顔は、死者を見送る生者の顔というより、新しい死者を迎える黄泉の国の死者たちの顔に思えてくる。よく見ると、横たわる死者の体もずいぶん黒ずんで、ミイラ化しているように見える」

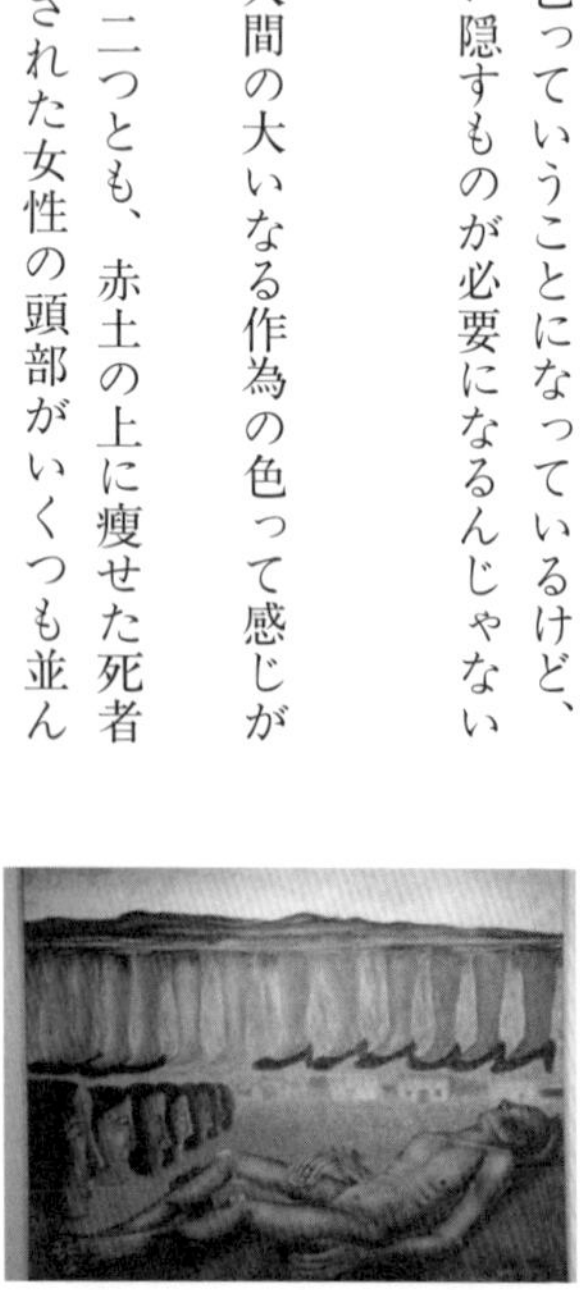
ロドルフォ・モラレス〈別れ〉

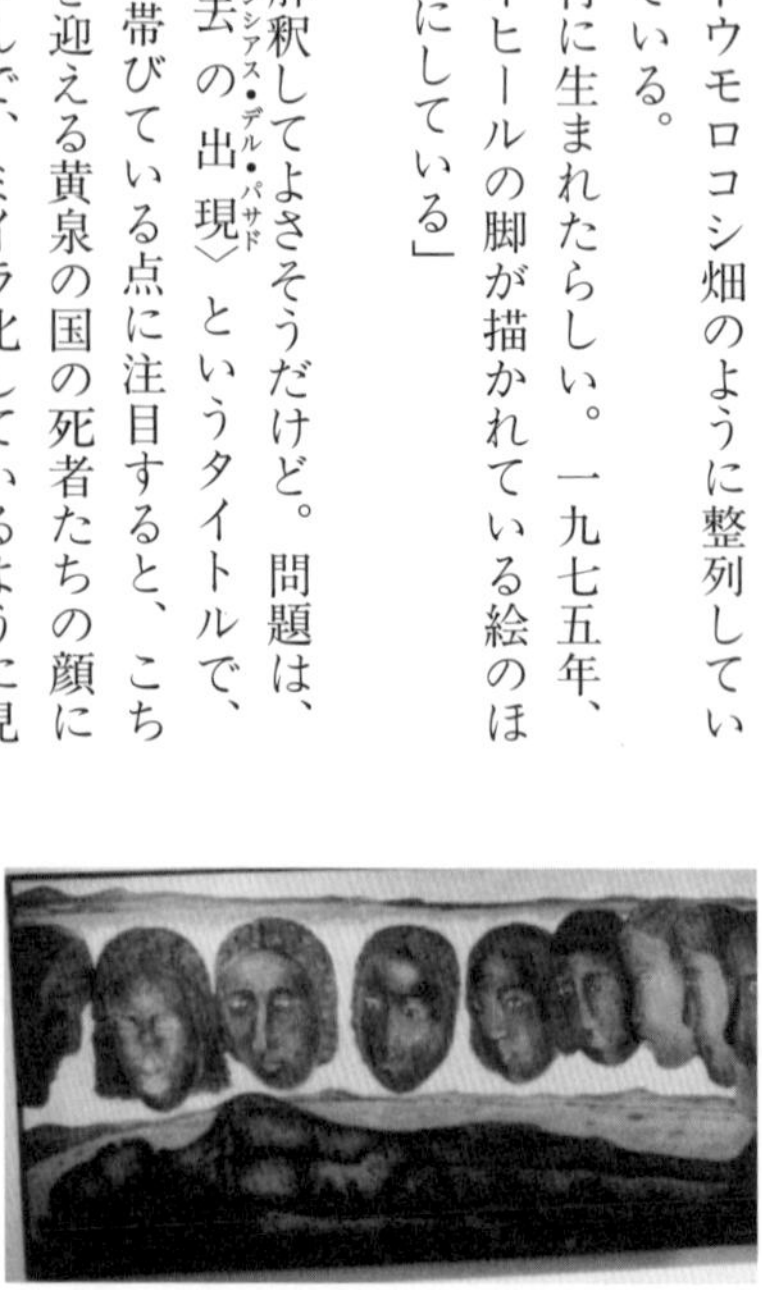
ロドルフォ・モラレス〈過去の出現〉

「不思議な絵ね」

「不思議かもしれないけど、ディエゴの白い花に感じるような怪物性は感じない。人間に対するロマン主義的な思い込みもないし、植物とともに大地に還元される人間の身体が率直に描かれている気がするんだけど……」

　このときだ、アリシアは並んだ顔のひとつが自分の母親のそれに思え、ドキッとした。とすると、横になっているのがほかならぬ自分自身の姿なのか。

　アリシアは、母と死別したとき以来、自分も母のように早死すると思いこんでいた。明日死ぬかもしれないと考えると、とりあえずきょうだけ生きればいい、という開き直った気分になった。

　アリシアは、熱烈な恋がしたかった。死の不安を打ち消すためではなかった。きょうを生きたという実感がほしかった。どうせ死ぬんだもん。カルロスがその熱烈な恋の相手なのかどうか、わからないが、生の実感を求める自分の気持ちを理解してくれるような気がした。アリシアは後ろからカルロスに抱きつく。なぜか羞恥心は感じない。

　カルロスは大鷲が獲物を傷つけずに自分の巣に持ち帰るように、アリシアをそっとベッドに運ぶ。

「いかに死ぬかを考える者だけが、生きている間に幸せをつかむ」と、カルロスはいう。

　その夜、ふたりはベッドの上でマリファナを吸いながら、交じり合った。最初のときのあのバッドトリップはやってこない。

　だが、アリシアは別の意味で、奇妙な気分に襲われた。というのも、ふたりとも裸で激しく求め合っているのに、眼だけがふわふわと勝手に肉体を離れていき、上のほうから絡みあう自分たちの姿を眺めているからだ。

二匹の大きな蛇がヌルヌルと格闘している。黒地に黄色の縞模様のデザート・キングスネークがガラガラ蛇をぐいぐい締めつける。ときどき二匹の蛇は上と下が逆になったり、相手の尻尾のほうに自分の頭部が行ったりする。アリシアが自分の口の中に相手を飲み込もうとすると、カルロスもその口の中にこちらを飲みこもうとする。互いに長い舌をチロチロ伸ばして、あらゆる凹みという凹みを慰撫する。

　そうしたシーンが延々とスローモーションでつづく。その間、アリシアの五感はしびれるような快感に見舞われたが、そうした快感を味わう自分を見守る自分がもうひとりいた。まるで、カルロスに見せられた絵みたいに、アリシア自身も頭と脚の二つに分裂したかのようだった。

　ふとアリシアがバスの窓の外を見やると、前より家が増えてきて、道路も曲がりくねっている。バスはコヨーテみたいに、草原と人間の生活圏のあいだを巧妙に走りぬけていた。ほどなくして、ヌエボ・ロシータという町に着いた。

チカーノ詩人の叫び

## 言語的雑種性を生きる——アルフレッド・アルテアーガ

Das Gringo Volk braucht Lebensraum
グリンゴ（白人）民族は〈生活領土[1]〉が必要らしい
for theirs is the greed of greed.

（1）〈生活領土〉とは、ヒットラーが領土拡張のために使ったスローガンの言葉。「ドイツはこの限られた生活領土から新しい土地へと導く冒険に旅立つために、国民が一致団結する勇気をもたねばならない」（ヒットラー『我が闘争』より）

かれらは一番の貪欲者
The gringo folk need living space
グリンゴ民族は生活スペースが必要らしい
to bury, to bank, to breathe.
埋葬したり　銀行に預金したり　呼吸したりする必要が
Al gringo le falta más room to live
グリンゴには　生活スペースがもっと必要らしい
que la avaricia puede ganar,
貪欲が獲得できるだけのスペースが
ciento ochenta y siete grados más
さらなる187度が必要らしい
que la avaricia propia puede agarrar.
自分らの貪欲がつかまえられるだけの
The gringo folk need more dead space
グリンゴ民族は死んだスペースがもっと必要らしい
Free from natives, their kids, their words,
先住民も　先住民の子どもらも　先住民の言葉もないスペースが
To capitalize on greed of greed.
自分たちの貪欲を金に替えるために、だ
Das Gringo Volk braucht Lebensraum
グリンゴ民族は〈生活領土〉が必要らしい

アルフレッド・アルテアーガ（二〇〇五年三月東京駿河台にて）

dead space that makes no sense,
　意味をなさない死んだスペースが必要だ
200 million dollars save for billion lost
　二億ドルをセーブして　十億ドルを失うなんて(2)
to deny Mexican kids vaccine
　メキシコ人の子どもにワクチンを与えないことで
and a place to write, to read.
　読み書きの場所を奪うことで
The greed of greed is the law of the land
　貪欲の上塗りが　この土地を律する法だ
In Kalifornia, Kapital of the dead.
　キャリフォルニアの、死者のキャピタル（帝都・資本）の法

（アルフレッド・アルテアーガ「生活領土(3)」）

アルフレッド・アルテアーガは、一九五〇年イーストＬＡの生まれ。アンサルドゥアがいたカリフォルニア大学サンタ・クルーズで学び、修士号と博士号を取得し、コロンビア大学の創作科でも学ぶ。その結果、散文と詩の両方で優れた作品を残すことになった。

たとえば、散文としては、『チカーノ詩学』と『ブルーのベッドのある家』（ともに一九九七年）があるが、前者が注つきの、かっちりした論文スタイルなのに対して、後者は連想や飛躍を楽しむ自由なエッセイスタイルを採る。

『チカーノ詩学』の中で、アルテアーガはチカーノであるということは雑種性《ハイブリディティ》を生きること

（2）カリフォルニア州の「プロポジション187」（英語が話せないメキシコ系子弟のためのバイリンガル教育の廃止を求める決議案）への言及。

（3）Alfred Arteaga, "Lebensraum," *red* (Tempe : Bilingual Press, 2000), p. 18.

だと規定する。それは民族的雑種性のみならず、言語的雑種性をも包含する。チカーノの民族的雑種性とは、ルドルフォ・〈コーキィ〉・ゴンサレスなどと同様、チカーノをヨーロッパ人とインディオの混血（メスティーソ）と自覚することだが、アルテアーガはチカーノ的主体をスペイン人とアステカ族の混血という風に単純化しては考えず、むしろチカーノの身体にはいろいろなヨーロッパ人の血が、そしてメキシコのいろいろな部族（アステカ族やマヤ族、タマウマラ族など）の血が流れていると見なす。

それがかれ一流のチカーノ詩学を特徴づける言語的雑種性に結びつく。言語的雑種性とは、詩の中の〈インターリンガリズム（多言語折衷主義）〉の実践にほかならない。

最初に訳出した「生活領土」という詩は、『レッド red』（二〇〇〇年）から採ったが、ドイツ語の文で始まり、英語とスペイン語が混在するそうしたインターリンガルな詩の一例だ。全部を日本語にしてしまうと、多言語が混在するそうした妙味がでないと思ったので、あえて原文を併記することにした。

正直なところ、最初はインパクトのある詩には思えなかった。が、タイトルでもあり、キーフレーズを構成する〈Lebensraum〉という単語をドイツ語辞典やインターネットの検索サイトで調べてみて、驚いた。この詩がさりげなく恐ろしいメッセージを隠しもつ抵抗詩だったからだ。

「生活領土」「生活圏」という意味の〈Lebensraum〉という語は、十九世紀末にフリードリヒ・ラッツェルというドイツ人によって作られた造語で、後進国ドイツもイギリスやフランスにならって、国家を統一して植民地の獲得をめざすべきとするスローガンを端的に表わすキーワードだった。この〈生活領土〉イデオロギーの背後には、ダーウィンの優生思想が流れており、「健康な種」が余分なスペースを占めるのは自然であり、

『チカーノ詩学』（一九九七年）のジャケット

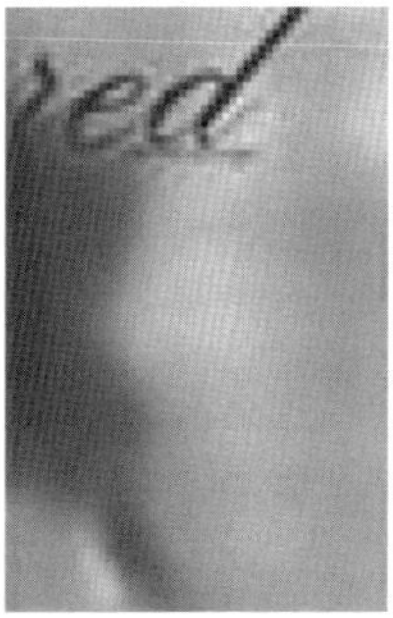
『レッド』（二〇〇〇年）のジャケット

またそれが必然であると考えられた。一九四一年、このイデオロギーはヒットラーによってソ連への侵攻の根拠になった。

　アルテアーガの詩は、そうしたナチスの強者の論理が、亡霊のごとく、時空を越えて、カリフォルニア州の一九九四年の「プロポジション187」に憑依しているといいたいかのようだ。というのも、「プロポジション187」は、「違法移民から社会保障、治療、公的教育の機会を奪う」こともめざした州民投票であり、逆にいえば、「ドイツ民族」ならぬ「グリンゴ民族」がさらなる「生活領土」を獲得しようとした政略といえるからだ。

　最後のセンテンスでは、カリフォルニアと、帝都・資本を意味するキャピタルを通常のスペリングのCではなく、Kで始めている。二つKKと並べているのは、明らかに白人至上主義団体KKK（クー・クラックス・クラン）への類推が見られる。

　同じ詩集に載っている別の詩「きょう　明日」で、どうしてラティーノやメキシコ系を差別する「プロポジション187」にアジア系や黒人やその他のマイノリティが賛成できたのか、アルテアーガは問う。その場合、アングロ白人だけではなく、自民族中心主義 ethnocentrism の罠に囚われた他の有色マイノリティもまた、メキシコ系の移民をめぐる「税金の無駄遣い」とか「犯罪の元凶」とかいう口当たりのいいキャンペーンに乗って、KKK的なメンタリティに陥っているといいたいかのようだ。

　アルテアーガは、二〇〇五年の春に今福龍太の尽力で来日を果たした。わたしが出席した朗読会では、管啓次郎が司会を担当した。多言語に通じた管さんの領を得た説明と、プリントアウトされた今福さんの訳詩の助けを借りてアルテアーガの朗読に臨んだものの、語学の才に劣るわたしでは、とても歯が立たなかった。

　その後、今福龍太の訳詩はそのまま『現代詩手帖』(4)に掲載されたが、その訳者付記で、今福

（4）二〇〇五年五月号、五二-五八頁。次の文献にも、詳しいアルテアーガへの言及が見られる。今福龍太「"Red"の縞模様を織るように――グレーター・メキシコへの旅」（『すばる』二〇〇六年十二月号、二一二-二二七頁）

さんはアルテアーガを「チカーノ詩のテリトリーの極北を歩む」と称している。

いまその意味をわたしなりに解釈すれば、アルテアーガは多言語主義の詩人で難解ではあるが、頭でっかちの、言語ゲームの詩人ではないということだ。「生活領土」の冒頭の文がドイツ語で始まることが、けっして知的虚栄心などではなく、アルテアーガ自身のチカーノ政治学の表明であるように、かれの詩の身体性はゆっくり嚙み砕いて読むことにより、じわじわと顕れてくる。

朗読会のあと、会場のそばの蕎麦屋で開かれた懇親会で、わたしはアルテアーガと話す機会を得た。亡くなったばかりのアンサルドゥアについて、互いの思いを話した。かれはときどき、朗らかな声をあげて笑った。あの丸い温厚な顔にわたしはころりと騙されてしまった。アルテアーガは、「生活領土」に見られるグリンゴへの怒りをどこに隠していたのだろう。

アルテアーガの詩の中のもうひとつの言語的雑種性とは、〈ディフラシスモ difrasismo〉の実践というべきものだ。そのわかりやすい具体例として、アルテアーガはデビュー詩集『カントス』（一九九一年）の「カント・プリメーロ（第一の詩篇）」の冒頭の部分をあげている。

最初に　島
真実の十字架
もう一つの島
大陸
一本の線　半分が水で　半分が鋼鉄

最後のセンテンス「一本の線　半分が水で　半分が鋼鉄」というのが、アステカ族のナワトルの言語実践〈ディフラシスモ〉に倣っているという。(5) つまり、ナワトル語では、二つの単語を合わせてひとつの物を言い表す、言葉の綾（トロープ）が見られる。たとえば、「フロリ（花）カント（歌）」で「詩」を表し、「水」と「丘」でメキシコの「市《まち》」を、「手」と「足」で「人間」を表すといったように。一本の線とは米国とメキシコを分断する国境線にほかならず、マタモレスからエルパソまでがリオ・グランデの川によって分かたれ、そこから先サンディエゴ＝ティファナまでが鋼鉄のフェンスによって分けられる。「半分が水で　半分が鋼鉄」という二つの表現で、「米墨国境」を表すというわけだ。

そうしたアステカ族の混交精神《メスティサヘ》を反映したナワトル語の〈ディフラシスモ〉を応用した詩が、次に訳出する、『カントス』の最後を飾る「カント・プリメーロ（第四詩篇）――クロノトプ・シカーノ」。

黒い鷲　赤い歌い手(6)
インクとペン
生きたテクスト(7)
書かれた人々　狂気の生に追いまくられた
不良少年《バト》
「命」という刺青を彫った不良少女《バタ》　涙を知る少女ギャング
輝く十字架　バリオのグラフィティ
写本と店先
落書き
バリオの名前と抵抗と人々の名前

(5) Alfred Arteaga, "Mestizaje/Difrasismo," *Chicano Poetics* (Cambridge UP, 1997), pp. 5–19.

(6) 赤も黒も、アステカではインクの色

(7) 歌う行為自体が詩であるということ

ペインティングされた車　ガラスに彫りこまれた
名前たち　「千の踊りの土地」　落書き
学校に彫りこまれた愛
スペイン人たちによって
焼印を押されたインディアンの顔
アメリカ人によって
焼印を押されたアイルランド人の顔
ガチュピン(8)　ブーツで蹴とばす人
ヤンキー　新世界の新人類　ヤンキューイ
シカーノ　カンタドール(9)　名前を与える《ネイマー》人
シカンクィカトル(10)
フロリカント(11)
カント(12)
カント

（アルフレッド・アルテアーガ「カント・プリメーロ（第四詩篇）――クロノトプ・シカーノ(13)」）

（8）スペイン人
（9）歌い手
（10）チカーノ・ガイジン
（11）花歌＝詩
（12）歌
（13）Alfred Arteaga, *Cantos* (San José : Chusma House Publications, 1991). 5 May 2007 〈http://www.alfredarteaga.com/cantospoems.html〉.

# 9

# ペヨーテの夜

国境の町ピエドラス・ネグラスからヌエボ・ロシータまで百二十キロ足らずだが、バスは何度も小さな町に寄り道していたので、二時間もかかっていた。でも、終点のムスキスまでは、あともう少しだ。

ヌエボ・ロシータを出てしばらくすると、台形のかたちをしたメッサが見える。生物の気配を感じさせない地肌を剝きだしにしたアリゾナ砂漠のそれとは違って、濃緑色の草木にびっしり覆われている。つめたい鉱物の脅威を感じさせないところがかえって、アリシアには不気味に感じられる。

アリシアは、あのときのカルロスの言葉を思いだした。いかに死ぬかを考える者だけが、生きている間に幸せをつかむことができる。カルロスはそういったのだ。

オアハカのインディオの血をひく画家の奇妙な絵にあった、あの青ざめた女性たちの顔も蘇ってくる。とりわけ、母の顔に似て温和な、黒ずんだ顔は忘れたくても忘れられない。

アメリカに留学してからは、勉強の忙しさを口実に、母のことを脳裡の外に追いやっていた。ときどき、授業についていけない不安にかられたり、異国で孤独を感じる出来事に出くわしたりすると、川の堤防が決壊したみたいに、ふと心の緊張が解けて、母のことが思いだされた。過去の人間の死など、取り返しようのないものだとわかっていた。が、つい母が生きてくれていたら、という袋小路の思考に陥ってしまうのだった。

　カルロスは、「お母さんの死は、きみにとって、必ずしも不幸じゃない」ともいった。「きみの受けとめ方ひとつで、ね」

　さっきまで遠くにあった山なみが身近に迫ってきていた。幼いアリシアにドラキュラの牙を想像させたのこぎり山や、東シエラ・マドレ山脈の厳めしい偉容と違って、ここの山脈は優しくなだらかだ。女性が仰向けに横たわっているような姿をアリシアに連想させた。

「サンタ・ローサ山脈だよ」と、隣の座席にいる〈熟したベリー〉がいった。

「けっこう高そう」

「高いところで、三千メートルくらいかな」

「お母さんがいってたっけ。日本じゃフジサンという山が一番高いと思っていたけど、メキシコにやってきて、東シエラ・マドレ山脈を見てビックリしたって。四千メートル級だもの」

　そのとき、目をこらして窓の外を見ていた〈熟したベリー〉が眉をしかめた。

「何か悪い予感がする。ソピローテが空を旋回しているのが見えたから」

「何、ソピローテって？」

「ハゲ鷲の一種。別の土地じゃコンドルともいうけど」

「ソピローテが飛ぶのや夜鷹が鳴くのは、死の前兆なんだ」

「わたしには見えなかったけど……。あなたも見なかったことにすれば？」

〈熟したベリー〉は、そんな他愛のないアリシアの冗談には答えない。まるで森の中で危険な気配を感じ取った鹿みたいに、慎重そうに遠くのほうを見据えている。

　アリシアは迷信など気にかけないほうだが、〈熟したベリー〉が、まるでアリシアの目には

サンタ・ローサ山脈の山なみ

見えない誰かと交信するかのように、自分ひとりの世界に入り込んでしまっているので、議論を吹っかけるのはやめた。

外を見ると、木々のあいだに埃まみれの家が点在する、あまり変わりばえのしない田舎の風景があった。でも、一軒の古びたレンガ造りの家の屋根には、巨大なパラボラアンテナが据えつけてある。米国の有料スポーツチャネルＥＳＰＮでも見るんだろうか。それとも、アトランタから発信されるＣＮＮニュースかしら？

カルロスがいっていた。テレビもアメリカという国じゃ、ドラッグみたいなものだ、と。放送局は莫大な金をかけて、あれこれ精巧な番組を作るから、人々はテレビを見ていて、居ながらにして世界を知ることができる、というか知った気になる。競技場に行かなくても、本物の試合を見ている気分になる。戦場に行かなくても、戦争がわかった気になる。でも、それはテクノロジーというドラッグがもたらす幻影や心地よさなのに……。

「じゃ、テレビと本物のドラッグ、どう違うの？」と、アリシアが訊く。

「違わない」

「ええ？」

「ドラッグに溺れる者は現実との接点を忘れる。ドラッグなんて、あくまで手段なのに」

「なんの？」

「世界の奥深さを知るためのさ。目の前に見える世界だけが、生きている人間の世界だけがすべてだと思ったら、これほど傲慢な考えはないよ」

「ドラッグって、現実から逃避するものだと思ってた」

「使う人次第で、現実に至る道になるか、現実から遠ざかる道になるか、違いが出てくる」

その夜も、アリシアはカルロスと交じり合った。性交の前に、カルロスがこれを試してみて、と何かボタンのかたちをした植物の欠けらみたいなものを渡した。これをやるときには、ひとりがガイドの役をしなければならない、といって、カルロスはやらなかった。

アリシアがペヨーテと呼ばれるその欠けらを齧ると、青臭い味がした。しばらくすると、強烈な吐き気を催し、気分が悪くなった。だが、その直後、部屋の中の光景が、いつもとは違う強烈なコントラストを帯びて迫ってきて、不思議な世界に一変した。

アリシアは緑の草原で、白いツノトカゲになって茶色いメスキートの幹をよじ登っていた。水分がついていて、つるつる滑り、下手をするとずり落ちるので、手と足で引っ掻くようにして登らねばならなかった。下には奈落の底が待ち受けている気がして、この木から落ちたら死ぬんだ、と必死の思いでしがみついた。好物の黒い蟻が列をなしていたが、捕らえて食べる気にはならなかった。その余裕もなかった。少し休むと、ふたたび登り始めた。すると、背中のほうに、爆撃機のような轟音が聞こえてきた。羽音をたてて、嘴が尖ったハミングバード《ハチドリ》がそばに寄ってきていた。飛び去る緑色のハミングバードを静かにやり過ごすと、ふたたびゆっくり時間をかけて登った。まったく前進していないように思えた。というか、汗をビッショリかいていて、むしろどんどんずり落ちてきていた。焦って目を開けて、メスキートの幹の肌を見ると、そこに二つの目が、母の目が浮かびあがった。驚いて、アリシアはあっと声をあげた。そして、そのまま木の幹から落下した。

カルロスが下からアリシアの髪の毛を撫でていた。いつの間にか、ふたりは裸になっていて、アリシアはカルロスの体の上から、かれの顔に自分の顔を近づけた。ぐったりとなったアリシアは、そのまま深い眠りについた。

ツノトカゲ horned lizard

# 内科医の観察眼

ガブリエル・トゥルヒーヨ

僕のすべてが
旅をしている

僕が知るすべてが
税関を通るとはかぎらない

僕の想像するすべてが
許可証つきとはかぎらない

僕は持っていない
僕の長所が書かれた
パスポートを

この国に
向けての推薦状
もない
僕が信頼できるのは

ただ他人のコトバを
信頼してくれる人だけ

せわしなく
壁に穴をあけて
生きている人だけ

でも　障害物を
通過する光の
ように

よそ者の孤独を
誰ひとり　自分の肉体に
感じることもないだろう

あらゆる線は想像上のもの
それが日々の地平線上に
浮かびあがるのを目にするまでは。
誰かがその線を越えようとするきみに
こう訊ねるまでは。

（ガブリエル・トゥルヒーヨ「違法移民」[1]）

（1）Gabriel Trujillo, "Indocumentado," *Entre Líneas* (Ciudad Juárez : Museo de Arte e Historia de Ciudad Juárez, 1997), p. 9.

メキシコから何を持ってきた？
そのポケットにいくら持ってる？

犬のやつがきみの体をくんくん嗅ぎまわる
きみがウソをついていないかどうか
きみに権利があるかどうかを
確かめるためだ
この残酷で
　不信でいっぱいの
　　「楽園」と呼ばれる国を
訪問する権利があるかどうかを

（ガブリエル・トゥルヒーヨ「十字路[2]」）

ガブリエル・トゥルヒーヨは、一九五八年に、バハカリフォルニア州メヒカリというボーダー・タウンに生まれた。すぐ北の米国側の町は、カレシコという。メヒコとカリフォルニアを互いに交錯させて名づけられたその二つの町は、米墨国境地帯の南北に位置する「双子の町」の一例だ。双方の住民たちによる日々の行き来があり、国は違えども、文化は似ている。

　ここに選んだ作品は、一九九六年にフォード財団ほかの基金を得て、フアレス市で行なわれたコンテストで、メキシコ側の最優秀賞を獲得した『ボーダーライン』から採った。何気ない英語の固有名詞が混ざったスペイン語の詩に、混交するボーダー文化が感じられる。観察眼の鋭さと、表現の的確さを具えて、言葉にまったく無駄がない。それと、故郷の「双子の町」のそれぞれの風景を低いアングルから、異邦人のような眼差しで見ている点もすばらしい。だか


ガブリエル・トゥルヒーヨ。左手で医師の免許証をかかげる。

（2） Gabriel Trujillo, "Cruce," *Entre Líneas* (Ciudad Juárez : Museo de Arte e Historia de Ciudad Juárez, 1997), p. 10.

ら、マルケスやフォークナーと同じように、世界の周縁の、本当に小さな土地を扱いながらも、センチメンタルな地方色の文学の域を軽く越えていく。

訳出した二つの詩にもそれらは感じられると思うが、長すぎて、ここに訳出できなかった「メヒカリ・ローズ」という詩の中にも、たとえば……

ここは
ボーダー
通過する場所
どっちつかずの土地
名もなき者の墓地
ここでは誰もきみに訊たりしねない
どんな風に死んだかなんて
ここでは誰も気にしない
どの聖者がきみを見守っているかなんて[3]

トゥルヒーヨは、詩のほかに小説やエッセイも書き、それぞれの分野で文学賞を受賞して、高い評価を得ている。最近出たばかりのボーダー文学のアンソロジー（トム・ミラー編『ライティング・オン・ジ・エッジ――ボーダーランズ読本』二〇〇三年）の中にも、トゥルヒーヨの短編小説が入っている。詩では、南のメキシコの視点から、北の米国をアイロニカルに見るという特徴があったが、この謎のグリンゴの用心棒を主人公にした「ミステリ小説」では、北からの視線で南（メヒカリの人々）を相対化している。[4]

（3） Gabriel Trujillo, "Mexicali Rose (1923)," *Entre Líneas* (Ciudad Juárez : Museo de Arte e Historia de Ciudad Juárez, 1997), pp. 19–29.

（4） Gabriel Trujillo, "Lucky Strike," *Writing on the Edge : A Borderland Reader*, Ed. Tom Miller (Tucson : U of Arizona P, 2003), pp. 33–38.

フランスの哲学者、ジャン＝リュック・ナンシーは、チカーノ主体を条件づけている「メスティーソ」を再定義している。ナンシーにいわせれば、メスティーソとは「混血 mixed blood」とも「文化の混交 mixed cultures」とも関係がない。それを新しい固定的な主体やアイデンティティとして特権化してはいけない、と釘をさす。ナンシーは、メスティーソとは、自分でもわからない「異邦人」の血が自己の中にあることを知ることだ、という。ナンシーはそれを詩的な表現で、「他者の到来」と呼び、「メスティーソとは、ボーダーにいる人のことだ。意味のボーダーにいる人だ」と述べる。(5)

もしメスティーソが静的かつ固定的な主体ではなく、たえず意味を付け加え、意味を変えていくボーダーの人だとすれば、トゥルヒーヨの視線とは、まさにそうした変わりゆくボーダーの人の視線を体現しているのではないだろうか。

メヒカリに暮らすトゥルヒーヨを訪ねたことがある。バハカリフォルニア州立大学の出版局の編集部で雑談をした。トゥルヒーヨは長い顎ひげをたくわえて貫禄があり、やさしい目が印象的だった。青春時代にはグアダラハラへ向かい、そこの大学で医者になるための勉強をして、実際に医者になった。八〇年代にふるさとに戻ってきて、詩を作りはじめ、大学の創作ワークショップに通う。十六年ほど医者をやっていたが、八〇年代後半から文筆業に専念。その話を聞いて、わたしはトゥルヒーヨの落ち着き払った態度と詩人としての観察眼の鋭さは、内科医としての経験からくるのかもしれないと察した。多作の人であるが、宮崎駿の映画にオマージュを捧げる詩があり、また分厚いノンフィクションのメヒカリの歴史を扱った本の中で、日本人移民について書いた文章もある。

さて、北のカレヒコの郊外には、コロラド川の水を利用したインペリアル・ヴァレーの肥沃な農業地帯が広がる。南のメヒカリも北と地続きの豊かな土壌に恵まれる。そうした土地だけ

（5）Jean-Luc Nancy, "Cut Throat Sun," *An Other Tongue: Nation and Ethnicity in the Linguistic Borderlands*, Ed. Alfred Arteaga (Durham: Duke UP, 1994), pp. 113–23.

に、必ずしもここの住民（メキシコ人）が北への憧れに身を焦がすわけでない、とトゥルヒーヨは指摘した。つまり、「違法移民」だけがかれの詩や小説のテーマでない、と。次の詩は、その北の土地の朝の風景を、毎日南から働きに出るメキシコ人労働者たちの視点からアイロニカルにつづった詩だ。

カレシコのはずれの
　カフェテリアで
現場監督がやってくるのを
男たちが待っている
　オンボロのトラックに乗って
レタスで一杯の農場へいくのだ

老人が一匹の蝿を
「インペリアル・ヴァレー・エクスプレス」紙の
求人広告欄で叩き殺し
そのまま平気な顔で読みつづける
朝飯の勘定を
まちがえる
ウェイトレスは
エルヴィス・プレスリーのリズムに合わせて
髪の毛を熱心に撫でつけている

インペリアル・ヴァレーの農場風景

鉄道線路を走る
機関車のように
太陽がきらきらと　まっすぐ
前進してくる

（ガブリエル・トゥルヒーヨ「午前五時十分」[6]）

（6） Gabriel Trujillo, "5 : 10," *Entre Líneas* (Ciudad Juárez : Museo de Arte e Historia de Ciudad Juárez, 1997), p. 11.

# 10 雨宿り



ムスキスのターミナルまでの最後の区間は、あっという間だった。バスは、まるで飛んでいる虫を捕まえようとするツバメのように、すばしっこくギアを切りかえしながら走る。

郊外の、大きなコンクリート塀に囲まれた大農園のわきを通りすぎるあいだ、アリシアはヒキガエルみたいに、目を剝きだしにしている。うつらうつら眠っているわけではない。むしろ、チューターのカルロスに、メキシコの貧富の差についての認識を批判されたことを思いだしながら、窓の外の光景を凝視しているのだ。

「きみは女というハンデキャップはあるけど、メキシコじゃ、裕福な階級に属するわけだね。その特権に胡坐《あぐら》をかいて、自分の目を曇らせないようにしたほうがいいよ」。そうカルロスはいった。

アリシアはそれまで自分が「特権階級」に属するなんて、思ってもみなかった。

そうでなくとも自分は小さいときから「中国人」と呼ばれ、バカにされてきたのだから。でも、考えてみれば、王や神官を頂点にしたピラミッドのような階級支配を誇っていたアステカ帝国が滅びてからも、ヌエバ・エスパーニャにしろ、十九世紀初めに独立を果たしたメキシコにしろ、ずっと個人の努力では壊すことのできない階級の壁を温存してきた。異教徒のインデ

ムスキス郊外の大邸宅

ィオを最下層にした階級の壁を。
そういえば、アリシアが通っていたカトリック系の私立高校には、インディオは一人もいなかった。知らずに差別する側にまわっているのは、なかなかわからないものなのだ。父だったら、インディオがヨーロッパの文明に浴する気がないから、とでもいうだろうか。アリシアは自分の中に、母から受けついだモンゴロイドの血が混ざっていたので、父みたいに単純にヨーロッパを讃美できなかった。カルロスの言葉は、メキシコの「見えない壁」をアリシアに意識させてくれた。

ほどなくして、バスはムスキスに到着する。そこのバスターミナルは、小さなプレハブの小屋。十人分のプラスティックの椅子がコンクリートの床に固定されているだけで、まるで監獄のように陰気で飾り気がない。

それでも、誰かが気をきかしたのだろうか、出入口の石段には、鮮血色の小さな花をつけた、トゲだらけのハリネズミサボテンの大鉢が飾ってある。

プレハブ小屋のそばには、大きなコットンウッド《ヒロハハコヤナギ》の木が聳えていて、日陰ができている。こちらのほうがずっと開放的なのに、〈熟したベリー〉と同じ土色の肌をした数名の中年の客たちは、待合室でおとなしく待っている。若者は一人もいない。

〈熟したベリー〉はバスから降りると、途中までヒッチハイクで行こうといい、アリシアの返事も待たずに、さっさと埃っぽい舗道を歩き始める。舗道の反対側は黒くすすけた民家の板塀がつづく。こちら側には、庭を金網のフェンスで囲った家があり、そのそばを通ると、いきなり大きな黒い猟犬が吠えながら飛びかかってきた。アリシアはびっくりして、フェンスから飛びのく。まるで自分が後戻りできない剣呑なケモノ道に足を踏み入れてしまったかのように感じた。

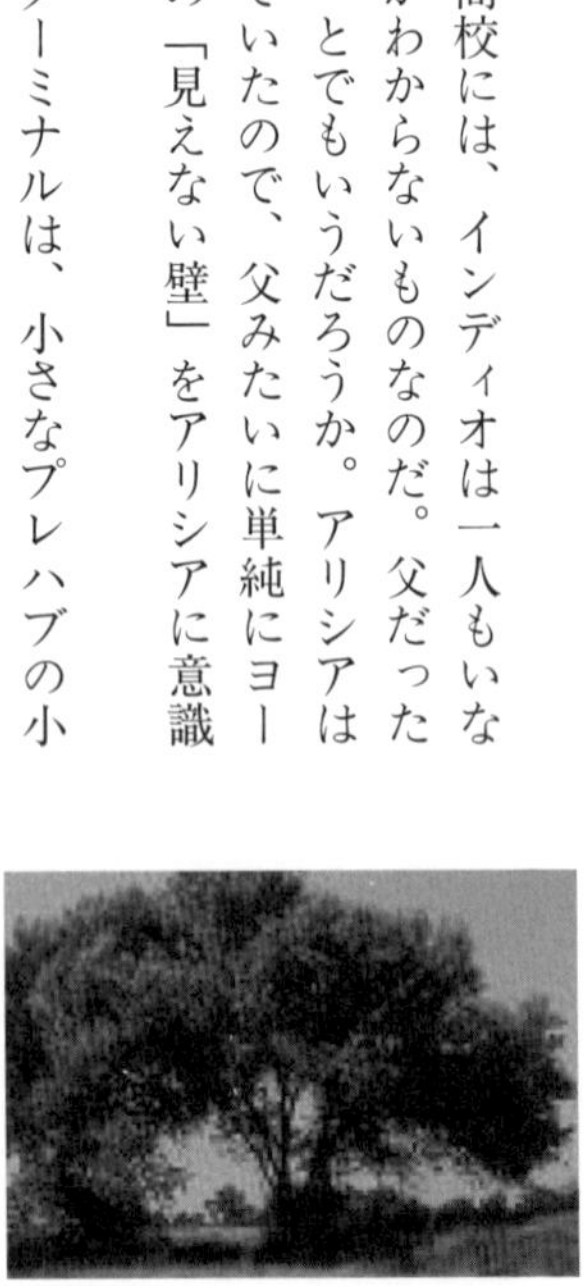
コットンウッド cottonwood

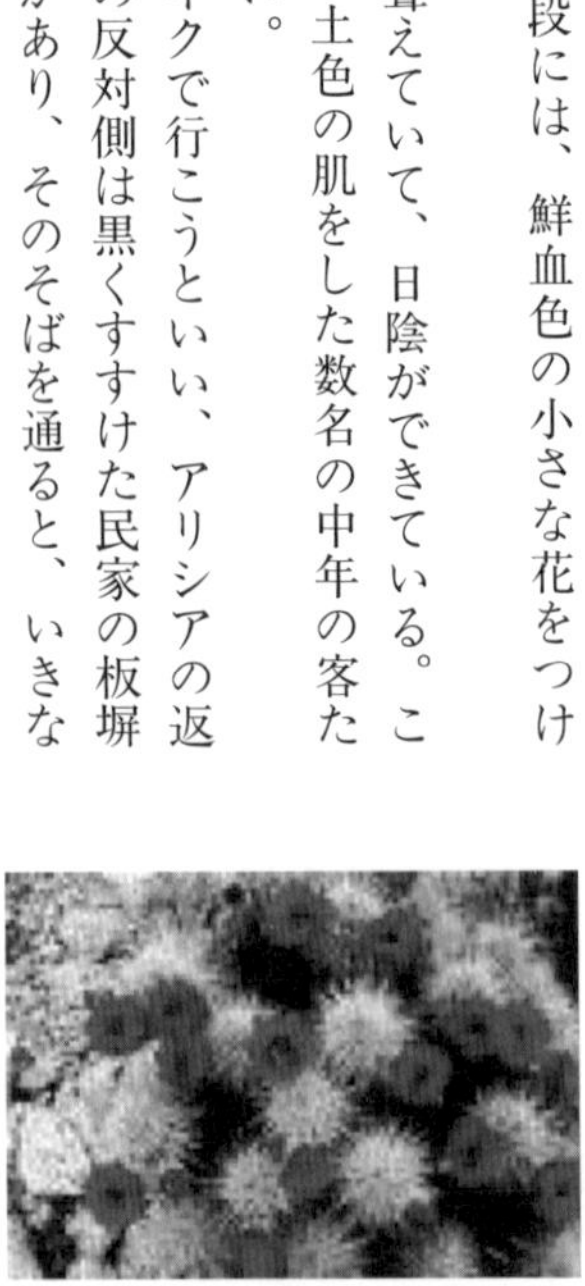
ハリネズミサボテン engelmann's hedgehog

「心配ない、尻尾をあげてるスカンクと同じだよ」と、〈熟したベリー〉。

「ええ？」

「尻尾をあげてるあいだ、スカンクは異臭《ガス》を放たない」

「フェンスがあるから、大丈夫って、いいたいの？」

「きみの驚き方が半端じゃないから」

「だったら先にいってよ、犬が吼えるって。そうしたら驚かないから」

「きみには敵わないな」

「あたし、本当に怖がりなんだから――」

〈熟したベリー〉は、アリシアがいい終わらないのに、別のほうを向いている。ちょうど小型のトラックが通りかかったのだ。〈熟したベリー〉は片手をあげて車をとめると、運転席のほうに走っていき、いかにもビールの好きそうな太った中年の男と交渉を始める。犬がしつこく吼えつづけるので、アリシアは道路の反対側に逃げて、民家の板塀のほうに身を寄せる。誰かまわず吼える犬も犬だけど、主人も主人だよ。犬なんかに自分の財産を守ってもらわなきゃならないなんて、なんて不自由なことだろう。そうアリシアは思った。

〈熟したベリー〉が笑顔でアリシアに、小型トラックの荷台に乗るように、と片手を挙げて合図をする。アリシアが戸惑っていると、まるで蝶が舞うように、先にひょいと飛び乗り手を差しだす。アリシアもマネをして、左足をタイヤに乗せてジャンプするが、〈熟したベリー〉みたいに軽快には飛べない。先に飛んだ右足の膝を荷台の床にもろにぶつけてしまう。

アリシアが痛がっていると、〈熟したベリー〉がぶつけた患部に両手をあてがい、そっとさすった。〈熟したベリー〉からメンソールのような爽やかな匂いが漂ってきて、アリシアの鼻を突いた。しばらくすると、なぜか痛みが消えている。アリシアはどんなカラクリがあるのか知りたかったが、超能力みたいなことは信じる気にならないので、訊かずにおく。どうせ教えてもらえないだろうし……。

その代わり、アリシアは「どうしてそっと受け止めてくれなかったの?」と、皮肉をいった。

「まあ、それほどのお礼をいわれることはしてないけど」と、〈熟したベリー〉も皮肉を返した。

「正直いって、女の子の扱いが下手よね」

「生憎、そっちの修行はしてないものだから」

「どっちの修行なら、してるの?」

「たとえば」と、〈熟したベリー〉はいって、目を細めて、瞑想する。「白鳥が飛ぶのが見える。きっともうすぐ雨が降るよ」

「何いってるの? 白鳥なんて、どこにもいないじゃない」

「それが見えるのさ。ヒキガエルの大群とか、木に登るガラガラ蛇が見えたときも、雨の兆候なんだ」

「それって、あなたに超能力があるっていいたいわけ?」

「超能力じゃない。オレたちのあいだに伝わる知恵をいっているだけだよ」

「そりゃ先祖から伝わる知恵かもしれないけど、見えるはずのないものが見えるっていうのは、何か千里眼みたいじゃない?」

「自分じゃ説明できないよ」

二車線の舗装した国道を快調に飛ばしていたトラックが急にスローダウンして、路肩に止まる。十五分も乗ってないのに。

〈熟したベリー〉が平然といった。「ここから先は、ナシミエントまで歩くよ。だいたい二十キロぐらい」

ふたりは舗装されていない広い砂利道を歩き始めた。まっすぐ続く一本道のはるか向こうには、サンタ・ローサの山並みが見え、道路の両側には鬱蒼とした森が迫っている。まるでその中に一歩でも踏み入れたら、戻ってこられない霊界のような怖さを感じる。

アリシアが空を見あげると、一羽の黒い鳥が悠然と大きな環を描くように舞っている。あれが〈熟したベリー〉のいうソピローテかな？　アリシアは少し不安を感じる。〈熟したベリー〉は、あの国境のロードランナーに戻ったみたいに、どんどん先を急いでいる。アリシアも何とか追いつこうと、早足で歩く。

突然、小さな爆音のような雷鳴が遠くから聞こえてくる。アリシアは嫌な予感がする。そのとき、何を思ったか、〈熟したベリー〉がいきなり砂利道をそれる。そのまま道路わきの有刺鉄線をくぐりぬけて、森の中に入っていくではないか。

「どうするの？」と、アリシアは訊く。

「雨宿りをする」

「どこで」

「ついておいで」

アリシアは困惑した。森の中に入るのは恐ろしいし、といって、ひとりでこんなところにいるのも嫌だし。その間にも、〈熟したベリー〉はさっさと奥深くに行ってしまう。アリシアは有刺鉄線を持ちあげながら、ここまで来たら行くしかないか、と思う。有刺鉄線の下をくぐり抜けながら、そうした行為をしている自分にアリシアは驚きを隠せない。少し前の自分だったら、尻ごみしたはずだった。

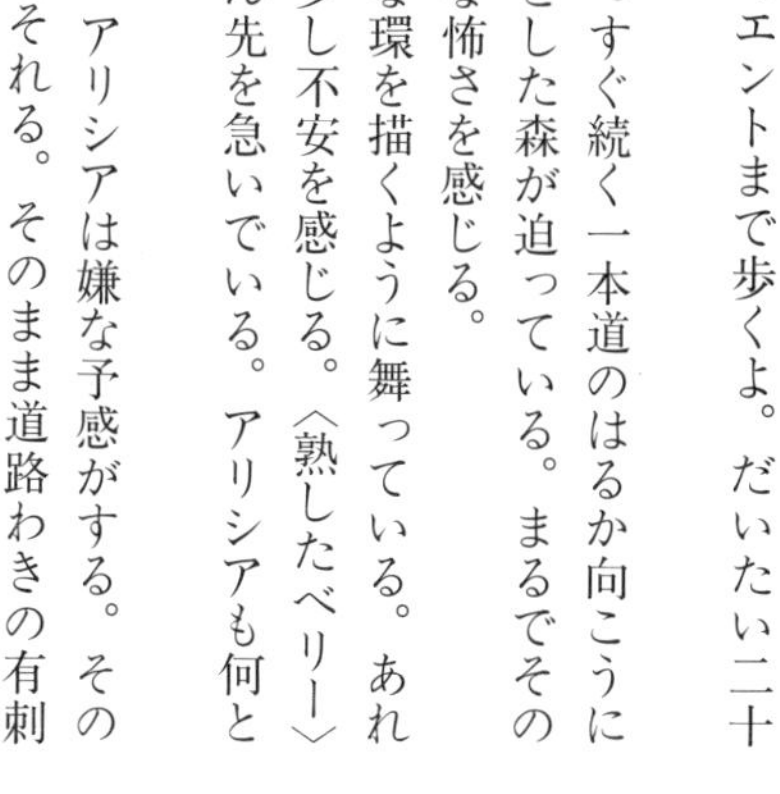
ナシミエントに向かう砂利道

アリシアは〈熟したベリー〉を追いかけながら、木の枝を払って奥のほうに進む。少し行くと、川のせせらぎが聞こえてくるが、川の姿は見えない。森の中はそうでなくても薄暗いのに、空模様は悪くなる一方で、やがて大粒の雨が降ってくる。

〈熟したベリー〉が大きなカシの樹の下に立っていた。その樹のそばに巨大な穴があいていて、まるで隕石が落ちた跡のようだ。体を斜めにして覗くと、地下に洞窟のような空間が見える。

〈熟したベリー〉は、ローズマリーの匂いのする手でアリシアの肩を抱いて、「大丈夫だよ」といった。それからバッグから小さな懐中電灯を取りだし、ふたりの足もとを照らす。ふたりは薄暗い洞窟の中に入り、坂になった道を降りていく。外はいきなり土砂降りの雨になった。

突き当たりの壁のひとつに、奥につづく細道がある。足もとに気をつけながらゆっくり歩いていると、後方から大きな爆音が聞こえてくる。雷が近くに落ちたようだ。思わずアリシアは悲鳴をあげて、〈熟したベリー〉にしがみつく。

〈熟したベリー〉の後から、低い天井にぶつからないように頭をさげて細い道を行くと、すぐに広いところに出た。

ベンチにするのにちょうどよい岩があり、アリシアはそこに腰をおろす。相変わらず、ときどき外から恐ろしい雷鳴が聞こえてくる。天井から何かの大群がキィキィと悲鳴のような音をたてて飛び立つ。

「コウモリだよ」と、〈熟したベリー〉がアリシアの不安を察していった。

「あたしたちの血を吸いにこないよね？」

「人間の血を吸うコウモリはここにはいないさ」

「馬の血を吸うコウモリがいるって？」

「ああ、そういう輩もいないから、心配ない。それより喉は渇かない？」

「大丈夫」

「じゃあ、これやってみて」と、〈熟したベリー〉はいい、植物の乾燥した欠けらを渡す。

アリシアは、以前にカルロスにもらって試したことがあった。まったく不安は感じない。ほどなくして、首が鞭打ちになったようにがくんとキックをして、瞳孔が開いたような気がする。

〈熟したベリー〉は、いつの間にかどこかに行ってしまっている。その代わりに、ローズマリーの匂いがする老人がそばに立っていた。もうひとつの岩には、双眼鏡を持った少年と白い子犬を連れた少女がすわっている。老人が、〈熟したベリー〉そっくりの声でいった。

「これから面白いものが見られるぞ！」

その言葉が終わるか終わらないうちに、アリシアの正面にある岩壁が白く、まるでこれから映画が始まるかのように輝いた。

# 親分肌の詩人——ホルヘ・ウンベルト・チャベス

チカーノ詩人の叫び

簡単に　われわれの存在は消え去る
夜ごとに　都市が苦しむ

悲しい顔をした男たち
コトバを発することなく待つ女たち
不動の鋼鉄でできた女たち
空虚の瞬間に　一撃を受けた石

次第に消えていく光
　　　果てしない
　　　　　灰色のスポット
終りのない国境のティファナ　モンテレイ　ファアレスには
広々とした廊下をもつホテルがある
輝く水晶のように　ぴかぴかの顔
きみの像を写す鏡　磨かれた板壁
わたしはここで過ごす　死者たちに囲まれて
　　　　　死にゆく生者たちに囲まれて
名前のわからない人たち　暗い人たち
消えてゆく　判読できない顔たち
足音や会話や　呼吸する口の
控えめな音に囲まれて

孤独な口たち
孤独な肉体たち

ファアレス生まれの詩人ウンベルト・チャベス

欲望の持続
そっと齧った歯の痕のついた果物
余所《よそ》者を見つめる眼たち　余所者を果てしない破壊に
循環する地獄に　繋ぎとめる眼たち
生をまっとうすべしと　幸運な刑罰を受け
苦悩から人間を引き離す
匂いと味のためだけに　生き長らえるとは
あるいは
人里はなれた
一度かぎりの
恐ろしい　夜明けのために

（ウンベルト・チャベス「孤独な旅人の詩」[1]の前半）

ウンベルト・チャベスは、一九五九年にメキシコ北部の国境の町、チワワ州フアレス市に生まれた。現在、フアレス市の文化センター＝美術館の館長として、多忙な日を送っている。チャベスは、まるでそんな役人のイメージを覆すかのように、たとえば緑色のタンクトップにチェ・ゲバラのペンダントをぶら下げた出立ちがよく似合う。だが、詩集をいくつも出している、れっきとした詩人だ。大学の創作科で詩の創作を教えてもいる。

とはいえ、書斎派の詩人ではない。むしろ、知的でありながら行動派でもある。チャベスの詩は多弁でありながら硬質な印象を与える。硬質とはいっても、行間にたくみに感情を隠し持ち、いわばハードボイルドなやさしさを感じさせる詩だ。

ボーダーの都市は、ともすればドラッグや犯罪と結びつけられて語られがちだ。とりわけ、

（1）Jorge Humberto Chávez, "El poema del viajero solo," *Entre Líneas* (Ciudad Juárez : Museo de Arte e Historia de Ciudad Juárez, 1997), pp. 61–63.

チャベスの故郷フアレス市は、メキシコ最大のマフィアの暗躍する舞台だといわれている。おまけに、九四年NAFTA(北米自由貿易協定)の発効以降、経済格差を助長するかのように、マキラドーラ(保税加工工場群)にまつわる事件が勃発。いわば第三世界に第一世界が混在し、植民地の「奴隷制」よろしく低賃金で若い女性が働かされている。もはや第一世界も第三世界もなくなり、あるいは米国もメキシコもなくなり、そこにあるのは、グローバル・ネットワークに支配された共犯関係、アントニオ・ネグリとマイケル・ハートのいう「〈帝国〉」(2)だけである。

そういう複雑に交錯した世界からナイーブな詩は生まれてこない。わたしはチャベスの一見硬質な詩に、複雑な文様を描くフアレスの歴史に対するかれの苛立ちを見た。

二〇〇四年の春に、チャベスに会った。チャベスは国境の橋に近い旧市街のバーを会見の場に指定してきた。フィットネスに通っているのか、両腕の筋肉が盛りあがっていた。わたしがボーダーの詩に興味があるというと、文化センターからいっぱい詩集を持ってきてくれた。

その後、日を改めてわたしを自宅に招いて、弟子にあたる若い詩人たちも呼んでバーベキューパーティを開いてくれた。呼ばれた若い詩人たちは二十代、三十代の男ばかりだったので、わたしは「ボーダーで活躍している女の詩人はいないの?」と、素朴な質問を投げかけてみた。

チャベスは、まるで停車中の自分の車をいきなり後ろから追突されたみたいに、困惑したように首を横に振るばかりだった。率直で親分肌のチャベスは、ここにいる若い連中のどこがお前に不満なのか! と思ったかもしれない。

誰も知らない肉体たちが　ベッドに仰向けになる

(2) 水嶋一憲ほか訳『〈帝国〉―グローバル化の世界秩序とマルチチュードの可能性』以文社、二〇〇三年。

濃密な夢が　いつものようにこんがらかる
乾いた夢は　驚いた口のよう
目覚めたばかりで　奇妙なおぞましい
世界にとまどう魚の口のようだ

皆　夜に旅をする
つねに何ものかに向かう動きがある
きみはつねに新たな謎解きに向かう
たとえば　ここに　笑う人たちに
静かに煙草を吸う人たちに　囲まれて
いくつもの物語が語られ
　　　　いくつもの時が交錯する
いくつもの声が通りすぎ
きみの眼に無視されて　ひとつの運命が閉ざされる

いま　きみがここにやってくる
鳥が木に止まるように　とどまる人々の視線
酒を飲んでいる女たちの　ふくれる唇
暗がりで聞こえる　シルクが肌にこすれる音
きみの名前を呼びたいのだ
きみにわれわれと一緒にいてほしいとせがむ

太陽が昇る
　　どの町にも確実に同じ夜明けがやってくる
悲しいことだ
他の人たちには　いろいろなことが起こる
　　　　　　　　　僕には何も起こらない
僕はいいたい　人生はどこか僕のいないところで起こっている
眠りとぬくもりの中で　もうひとつの希望が生まれる
それは眠りつづける情熱の外枠をかたちづくり
狂気じみた力づよさで　輝きながら
　　　　　　　　　　　　疲弊する
だが　ここで僕の肉体は　窒息しそうになりながら
　　　　　　　　　　　　震えている
凍える手で　道路がわれわれを導く
その中に
　　　　　やさしく
この顔を
　　　　　その内部へと
引っぱる中心へと

（ウンベルト・チャベス「孤独な旅人の詩」の後半）

# 11 ローズマリーの香りのする老人

アリシアは、急に寒気を覚えた。まるで冷房の効いたテーマパークの洞窟の中にいるみたいに、まわりの温度が低く感じられる。やがてここでのアトラクションが終わると、また別のアトラクションへとつづく外のコンクリートの通路に立つことになるといいな。そう願いながら、足もとを靴で踏みしめると、残念ながら、ごつごつした岩石と土の感触がした。外からは、まだ雷鳴が聞こえてくる。

いま、前方の四角く白い岩壁は、蛇行する小川と遠くのほうに小さな山を映し出している。細部はよくわからない。見渡すかぎり平原が広がっている。不思議なのは、木が一本も生えていないことだった。砂漠でしぶとく生息しているオコティーヨやデザート・リリーすら見あたらない。

あたりは瓦礫ばかりのようだ。いきなり、その瓦礫の山がクローズアップになり、それと同時に、そこだけオレンジ色に変化する。

アリシアはあっという声を洩らす。瓦礫と見えたものは、ばらばらの死体だった。でも、カルロスの部屋で見せてもらったロドルフォ・モラレスの絵の死体とは、まったく違っていた。モラレスの絵では死体がきちんと一列に並んでいたが、いまアリシアの目の前にあるのは、顔のない死体、片腕の取れた死体、足のない死体、胴体だけの死体、顔だけ、足だけ、どれひとつとして同じものはない。しかも、服は焼ける前に脱いだのか、それとも体に張りついて体と一緒に焼け爛れてしまったか、跡形がない。

小さな死体に目の焦点を合わせようとして、アリシアはギクッとする。幼い頃の自分の顔にそっくりなのだ。

アリシアは思わず目をそらす。ふたたび目を向けると、その死んでいるはずの半裸の少女は腹ばいになり、まるでムチサソリみたいに二本の足を背中まで反りかえすと、そのままフワッと飛ぶように立ちあがるではないか。

目の前の光景がドラッグによる幻覚作用なのか、それとも〈熟したベリー〉の超能力の仕業なのか、アリシアにはわからない。

岩壁のスクリーンはいま薄暗くなり、何も映し出していない。まるで遠く奥のほうに引っ込んでしまったみたいだ。

どこからか白い子犬がやってきて、半裸の少女にまとわりつく。アリシアは目を瞑って、犬の毛の感触をつかもうとするが、手は空を切るばかり。

時間の感覚がすっかり失われた。まるでチューイングガムみたいに、延びたり縮んだりしているみたいだった。気分が悪くなり、口から吐くが、朝からほとんど何も食べていないので、だらりとした唾液ぐらいしか出てこない。

雷鳴は、もはや聞こえてこなかった。

ふと気がつくと、そばにローズマリーの香りを放つ白髪の老人がいるではないか。アリシアはさっきのばらばら死体を思いだし、何の場面だったのか訊いた。

「あなたが見たのは大量殺戮の場面みたいだから、比較的最近のことだろう」と、老人は〈熟したベリー〉そっくりの声で答えた。

アリシアは、執拗にその場所がどこかを糾《ただ》した。まるで自分の死体があった場所を教えてもらうことが自分の将来を占うことであるかのように。

老人の答えはそっけない。

「どこでも同じじゃないか。襲う側と襲われる側があり、それが逆転することもある」

あなただって、人を殺す可能性がある。アリシアは、老人にそういわれたような気がした。あの警察犬だったら、殺してやりたかったのに。アリシアは朝に国境の税関で白人の老女を襲った警察犬を思いだした。老人にそのことを正直に告げた。

「人間だろうと犬だろうと、生き物は大切にすることだ。だが、なぜ国境の警備がそれほど厳しくなった？」と、老人は訊いた。

「アメリカでテロがあったから」

「また、どこかの部族が騎兵隊に襲われたのか？」

「そうじゃない。アメリカの市民が襲われたのよ」

「なるほど。それは口実だな」

「ええ？」

「わざと敵に先に攻撃させて、それを口実に相手を壊滅させる。いつものやり方だ」

「でも市民が犠牲になるのよ」

「少数の犠牲は、よしとするのだ。戦略的に」

そういうと、白髪の老人は不気味な笑い声をあげた。

「わしらがオクラホマ、テキサス、それからここナシミエントに分散して暮らしているのは、遊牧民の世界観からでもあるが、アメリカ軍の攻撃に遭っても部族全体が壊滅させられないいためでもある」
「キッカプー族がテキサスで牛泥棒を働いたからじゃない？」
「どっちが本当のことをいっているか、言い争っても仕方がない。ただな、白人同士の戦いのあと、アメリカは頻繁に軍隊を使って、各地の先住民部落を襲った。土地を乗っ取る回数が急速に増えたのだ」
「白人同士の戦いって、ひょっとして〈南北戦争〉のこと？」
「白人たちがどう呼んでいようと、どうでもよい。アメリカ人はそんなわしらへの奇襲を神様の思し召しだと、のたまうのだ。もっとも、それはあんたとわしらの神様じゃないがな」老人はそういうと、もう一度笑った。
「そういえば、メキシコだって、そういう手口に引っかかったわ。お母さんの国の日本だって……」

そういいかけて、アリシアはさっきの岩壁の光景が、生前の母によれば、まだ会ったこともない叔母が被爆したというヒロシマの原爆の風景に思えてきた。アリシアはうちからこみ上げてくる吐き気を感じ、洞窟の中の細い道を出口に向かって走りだす。

洞窟から外に出ると、アリシアは嘔吐した。さっきと同じように、引きずった唾液のようなものが出てくるばかりだった。

あとから誰も追ってこない。アリシアは思わず嗚咽した。

夕暮れの霧の中で、大勢のムクドリがうるさく鳴いている。空には黒い鳥の羽のようなものがひらひらと舞っている。コウモリなのか、カラスなのか、それともその両方なのか、アリシアにはわからない。

アリシアが目を凝らすと、その羽が赤色や黄色やオレンジ色に変化した。まるで万華鏡を覗き込んでいるかのように、アリシアはめくるめく感覚にふたたび襲われた。

森の奥のほうで、白い霧が湧きでたと思ったら、アリシアのほうに押し寄せてきた。その中にうっすらと、黒い人影が浮かぶ。鷲鼻と真っ赤な唇をした父そっくりの顔が、まるで風船のように音もなく、アリシアの間近にまでやってきた。アリシアは恐怖に足がすくんでしまう。救いを求める声も出ない。

男の白い牙は見えないが、唇の内側に隠しているに違いない。アリシアはニンニクを持っていないが、身震いしながら必死に首に架かったネックレスの十字架を左手で握った。

「お母さん」と叫ぶと、アリシアはそのまま気絶した。

## 弁護士から詩人に——エンリケ・コルタサル



フランクリン山の頂上に立つと
川が月を映し出すのが見える
砂漠からひとりで
現われた月の銀色のアローマ
川は時刻を薄れさせ
渡り鳥のために避難所をつくり
風景を一変させる

川は哭き声のように漂う
川は時を　憧れや汗と一緒に
南北に分かち
地形をつくり　迷路を湿らせる
川は　岩と水晶の無言の叫び
流れと渦巻き
夜の帷
声にでない言葉　遠い距離
石と化した孤独

（エンリケ・コルタサル「ボーダーの川[1]」）

エンリケ・コルタサルは、テキサス州サンアントニオにあるメキシコ文化センター、〈インスティチュート・デ・メヒコ〉の館長をしている。メキシコやラテンアメリカから、数多くの文人や芸術家を招いて、講演会や展示会を企画するのが主な仕事だ。

　わたしは何度かセンターを訪れたことがあるが、あるとき、米墨国境地帯を舞台にした小説『水晶のフロンティア』（一九九五年）も書いているメキシコの作家カルロス・フエンテスが講演会に招かれていた。

　エンリケ・コルタサルは一九四四年にチワワ州チワワ市に生まれた。地元のカトリックの高校を出た後、大学では法律を学んだ。卒業後、小さな鉱山町で一年ほど裁判官をやってから、弁護士になった。その後、文学を学びに米国ハーバード大学に留学して、オクタビオ・パスなどに教わった。さらにアルバカーキのニューメキシコ大学に進み、ヒスパニック文学とスペイン文学で博士号を取得した。

ボーダー詩人、エンリケ・コルタサル

（1）Enrique Cortazar, "El Rio." UNAM（メキシコ国立自治大学）出版局から近刊の詩集より。

どうして弁護士をやめたのか？　わたしは好奇心に駆られて訊いたことがある。エンリケによれば、ある日、テレビでパブロ・ネルーダの朗読を見たことがきっかけだったらしい。エンリケは、「その日から僕は〈弁護士（ロイヤー）〉をやめて、〈うそつき（ライヤー）〉になった」と、英語でダジャレをいい、わたしを笑わせた。

詩集としては、『開いた窓』（一九九三年）や『引き延ばされた自殺』（一九九四年）をはじめ、六冊ある。エンリケの視線は低く、ボーダーの両側で異端視されるパチューコ（不良青年）や、国境越えをして、北に働きに行くマイグラント・ワーカー（季節労働者）たちの声を代弁する。

メキシコ人の農場労働者とその家族の聞き語りを集めた、英語とスペイン語のバイリンガル本『鏡と窓』（二〇〇四年）があるが、エンリケ・コルタサルはその本にも詩を二つ寄せている。

そのうちのひとつ「許可書なしの人々（違法移民）」という詩は、過酷な砂漠地帯を歩行でゆくメキシコ人たちの写真とともに、巻頭に掲げられている。たとえば、

たった独りで
見慣れぬ光と面と向かい
かれは遠くのほうで　誰かがこう囁く声を聞く
この橋はきみを忘却へと連れて行くぞ
きみの名前を変えてしまうぞ、と[2]

『鏡と窓』の本文には、こんな証言がある。……一九九四年に発効した北米自由貿易協定で、

(2) Enrique Cortazar, "Indocumentado/Undocumented," *Espejos y Ventanas: Historias Orales de Trabajadores Agrícolas Mexicanos y Sus Familias/Mirrors and Windows: Oral Histories of Mexican Farmworkers and Their Families* (Philadelphia: New City Community Press, 2004), p. 7.

国境の両側で利益を得る者も確かにいるが、メキシコ側の小さな農家は壊滅的な打撃を被った。なぜなら、年間三十億ドル以上もの政府の補助金を得て工場のように農産物を生産するアメリカ側の大規模農業には太刀打ちできないからだ……。

エンリケの詩には、グローバリゼーションという言葉は一度も出てこない。しかし、かれの批評眼はエルパソとフアレスの国境地帯の現実を厳しく見据える。と同時に、時代の大きな波に翻弄され、一時であれ異郷に移り住まねばならなくなった移民たちの、望郷の念を抱きつつ逞しく生きる姿をやさしく見つめる。

男はゆっくりと南の町の
最後の道路を　見渡す
人生は名前を失い
まるで人が血を一滴ずつ垂らすように
細かい雨がとめどなく
降りつづける
男は橋をのぼり
ボーダーを越える
ビエンベニド・ア・ロス・エスタドス・ウニドス・デ・アメリカ
ようこそアメリカ合衆国へ
穴に落としたように
あらゆる記憶を置き去りにしてきた
前進する一歩一歩が　望郷の念を募らせる

男はあの声を聴いた
こんにちは　ミスター！
メキシコから持ち込み品は？
（すべてが震えだし
通りの真ん中で火山が爆発
歩道は記憶を薄れさせ
巨体の厚皮動物が　一線を越える）
何も持ってません
違法品は何も
わたしが持ってきたのは
息子たちが跳ねまわる村の夕べ
わたしが持ってきたのは
大きな苦痛　棘のような沈黙と
望郷への念
それだけです　ほかには何も
持ってきていません

（エンリケ・コルタサル「越境[3]」）

（3）Enrique Cortazar, "Cruzando." UNAM（メキシコ国立自治大学）出版局から近刊の詩集より。

# 12 ナシミエントのインディアン部落

霧はすっかり晴れあがっていた。

アリシアは、死んだ蛇みたいにまっすぐ伸びていた。ふと目を開けると、父の顔をした黒影はない。〈熟したベリー〉が獲物を仕留めた猟師みたいに膝をついて、そばに座っている。

アリシアは頭を少し起こし、カシの樹のほうを見たが、そばにあるはずの大きな洞窟はなかった。緑色に映える雑草の向こうに、陽の光を反射して、ジュラルミンのようにきらめく大きな鏡のようなものが見えた。

〈熟したベリー〉はローズマリーの匂いのする手でアリシアのからだを抱き起こすと、鏡のところまで運んでいく。空中をふわふわと浮くように運ばれているあいだ、アリシアは上から射しこむ日光に、まるで長い剣の刃を向けられたかのように、顔を背けた。

大きな鏡と思えたものは、幅が三メートルぐらいしかないアローヨだった。水面が光に反射していたのだ。

いきなり〈熟したベリー〉が水の中にアリシアを降ろそうとした。

アリシアは泳ぎが苦手なので、必死の思いで、まるでトカゲが舌で蝿を捕まえるみたいに、すばやく手を伸ばして〈熟したベリー〉の首にしがみつく。

ナシミエントのアローヨ

だが、すぐにそれが杞憂であることに気づいた。〈熟したベリー〉がアリシアの両足を水につけると、水深は膝小僧ぐらいまでしかなかったからだ。

「リオ・サビナス。ずっと下流のほうで、リオ・ブラボーと合流する」と、〈熟したベリー〉はそっけなくいった。

アリシアは思わず照れ笑いした。自分が取った大げさな身振りが恥ずかしかった。と同時に、〈熟したベリー〉がもう少し女の子の気持ちを忖度《そんたく》してくれたらいいのに、と思わないではいられなかった。この人は鈍感なのか、それともそういうマッチョな人なのかしら。

アリシアはこれほど水が澄んだ川を見たことがなかった。

〈熟したベリー〉によれば、この土地はナシミエント（誕生）というが、それは川の「誕生」の場、すなわち「源泉」が近くにあることから付けられた名前らしい。その説明を聞いて、今朝そこからバスに乗ったピエドラス・ネグラス（黒い石）みたいに、ナシミエントという名前にも、先住民と土地との固有の結びつきが感じられた。

「顔を洗ったらいいよ。汚れているから」というと、〈熟したベリー〉はアリシアに構わずにシャツとジーンズを脱ぎ、草の上に放り投げる。それから、水の中に腰をおろすと、岩場に頭を乗せて仰向けになった。

アリシアはあっけにとられたが、〈熟したベリー〉の仕草があまりに自然なので、恥ずかしさは感じない。両手で透明な水をすくって顔を洗うと、泥らしいものが指のあいだから水と一緒に流れおちた。

口のまわりがべとついていたので、腰をおろして顔を水に近づけようとするが、バランスを崩して、尻餅をついてしまった。

コットンパンツがびしょ濡れになった。どうせ汚れていたからまあいいか、と独り言をいうと、アリシアは濡れたズボンを、まるで大航海の時代に新大陸に渡ってきたスペイン人の武将が鎧を脱ぐように、ゆっくり脱いだ。それから、白いTシャツも脱いで、水の中ですすぐと、水気を絞りとり、川べりまで歩いていき、草の上に、着せ替え人形の服のように上下に並べて干す。ついでに投げ捨ててあった〈熟したベリー〉のズボンとシャツも、その隣に並べて干す。

アリシアはずっと以前に何かの映画で、グァテマラのケチュア族の女性が洗濯物をそんな風に芝の上で干しているのを見たことがあった。そのときは、なんて原始的なんだろう、と思って心の中で笑ったものだったが、これほど強い日の光があれば、その乾燥力と殺菌力を活用しない手はない、といまは思い直していた。原始的じゃなくて、このほうが合理的なんだよ。

アリシアはずぶ濡れになった靴もその場で脱ぐと、ふたたび水の中に入っていった。頭の下に両手をやり枕代わりにして、仰向けに寝転んでいる〈熟したベリー〉のそばに、胡座《あぐら》をかいて座った。この男は何を考えているんだろう。朝から一緒に過ごしてきたが、この男の素性は何も知らないのだ。そう思いながら、一方で、まるで何年も付き合っている恋人みたいに、こんな風に気安く半裸になっている自分がいる。

「オレに訊きたいことがあるんじゃないの?」と、いきなり〈熟したベリー〉がこちらの胸のうちを読んだみたいに、声をかけてきた。

「じゃあ、訊くけど」と、アリシアはいい、雨宿りするために洞窟に入ってから起こった一連の出来事を思いだそうとした。あの洞窟での出来事は、まるで手にすくっても指の間からこぼれ落ちてしまう水のように、刻一刻と記憶のひだからすり抜けていく。何から訊いたらいいんだろう。

「洞窟はどこに行ったたって?」と、〈熟したベリー〉は平然とアリシアが訊きたかった質問を口にした。「まったく同じものはないけど、似たものはある」

「それって、どういうこと?」と、アリシアは糾した。

「同じ経験は二度とできないってことさ」

アリシアは納得できない。あの洞窟で見た映像は何だったのだろうか? 果たしてヒロシマの原爆風景だったのか。それとも……。

「きみがそう思うなら、ヒロシマかもしれない」

「そうでないとも?」

「ぼくはヒロシマを知らない。でも、似たような殺戮シーンはどこにでもあるから」

「そうね、正義の旗を振って人殺しをしたり、報復したり……。お母さんがいってた、日本人だってヒロシマじゃやられたかもしれないけど、その前に中国に行って、いっぱい人を殺したって」

「でも、同じ日本人でも、戦時中にメキシコに住んでいた人たちは肩身の狭い思いをしたんだろうな。メキシコは連合国側についたから」

アリシアは、〈熟したベリー〉の言葉を聞いて、思わずハッとした。わたしは、いまでこそメキシコ人でございます、といった顔でこの国で暮らしているが、かつて戦争になったときに、すべてを捨てて逃げなければならない境遇に見舞われた日本人の血がわたしの中にあるのだ。ちょうど〈熟したベリー〉の先祖の人たちが五大湖から逃げのびてきたように。

「蝶々は先祖の魂だっていうよ」と、〈熟したベリー〉がいった。

〈熟したベリー〉が指さすほうを見ると、青色の地に極彩色の班模様をつけた蝶が川面に舞っている。

アリシアが森のほうを見ると、大きな三角形をしたコットンウッドの葉が風に舞っていた。

大きな葉は強烈な陽射しを浴びて、白くきらきらと輝き、まるで白鳥の羽根のようだった。あたしが気絶する前に見た真っ黒な鳥たちとは、この葉だったのかもしれない。

アリシアが極彩色の斑模様をつけた青色の蝶に視線を戻すと、蝶は水辺からコットンウッドの太い幹のほうへ飛んでいく。蝶が茶色い幹に羽根を休めたとき、アリシアには母の細い顔が見えたような気がした。アリシアは思わず、声をかけそうになる。

そのとき、アリシアには、なぜ父の部屋にドラキュラの本があったのか、わかったような気がした。きっと父は母の早過ぎる死を悔やんでいたのだ。

父はかなわぬことだとは知りながら、ドラキュラ伯爵と同じように、肉体の不滅を願っていたに違いない。アリシアは母の不老不死を願った父が愚かだと思わなかった。たとえ吸血鬼になったとしても、生きていてくれたら、うれしかっただろうから。アリシアだって、ずっと母の死を受け入れられなかった。

でも、いまは母が青色の蝶の姿をとって身近にいるような気がした。

ふたりは川から出ると、ズボンとシャツを身につけた。すでに心地よいくらいに乾いていた。

ふたりは、ふたたびナシミエントをめざす。森を出るとき、蜘蛛の巣に顔がひっかかったり、メスキートの枝の棘が突き刺さったりした。それでも、ひとたび石ころだらけの道に戻ると、ふたりは仲のよいつがいのロードランナーみたいに早足で、ときたま道端に生えているヒラウチワサボテン《プリックリーペア》の花に目をやりながら歩いた。

ヒナ菊の花に似たウチワサボテンのちいさな黄色い花の上を、さっき見た青地に極彩色の斑模様をつけた蝶が舞っている。ふとアリシアの耳にある女性の歌声が聴こえてきた。

キッカプーのサマーハウス

トダ・ウナ・ビダ（一生涯ずっと）
エスタリア・コンティゴ（できるなら、あなたと一緒にいたい）
ノー・メ・インポルテ・エン・ケ・フォルマ・ニ・ドンデ・ニ・コモ（どんな形でも、どこであっても、どんな風であっても）
ペロ・フント・ア・ティ（あなたと一緒だったら、構わない）

ずっと忘れていたが、母が亡くなったばかりの頃に父がしきりに聴いていた曲だった。父が不在のときにこっそり部屋に入って、マリア・ドロレスの『トダ・ウナ・ビダ』という曲であることを知った。ギターの爪弾くバラードといい、男みたいな女性歌手の声といい、幼いアリシアは耳をふさぎたくなった。でも、いま、なぜかあれほど嫌っていた歌が淀みなくアリシアの口をついて出てくるのだった。もはや、昔みたいに重苦しい曲とは感じられなかった。

やがて開けた土地に出て、キッカプーの人たちの小屋《ウィグワム》が見えてきた。〈熟したベリー〉によれば、葦やサトウキビの茎を寄り合わせて、女性たちが協力して作るのだという。

今夜はこの小屋に泊めてもらい、明日は黒人セミノールの部落を訪ねてみよう。そう思うと、アリシアはとたんにお腹がすいてきた。〈熟したベリー〉も同じだったと見えて、アリシアより一足先に駆け足で小屋のほうへ向かっていく。アリシアが空を見あげると、ひばりが小笛のような鳴き声をあげて飛びまわっている。それ以外は何も聞こえなかった。

# 冷徹な批評眼をもつ――エリベルト・イエペス



コアウイラ通りの　古びた酒場の
見栄えのわるい入口や　低俗なナイトクラブの前で
カモをさがすコヨーテやポジェロたちも(1)

喉をからした乞食たちも
腋の下の毛を伸ばしっぱなしのストリッパーも
奇形児《フリークス》や　太鼓腹のポン引きも
目つきの怪しい警官や　宝石ディーラーも
乳首の尖った女装姿の男どもも
みんな　お客や仲間を待っている
十五歳のお祝いを迎えて着飾ったデブの娘が
道をゆく
――口紅が霧色の
売春婦たちだ
バイリンガルのタクシーの運ちゃんに連れられてきた
グリンゴ(2)たちが　コアウイラ通りの

（1）コヨーテ、ポジェロ（ボーダーの隠語）ともに、「許可書なし」で違法の国境越えを試みる人々から金を取って道案内するガイド。

（2）アメリカ白人

たった二十ペソの売春宿で
アメリカン・エクスプレスの
クレジットカードを紛失する
商店や露店やポンコツ車が並ぶ　死体が
ぞくぞくとトラックで回収される
ガリガリに痩せこけた移民たちは
風を頼りに北に向かいながら
結局　砂漠の骨と化す
——たった三ブロック
そこから先は　アメリカ合衆国との境界
金網フェンス
何千という蛍光灯
輪姦されて　ばらばらに切り刻まれた女たち
古物屋　闇市のウィンドー
長距離電話のブース
たくさん話さなければならないのに
つながる時間は
人々の希望とちっとも変わらずに
恐ろしく短い

（エリベルト・イェペス「コアウイラ通り(3)」）

（3）Heriberto Yepez, "En la calle Coahuila," *Por una poética antes del paleolítico y despûes de la propaganda* (Editorial Anortecer, 2000), pp. 37–39.

エリベルト・イェペスは、一九七四年にバハカリフォルニア州のティファナで生まれた。小説家、批評家、詩人であり、すべての分野で合わせて十冊の著作がある。詩人としては、ここに訳出した詩「コアウイラ通り」と「ヴェトナム帰還兵のトラウマ」が収録されている『パレオリティカ以前、プロパガンダ以降の詩学』（二〇〇〇年）をはじめ三冊の詩集を出している。

コアウイラ通りとは、ボーダー・タウンのティファナでも一番の夜の歓楽街〈ソーナ・ノルテ Zona Norte〉の路地。市公認の赤線地帯があり、一泊十五ドルから二十ドルの安ホテルや怪しいバーが立ち並ぶ。地元のメキシコ人やサンディエゴからやってくる米兵相手の、公認免許を有する売春婦がその数四百名をくだらないという。

この街の最近の話題は、そうした公認の売春婦の客引きを路上ではなく、ホテルのロビーでやるように、市が指導したこと。だが、客を失うかもしれぬという危機感を抱いた女性たちが市役所に押しかけて、服を脱ぎ捨てるという実力行使に出たため、市もホテルの改築が済むまで、路上でのポン引き行為を黙認した。

もうひとつのホットな話題は、二〇〇六年の夏にティファナのドラッグ・カルテルのトップが逮捕されたニュース。フアレス市のフェデラシオン、タマウリパス州のガルフ・カルテルと並んで、ボーダーの三大麻薬組織のひとつ、アレジャーノ＝フェリックス団のトップが捕まった。ドラッグの密輸だけでなく、地元ティファナでの非情な殺人事件にも絡んでいるといわれる。このドラッグ団は、首領の逮捕の半年前に発見された国境をまたぐ精密な地下トンネル作りにもかかわっているらしい。

ドラッグや犯罪や売春という、紋切り型の闇のイメージで、ボーダーの南の町を語ることはたやすい。いま述べた「街の話題」も北のマスメディアが大きく取りあげた大衆受けするニュースだ。エリベルト・イェペスの詩は、そうしたボーダー・タウンの手垢にまみれたステレオタイプを使いながらも、しかし北のマスメディアと違う視線をこの街に向ける。たとえば、売春婦とポン引きにカモられるグリンゴたち、痩せこけた移民、ばらばらに切り刻まれる女性の死体、長距離電話のブースなど、南の詩人でなければ見えないものをアイロニカルに捉える。

イェペスの詩は、必ずしもリアリズムの詩ではない。かなり抽象的な詩もある。たとえば、「非現実的な壁」という詩は、二〇〇〇年のファレス市の第三回米墨詩人コンクールで佳作を受賞した作品だが、こんな具合に語られる。

ボーダー詩人、エリベルト・イェペス

壁とは
壁に出現する亡霊
白い壁だけが　ほんものの壁
幻でない壁はない
そうでなければ懐疑的な眼差しは　その場で崩れたりしない
意味を判別できない壁はあるだろう　残虐な壁
くいしばる歯と歯の間にある壁も
だが　何も語らない壁などはない
　　　　無言の
どこにも
壁はない

（エリベルト・イェペス「非現実的な壁」[4]）

二〇〇四年の春に、わたしはバハカリフォルニア州立自治大のキャンパスでイェペスに会っ

（4）Heriberto Yepez, "Muros irreales/Unreal walls," *Entre Líneas III* (Ciudad Juárez : Museo de Arte e Historia de Ciudad Juárez, 2000), pp. 54–55.

た。イェペスはこの大学で哲学を学んだ。学生時代から、文筆活動をしていたようで、批評ではいち早く賞を受賞して認められた。しかし、食べていくために低賃金のマキラドーラ（保税加工工場群）で働いたこともあるという。

ティファナをベースに活躍するイェペスだから、どうしてティファナなのか、訊いてみたかった。ボーダーの町は、メキシコの中央からみると、生活もアメリカナイズされて、「アメリカかぶれ」と見なされているけど、とわたしがことばを差し向けると、イェペスは、「ボーダーの町だからこそ、かえって北との違いが見えるのだ」と、きっぱりいい切った。

次に取りあげる短詩も、北と南の両方を見据えるそんなイェペスの本領が発揮されている。

オアハカのミシュテカ族の移民たち
ティファナの
〈ソーナ・ノルテ〉の
酒場の
酔っ払いども
妖しげなナイトクラブが
ただで出してくれた
レバー炒めを吐き出している
米国のヴェトナム帰還兵たちと
オアハカの移民たちを
警察も泥棒も変態も
スリたちも

平等に
襲いにやってくる

（エリベルト・イェペス「ヴェトナム帰還兵のトラウマ」[5]）

（5）Heriberto Yepez, "Traumados veteranos de Vietnam," *Por una poética antes del paleolítico y después de la propaganda* (Editorial Anortecer, 2000), p. 16.

# あとがき

本書は、わたしが米国とメキシコのメインストリームから不毛の地と思われている米墨国境地帯に足を踏み入れた軌跡をたどったものです。ボーダーの人びととの接触を通して、自分の中に埋もれていた「日本人」を再発見し、と同時に「日本人」の自分の中に「他者」を見つけた旅の記録でもあります。

あるとき、米墨国境地帯の都市のひとつ、西海岸のサンディエゴに暮らす機会がありました。それまでアカデミックな世界の片隅で現代アメリカ文学の研究や紹介をしていましたが、正直なところ、それは知的な活動であっても、自分の身体を巻き込んだ全人的なものではありませんでした。まるで足を使わないで腕だけで泳いでいるスイマーみたいに、もどかしさを覚えていました。

そのときふと、なぜ自分は若い時分にアメリカ文学に興味を持ったのだろうか、という素朴な疑問にとらわれました。

思えば、岩元巌先生との出会いが決定的な要因でした。わたしが大学二年生のとき、米国研修を終えられて、帰国直後に行なわれた先生の公開講演は、生ぬるい授業に幻滅していたナマイキな学生をビビッと刺激しました。岩元先生の魅力的な個性と小説講義、その両方に惹かれ、その後、大学院時代を含めて七年ほど先生の薫陶を受けました。

そうはいっても、どうして自分は岩元先生とアメリカ文学に強烈な刺激を受けてしまったのか、という疑問は残ります。

これからもアメリカ文学についての文章を書いてゆくとすれば、アメリカの学者のコピーでなく書いてゆくとすれば、自分にとってアメリカがどういう意味を持つのか、ということをもう一度問い直す必要がある。そう自分には感じられました。

振り返ってみると、わたしの世代の人たちは、子ども時代にテレビのアメリカ番組に大きな影響を受けています。昭和二十〜三十年代の、夜のゴールデンタイムの三分の二は、アメリカ製の番組だったという報告もあります。それは、戦後日本におけるアメリカ文化の影響のつよさを物語るひとつの例にすぎません。わたしたちは子ども時代に無意識のうちにアメリカの価値観（アングロ白人中心の価値観）をアメリカ人以上に学んでいたのです。

ひょっとしたら自分がアメリカ文学を選んだのではなく、選ばされていたのではないのか。まるで、他の人が敷いたレールの上を走る列車みたいに。

そのとき半ば本能的にスペイン語を選んでいました。日本語でもなく英語でもなく、第三の言語を習うことで、日本でもなく米国でもなく、どこか第三地点から両国を見つめるために。その日から、アメリカ文学という、わたしにとっての外国文学研究にある色がつき始めたように思えます。

わたしにそうした内的動機を与えてくれた書物がひとつあるとすれば、それはグロリア・アンサルドゥアの『ボーダーランズ』です。アンサルドゥアは、メキシコでもなく、米国でもなく、第三の地点というべきボーダーランズの、チカーナ・レズビアン・フェミニズムを発見する全人的な軌跡をその一大傑作の中に惜しみなく書いています。スペイン語と英語が交錯する、インターリンガルなその本を理解するためにも、わたしはスペイン語を習おうと思ったのかもしれません。
アンサルドゥアの世界を全面的に理解するためには、ボーダーランズを自ら歩いてみる必要がありました。本書には、十年足らずのあいだに、ボーダーランズを歩いて見たり感じたり考えたことがいっぱい入っています。

本書は、主として米国のチカーノ詩を扱っていますが、国境の南においてスペイン語で書いているメキシコ詩人たちについても、わずかながら論じています。ボーダーのメキシコ詩人との接触を通して、南北アメリカ大陸を射程においた「アメリカスの文学」の第一歩を踏み出したいという思いが込められています。

本書の執筆にあたり、サンディエゴ州立大学では、シンダ・グレゴリ Sinda Gregory、ラリー・マッキャフリー Larry McCaffery、リンダとジェリー・グリスウォルド Linda and Jerry Griswold、ハリー・ポルキンホーン Harry Polkinhorn、ゲイルとディヴィッド・マトリン Gail and David Matlin をはじめ、多くの教授やその家族の皆様にお世話になりました。

旅の途上で遭遇した見ず知らずの方々から物心ともに多大な援助を受けました。たとえば、ある真夏にメキシコ各地を放浪していて、ユカタン半島のつけ根にあたるタバスコ州のビジャエルモーサの空港からホテルまで八キロの道のりを歩いていました。すると、見ず知らずのお嬢さんから声をかけられました。お母さんの運転する車に乗せていってくれるというのです。夕方、ある年の秋には、オアハカ市の巨大なアバストス市場でマイナスの援助もうけました。のんびりと市場をぶらついていて、うかつにも何者かによって財布をすられたのです。

イーストＬＡ図書館の元館長リック・グティエレス Rik Gutierrez 氏には、特別の配慮をしていただき、多くの資料ビデオを見ることができました。

青山学院大学で教鞭をとる斉藤修三氏には、氏のアルバカーキでの幅広い人脈のおかげで、詩人のジミー・サンティアゴ・バカをはじめ、貴重な知遇を得ることができました。『BAZOOKA』誌の元編集長・上野建司氏からは、わたしの放浪をいち早く活字にする連載誌面をいただき、ボーダーの旅と文学について考えるきっかけになりました。

本書がまだ形をとっていないうちから、ボーダー文化／文学、チカーノ文化／詩に関する集中講義や講演、学会発表の機会を与えてくださった愛知県立大学教授・鵜殿えりか、島根大学准教授・長岡真吾、青山学院大学教授・折島正司、学習院大学教授・上岡伸雄、元筑波大学教授・故大熊榮、国士舘大学教授・松本昇、慶応大学教授・巽孝之、早稲田大学教授・野谷文昭、早稲田大学エクステンションセンター・佐藤清香の各氏に感謝申し上げます。

巻末に掲げた〈ボーダー映画ミシュラン50〉は、本書のために書き下ろしたものですが、映画に関する深い見識をご披露いただいた明治大学教授立野正裕氏にお礼申し上げます。

本書の刊行にあたって、思潮社の『現代詩手帖』編集長、髙木真史氏のお世話になりました。忍耐強い髙木さんがいらっしゃらなければ、二年半に及ぶ連載は途中で頓挫していたにちがいありません。

今回も、『トウガラシのちいさな旅』（白水社）と同様、カヴァー装画・沢田としき氏、ブックデザイン・奥定泰之氏にお世話になりました。

わたしのちっぽけな人生に計りしれないほど大きな夢を与えてくださったお二人に拙著を捧げたいと思います。恩師・岩元巌先生と、ボーダー文化の導師《グルー》のコリン・グリスウォルド君です。コリン君は不運にも二十五歳の若さで、交通事故で亡くなりましたが、コリン君から授かったチカーノの文化遺産とかれの魂が、執筆中のわたしにインスピレーションを与えつづけてくださいました。

最後に、福原記念英米文学研究助成金（出版部門）を授かりました。委員の皆様と福原記念財団に心より感謝申し上げます。

二〇〇七年六月吉日　東京駿河台にて

著者識

越川芳明（こしかわ・よしあき）

一九五二年生まれ。明治大学文学部教授。

九〇年代後半より、国境地帯《ボーダー》の人びとの「声」と「歌」を聴くために、精力的に現地調査《フィールドワーク》をする。

主な著書として、『トウガラシのちいさな旅――ボーダー文化論』（白水社）、『アメリカの彼方へ――ピンチョン以降の現代アメリカ文学』（自由国民社）がある。

主な訳書として、ジョン・ハスケル『僕はジャクソン・ポロックじゃない。』（白水社）、スティーヴ・エリクソン『真夜中に夜がやってきた』（筑摩書房）、ロバート・クーヴァー『ジェラルドのパーティ』（講談社）ほか多数。

# ボーダー映画ミシュラン 50

**◉テキサス国境編**

## 01

**『赤い河』** Red River ★★★

**（1948 年・米国）**〔監督〕**ハワード・ホークス**

ボーダー映画としては、ホークスのいわゆる「西部劇三部作」（『リオ・ブラボー』『エル・ドラド』『リオ・ロボ』）よりずっと興味深い。主人公ダンソン（ジョン・ウェイン）が正義の味方（保安官）として類型的に描かれていないから。ダンソンは、むしろ現在の南西部がメキシコから割譲されて間もない 1851 年にやってきて、腕一本で大農場をつくりあげる成り上がり者。ホークスはそんな西部開拓者の、よく言えば進取の気概に富むパイオニア魂、悪く言えば正義（聖書）を振りかざした侵略者の傲慢を包み隠さずに撮っている。メキシコ人農場主ドン・ディエゴの用心棒と対決する時の、ダンソンの言説と行為に注目。

## 02

**『燃える平原児』** Flaming Star ★★★

**（1960 年・米国）**〔監督〕**ドン・シーゲル**

19 世紀の南北戦争後のテキサスが舞台。エルヴィス・プレスリーが、白人の父とインディアン（カイオワ族）の母との間に生まれた混血児ペイサーの役を演じる。白人のコミュニティからもインディアンからも除け者にされる一家。母を亡くした後、ペイサーはインディアンの側につき、白人の父や義兄と敵対する関係に。「半分白人、半分インディアン」の存在であるからこそ感じる自民族中心主義による争いの不条理と悲しみ。白人（アイリッシュ）でありながら、南部の黒人地区で育ったプレスリーならではの名演技が見られる上質のエンターテイメント。

## 03

**『俺たちに明日はない』** Bonnie and Clyde ★★★

**（1967 年・米国）**〔監督〕**アーサー・ペン**

米国が大不況に襲われた 1930 年代、主人公クライド（ウォーレン・ベイティ）はいつも素敵な背広でキメているが、実は土地をもたない「小作人」のせがれ。恋人ボニー（フェイ・ダナウェイ）もレストランで低賃金で働くウェイトレス。テキサス州ダラス近郊の銀行を襲うふたりは、担保にしていた土地と家を銀行に奪われる貧農同様、社会制度によって周縁に追いやられた存在。いまで言うところの「ワーキング・プア」。ただの悪党ではない。ふたりが貧農に銃を貸し、銀行の看板が建てられた家を撃たせてやるシーンがあるが、そのとき彼らは銀行ではなく、腐った社会制度を撃っているのだ。

## 04

『ワイルド・バンチ』 The Wild Bunch ★★☆

（1969年・米国）〔監督〕サム・ペキンパー

メキシコが内戦状態になっている20世紀はじめのテキサス国境地帯を舞台に、鉄道強盗団の視点から、米国の西部史を問う。西部の禁酒組合を揶揄する点など、アイロニーに富む米国側の描写に比して、強盗団に抱かれるメキシコの女や、汚く貧しい村の子供や老人や、つねにマリアッチ音楽やフィエスタが好きな村人など、メキシコ側の表象が類型的すぎる。めずらしく名前（ニックネームにすぎないが）を持つ個人として描かれる、強盗団のメキシコ人〈アンヘル（天使）〉すらも、政府軍のマパッチ将軍に父を殺されたり、恋人を奪われて初めて革命軍につくなど、あまりに愚鈍すぎて不自然。

## 05

『ボーダー』（日本未公開） The Border ★

（1981年・米国）〔監督〕トニー・リチャードソン

テキサス国境のエルパソ。ジャック・ニコルソン演じるチャーリーは、国境警備隊員。勤務中に見かけた赤ん坊を連れた貧しいメキシコ女性マリアに惹かれ、彼女とその弟が計画する違法の国境越えに手を貸す。妻マーシーがハマッている米国流の消費主義（通信販売）の呪縛、つねに無力な女性として表象されるメキシコ、たくましい男の国境警備隊員として表象される米国など、紋切り型の連続。歌手のブルース・スプリングスティーンが本作にインスピレーションを受け、「The Line」という曲を作っているが、残念ながら南の視線は感じられない。

## 06

『グレゴリオ・コルテスのバラード』（日本未公開） The Ballad of Gregorio Cortez ★

（1983年・米国）〔監督〕ロバート・M・ヤング

20世紀初頭、ひとりの若いメキシコ系アメリカ人の農夫が保安官殺しの濡れ衣を着せられ、テキサス・レンジャーに追われる。10日間たった一人で逃げ延びたことから、テハーノのメキシカンの間で英雄視され、コリード形式の歌にもなり、何種類もの替え歌が作られた。映画はチカーノ学者アメリコ・パレデスの先駆的な研究『片手にピストルを持って』に基づく。監督に遊び心がなく、単調なのが惜しい。

## 07

『パリ、テキサス』 Paris, Texas ★★☆

（1984年・ドイツ=フランス合作）〔監督〕ヴィム・ヴェンダース

妻ジェイン（ナスターシャ・キンスキー）に逃げられ、頭のおかしくなったトラヴィス（H・D・スタントン）は、テキサスの国境地帯の荒地をあてもなくぶらつく。ヒスパニックの血の混ざったトラヴィスのメキシコや国境地帯での放浪といい、トラヴィスを治療する荒野の医師の暮らしといい、またトラヴィスを連れ戻す弟と息子との旅といい、失踪した妻が登場するまでは、単に地理的境界だけでなく、精神価値の境界（夫婦であること、親であること、正気であることの意味）を問うボーダー映画のきらめく片鱗を見せるが、後半は型どおりのメロドラマに堕す。

## 08

『フロム・ダスク・ティル・ドーン』 From Dusk till Dawn ★★★

（1996年・米国）〔監督〕リチャード・ロドリゲス

テキサス国境を舞台に、脱獄囚のゲッコー兄弟（ジョージ・クルーニーとタランティーノ）がメキシコへの逃亡をはかる。B級のファンタジー・アクション映画と思わせながらも、メ

キシコを美化もしなければ、見下したりもしない。メキシコ移民のことをボロクソにくさすテキサス・レンジャー、信仰心を失った牧師、被害妄想の極悪犯など、さすがメキシコ系のロドリゲス監督はステレオタイプにとらわれない。映画の提示する最大のアイロニーは、脱獄囚が「天国」だと思って逃げていったメキシコがヴァンパイヤーの巣窟だったこと。

## 09

## 『ニュートン・ボーイズ』 The Newton Boys ★★

**(1998 年・米国)** 〔監督〕**リチャード・リンクレーター**

20 年代の禁酒法の時代、テキサス南部の農村地帯ウバルデが舞台。北部資本によって油田開発が行なわれ、ニュートン兄弟の一人も一山当てようと堀削機を購入するが、多額の損失をこうむる。1924 年にシカゴ近郊でアメリカ史最大の列車強盗を働き、4 年間で 80 の銀行を襲ったといわれる伝説の兄弟。アクション映画なのに、『俺たちに明日はない』と違って、銃撃シーンはほとんど出てこない。兄弟は全員逮捕されるも、刑をまっとうした後、長らく生き延びた。仕事のない南部人から見れば、銀行を襲うのは、北部へのリベンジというより、生活のための金儲けであった。

## 10

## 『ヴァージン・ハンド』（日本未公開） Virgin Hand ★½

**(1999 年・米国)** 〔監督〕**アルフォンソ・アラウ**

テキサス国境のメキシコ系住民の村落を舞台に繰り広げられるブラック・コメディ。ニューヨークの肉屋テックス・カウリー（ウッディ・アレン）が持ち込んだ死者の片腕が「マリアの腕」として信仰の対象になる。盲人の眼が見えるようになったり、片足の老人に足がはえたりして、カトリック教会は「奇跡」を売り物にする。酒と女におぼれる牧師や、商業主義に走る教会など、カトリックへの風刺は面白いが、笑いが中途半端。

## 11

## 『すべての美しい馬』 All the Pretty Horses ★½

**(2001 年・米国)** 〔監督〕**ビリー・ボブ・ソーントン**

ベテラン小説家コーマック・マッカーシーによる〈国境三部作〉のうち、全米図書賞を受賞した第一部の同名の原作に基づく。20 世紀初頭、ふるさとテキサスを離れ、メキシコへと働き口をもとめるカウボーイ少年ジョン・グレイディ（マット・デイモン）が直面するさまざまな試練を描く。だが、グレイディ少年の異国での冒険に焦点を当てたアクション映画としては中途半端。原作と違って、ボーダーを行き来することによって少年が突きつけられる人生の形而上的な意味を問うこともない。

## 12

## 『キル・ビル』 Kill Bill ★★★

**(2003 年・米国)** 〔監督〕**クウェンティン・タランティーノ**

始まりは、テキサス国境エルパソの教会。花嫁（ユマ・サーマン）を除く参列者全員が何者かによって銃殺される。花嫁は復讐を誓い、剣術を学ぶためにわざわざ日本の沖縄へ向かう。そこで剣術の師範（千葉眞一）に鍛えられて、いざ東京の決戦場へ。血みどろのアクション映画の背後に隠されているのは、つねに弱者に立たされる周縁者から中央の権力者への反撃の刃。殺戮シーンをめぐっては、少年少女の教育に悪いとの意見が出たが、むしろ、これはボーダーの人タランティーノによる、弱者の側に立ったきわめて「道徳的な」映画だ。

◉カリフォルニア国境編

**13**

## 『黒い罠』 Touch of Evil ★★★

**(1957年・米国)** 〔監督〕**オーソン・ウェルズ**

ティファナを舞台にして、アメリカ人の妻と新婚旅行にやってきたメキシコ人警官バルガス(チャールストン・ヘストン)と、米国人の警察署長クィンラン(オーソン・ウェルズ)との対立を描く。バルガスは新妻そっちのけで、地元のドラッグ密輸団のボスを追跡するハメに。一方、クィンランはメキシコの密輸団の側について、バルガス夫妻をおとしいれようとする。監督がもともと脚本にあった舞台を米国サンディエゴからメキシコの町に変えたために、ボーダーの勢力関係・構図も複雑になり、フィルム・ノワールというジャンル映画にサスペンスが加わり、観客を飽きさせない。

**14**

## 『ボーダーライン』 Borderline ★

**(1980年・米国)** 〔監督〕**ジェロルド・フリードマン**

メキシコからの違法入国の斡旋でぼろ儲けするサンディエゴの米国人企業家と、それを取締まる国境警備隊の隊長(チャールズ・ブロンソン)の戦いを描く。違法入国を望むポヨ(移民)たちを先導する悪辣なコヨーテ(案内人)の役をエド・ハリスが演じる。最後は、型どおりに国境警備隊と企業家が、正義対悪に分かれて撃ちあいになり、〈西部劇〉の型を踏襲する。ボーダーの治安強化をうながす〈国策映画〉。

**15**

## 『ズートスーツ』 Zoot Suit ★★

**(1981年・米国)** 〔監督〕**ルイス・バルデス**

1942年ロサンジェルスの郊外で海兵隊殺人事件が起こり、300名ものメキシコ系アメリカ人が逮捕。確たる証拠もなく数名が有罪の判決を受けるが、数年後には免罪される。アメリカ司法史の裏面を突くこの芝居は、1979年に初のチカーノ・ミュージカルとしてブロードウェイにかかる。背景には第二次大戦があり、愛国主義者の海兵隊からは、だぶだぶのズート服に身を包んだパチューコ(メキシコ系の不良少年)や、派手なポンパドールのパチューカ(不良少女)は、とんでもない非国民に見え、迫害に拍車がかかった。

**16**

## 『レポマン』 Repo Man ★★★

**(1984年・米国)** 〔監督〕**アレックス・コックス**

「レポマン」とは、ローンで自動車を買いながら支払いの滞納している者から力づくで車を奪い取ってくる仕事を請け負う人のこと。オットーという名のメキシコ系の青年は南西部からLAへ向かい、そこで不良のバッド(H・D・スタントン)の手下になってレポマンになり、善悪(合法・違法)のボーダーを行き来する。車の中のゴミや所持品を燃やす仕事を任された貧乏インディアンが発する「車を運転すると、人間は馬鹿になる」という言葉は、過度に車(とガソリン)に依存するカリフォルニアへの、ひいては環境問題を無視する米国社会への警鐘。

**17**

## 『ラ・バンバ』 La Bamba ★½

**(1987年・米国)** 〔監督〕**ルイス・バルデス**

ときは1957年。カリフォルニアの農園で低賃金で働くメキシコ系の労働者たち。ドラッグ

の売人などをしてハーレイを乗りまわす不良の兄が、主人公のリッチーと母をそんな泥沼から救い出す。ロックンロールに入れあげたリッチーは、アングロ白人の専売特許であるショウビジネスの世界でスターの道を歩み始めるが……。デビューするときに、いかにもヒスパニック的なバレンスエラという苗字を変えさせられたり、アングロ白人ドナとの付き合いも彼女の父に反対されるなど、チカーノ青年が直面する人種差別にもさりげなく触れている。

**18**

**『ボーン・イン・イーストLA』** Born in East LA ★★★

**(1987年・米国)** 〔監督〕**チーチ・マリーン**

ボーダー映画のコメディとしてはダントツの面白さ。イーストLA育ちの「チョロ」ルーディは、ロックンロールが大好きで、スペイン語が話せない。アリゾナからやってきた甥を迎えにいった先で、移民局の手入れがあり、メキシコ人と間違えられてティファナへ「強制送還」。そこでも、無一文のルーディはサイテーの賃金労働を強いられ、ことごとく不条理な状況に遭遇。ロドリゲスの映画にも頻繁に顔をだす天才コメディアン、チーチ・マリーン自らがメガホンを取り、自ら主演を演じる。米国では凶悪犯罪と見なされがちの南からの〈越境〉を笑いのめす。

**19**

**『落ちこぼれの天使達』** Stand and Deliver ★★

**(1988年・米国)** 〔監督〕**ラモン・メンデス**

舞台はイーストLAにあるメキシコ系の子女が通う高校。全国規模の学力テストで、つねに成績がよろしくない落ちこぼれの高校に、新任の教師エスカランテ先生（エドワード・ジェイムズ・オルモス）がやってくる。要するに、やる気のない高校生をカッコよく改心させるというサクセスストーリーだが、冒頭にロサンジェルスを東西に分けるLAリヴァーが映し出され、人種や階級による格差を生みだすボーダーライン（境界線）が都市の内部に存在することが示唆される。

**20**

**『ブレイク・オブ・ドーン』**（日本未公開） Break of Dawn ★

**(1988年・米国)** 〔監督〕**アイザック・アーテンスタイン**

主人公のペドロ・ゴンサレス（オスカー・チャベス）は、メキシコ革命時代にフランシスコ・ヴィジャの私設電報技師を務めたこともある人で、20年代に米国に移民。ロサンジェルスで、1938年に米国初のスペイン語によるラジオのモーニングショウを始めたが、政治的な腐敗を追及したために、陰謀に巻き込まれ、裁判にかけられる。メキシコ人への偏見や差別が経済不況によって顕在化する恐怖と、そういう偏見や差別に対する英雄的な戦いを描くヒューマンドラマ。

**21**

**『アメリカン・ミー』** American Me ★★

**(1992年・米国)** 〔監督〕**エドワード・ジェイムズ・オルモス**

主人公のサンタナ（エドワード・ジェイムズ・オルモス）は、1943年生まれ。実は、母は元パチューカ（不良少女）で、サンタナは〈ズートスートの動乱〉のときに、海兵隊にレイプされて生んだ子どもだった。白人とメキシコ人の混血児だが、イーストLAのメキシカン・バリオの不良グループに入れてもらい、徐々にボスとしての頭角をあらわす。刑務所では〈La eMe〉というメキシコ系マフィアの頭目になり、他の黒人、白人、メキシコ系マフィアと張り合うことに。映画ではカローと呼ばれるチカーノ・スラングが頻繁に使われる。

## 22

## 『ブラッドイン・ブラッドアウト』 Blood In, Blood Out ★★☆

**(1993年・米国) ［監督］テイラー・ハックフォード**

70年代のイーストLAのホーミー（不良）3人の青春を扱う。主人公は、白人の父とメキシコ系の母を持つ混血のミクロ。肌の白さゆえに、不良グループにはポチョ（アメリカかぶれ）と呼ばれ、バト（仲間）にしてもらえない。しかし、黒人、チカーノ、白人と完全にグループ分けされた刑務所内での利権争いで、白人の料理長を殺すことで、仲間への「血の証明」をはたし、やがてグループのトップにのしあがる。ミクロとは父親ちがいのメキシカン、パコは海兵隊になったあと警官になり、ミクロを捕まえる側に。また、そのふたりの従兄弟のクルスは絵の才能を活かし画家になるが、皮肉なことに絵を見にくる客は白人ばかり。

## 23

## 『ミ・ファミリア』（日本未公開） My Family / Mi Familia ★★☆

**(1995年・米国) ［監督］グレゴリー・ナバ、アナ・トーマス**

1926年にメキシコのミチョアカンから小さな村にすぎないロサンジェルスにやってきたホセとその一家の物語。ホセとその妻マリアは、5人の子供に恵まれるが、とりわけ3番目のチューチョは、赤ん坊のときメキシコに強制送還されたマリアが川に落としてしまっても奇跡的に生還するなど、強運の持ち主だったが、長じてローライダーカーを乗りまわす〈パチューコ〉に。貧乏でも家族第一に、「努力」や「忍耐」を説くメキシコ人の父の世代の価値観と、〈みじめなメキシコ人〉でいたくないと、ドラッグ売買であぶく銭を稼ぐマネー第一主義のチューチョらの二世の価値観がぶつかり合う。

## 24

## 『彼女を見ればわかること』 Things You Can Tell ★★☆

**(1999年・米国) ［監督］ロドリゴ・ガルシア**

監督はコロンビアの作家ガルシア・マルケスの息子。南の視点から眺められたロサンジェルス郊外の中年女性（キャリアウーマン）たちの暮らしは、一見華やかそうで実はちょっとだけ「病的」な匂いがする。産科医のキーナは立派な白い家に住むが母の介護に追われ、同僚の医者に恋するもうまく行かず、人生に満足感が得られない。シングルマザーで教師のローズ（キャシー・ベイカー）は、童話作家になるという夢があるが、近所に引越してきた小人アルバートのベッドルームを覗きみる快感を味わい、その悪癖から抜け出せない。

## 25

## 『トラフィック』 Traffic ★

**(2000年・米国) ［監督］スティーヴン・ソーダーバーグ**

主人公は、メキシコの国境地帯ティファナの警察官ハビエール（ベニチオ・デル・トロ）。月給は3万ちょっとで、スラムのようなところに住む。FBIと手を組んで、ドラッグ密輸団を摘発しようとする。映画はメキシコ警察の腐敗や悪辣なメキシコのドラッグ密輸団など、すでにマスメディアによって喧伝されたステレオタイプなイメージをなぞるだけ。クラックにハマったアメリカの女子高生が麻薬撲滅を推し進める父親＝警察本部長（マイケル・ダグラス）に向かって、ドラッグと人種偏見についてクールな意見を述べるシーンがあるが、その倒錯的なシーンこそが唯一の見どころ。

◉その他の都市のボーダー編

## 26
『シャドー』（日本未公開） Shadow ★★★

（1960 年・米国）［監督］ジョン・カサベテス

50 年代のニューヨークを舞台に混血問題をテーマにした物語。白人と黒人の混血の子だと思われる 3 人の兄弟が出てくる。ベニーは肌が白いが髪は黒人に特有の縮れ毛で、レライアは肌の色がほとんど白人と見紛うほど白い、ヒューは肌が黒い。3 人は同じ兄弟なのに、翻弄される差別の種類と強度がちがう。30 年前にネラ・ラーセンの小説『白い黒人（パッシング）』が先鞭をつけた〈白い黒人〉のテーマを、映像で追った野心作。フィリップ・ロスの原作に基づくベントン監督の『白いカラス Human Stein』（2003）につながる。

## 27
『明日に向かって撃て』 Butch Cassidy and the Sundance Kid ★★½

（1967 年・米国）［監督］ジョージ・ロイ・ヒル

ときは 1890 年代の西部の荒野。〈壁の穴〉という名で知られたギャングのリーダーの二人、ブッチ・キャシディ（ポール・ニューマン）とサンダンス・キッド（ロバート・レッドフォード）が主人公。面白いのは、後半に入ってからだ。二人は西部での追跡がきつくなったので、南米ボリビアに新天地をもとめる。最後にボリビアの軍隊に取り囲まれて、ブッチはある提案を相棒にもちだす。「こんどはオーストラリアに渡ろう。少なくとも英語が通じるし、外国人扱いされないで済むから」と。荒野の荒くれ者たちは、銃ではなく言語と文化の壁に敗れさったのだ。

## 28
『マラノーチェ』 Mala Noche ★★½

（1985 年・米国）［監督］ガス・ヴァン・サント

舞台は西海岸のオレゴン州ポートランド。ちいさなドラッグストアで働くウォルト少年は破れたＴシャツを着ている、いわば「ワーキング・プア」。ロサンジェルスからやってきたスペイン語を喋るメキシコ系ストリート・キッズに翻弄される。人種・言語の越境と共に、ドラッグによる意識界の侵犯や、少年売春という性の越境の意味をも問う、サント監督の野心的デビュー作。

## 29
『ミラグロ』 The Milagro Beanfield War ★★½

（1988 年・米国）［監督］ロバート・レッドフォード

舞台はニューメキシコの高原の田舎町ミラグロ。豆畑だったその土地にダムを作るという土地開発の計画がもちあがる。昔から続けてきた農業を守ろうとする住民と、土地の投機をもくろむ土地開発会社のあいだで、争いが起こる。村一番の長老アマランテが〈グアダルーペ・イダルゴ条約〉の時代を引き合いに出すなど、争いの根底には、先住民的・メキシコ的価値観と実利主義のアングロ的価値観とのぶつかり合いがあることが示唆される。

## 30
『ラスベガスをやっつけろ』 Fear and Loathing in Las Vegas ★★★

（1998 年・米国）［監督］テリー・ギリアム

ハンター・トンプソンの同名のサイケデリック・ドキュメンタリーの映画化。70 年代の初め、ドラッグ中毒のふたりの男が取材でラスベガスにやってくる。「アメリカ白人文化」を誇りに

するデューク（ジョニー・デップ）と、サモア人の弁護士ドクター・ゴンゾ（ベニチオ・デル・トロ）。冒頭に「人間はケダモノになることで人間である苦悩を忘れる」というサミュエル・ジョンソンの警句がしめされるが、映画はホテルの客が恐竜になったりするような幻覚シーンをふんだんに差し挟むことで、ふたりの見る世界を映像でしめし、ヴェトナム戦争での悪夢をドラッグで逃れようとする悪循環を笑う。ブラック・コメディの極北をゆく「反戦」映画。

◉メキシコ編

## 31
## 『メキシコ万歳』 Que Viva Mexico ★★★

**（1931年、1979年・メキシコ）** ［監督］**セルゲイ・エイゼンシュテイン**

当初、監督は6つのエピソードからなる壮大なメキシコ史を構想し、17ヶ月で23万フィートの撮影を実施。しかし、米国作家アプトン・シンクレアからの資金援助も底を突き、未完成におわる。1971年に、かつて助監督だったアレクサンドロフが編集し完成させる。最も印象的なのは第3話〈マゲイ（竜舌蘭）〉で、20世紀初頭のディアスの独裁時代における大農園主（クレオーリョ）と農奴（インディオ）の圧倒的な生活格差が象徴的に描き出される。農園の白人の若者が抵抗した4人のインディオを首から上だけ残して、地中に埋めて懲らしめる拷問シーンが強烈な印象を残す。

## 32
## 『グラン・カシノ』 Gran Casino ★★

**（1947年・メキシコ）** ［監督］**ルイス・ブニュエル**

1946年にスペインからメキシコに亡命したブニュエルが最初に作った作品。あまりヒットはしなかったが、ボーダー映画としてみると面白い。アルゼンチン人ホセ・エンリケが開発したメキシコの油田を奪うべく、カジノのメキシコ人経営者がホセを殺し、それに対しホセの妹メルセデスがアルゼンチンからやってきてオーナーに戦いを挑むという、メキシコ人観客にはうれしくない設定。だが、国籍の壁を越えて、メキシコ人の主役ヘラルドがホセ亡き後、油田開発をひき継ぐ。カジノで働くメキシコ女性の盗み癖（クレプトマニアック）という病気も「強奪」をテーマにしたこのミュージカル映画にちいさな色を添える。

## 33
## 『黄金』 The Treasure of the Sierra Madre ★★★

**（1948年・米国）** ［監督］**ジョン・ヒューストン**

1925年、メキシコ湾に面したタンピコが舞台。アメリカ人のドブス（ハンフリー・ボガート）はアメリカ人の手配師に働いた金を騙しとられそうになる。そのときハワード（ウォルター・ヒューストン）という老人に逢い、金鉱堀りを勧められ、相棒カーティンを連れて、3人で山へ出かける。見事に金の欠片を掘り出した帰り道、ハワードは昏睡状態のインディオの子を助けるために二人と別れる。結局、子どもを救い、住民たちから英雄のような歓待を受ける。残りの二人は道中相手に出し抜かれないか、互いに疑心暗鬼に。異文化に溶け込む大切さと、異国でアメリカの拝金主義を貫く愚かさとが対比される。

## 34
## 『エル・ノルテ』 （日本未公開） El Norte ★★★

**（1983年・米国）** ［監督］**グレゴリー・ナバ**

映像はかぎりなく美しく、物語はかぎりなく悲惨だ。強権的な軍政が敷かれたグアテマラの

寒村を逃れ、米国へ向かう姉弟は米墨国境で悪辣なコヨーテに騙され、おまけに国境警備隊につかまってしまう。が、チンガダ（fuck）というメキシコ特有のスラングを連発して窮地を脱する。国境のトンネルをくぐって、ようやくロサンジェルスにたどり着き、夢にまで見た「北」の生活を手に入れるも、姉ローサはトンネルのねずみからうつされた天然痘を発病、アメリカン・ドリームは一転して悪夢に。

## 35

### 『エル・パトレイロ』 El Patrullero ★★★

**(1991年・日本=メキシコ=米国合作)［監督］アレックス・コックス**

メキシコ北部の砂漠の町。新米のパトロール警官ペドロ・ロハスは、薄給なために妻には違反者から賄賂を取ることを教唆されたり、知事の息子をスピード違反で逮捕して署長に叱責されたり、父なし子を育てる娼婦のマリベールに金を貢いだり、とまことに情けない男だが、同じ警察学校で学んだ同僚を殺した北米の麻薬密輸団に一人で敢然と戦いを挑む。ロハスの父の亡霊が出てくるなど、マジックリアリズムの手法も駆使したボーダー映画の傑作。

## 36

### 『赤い薔薇ソースの伝説』 Como Agua Para Chocolate ★★★

**(1992年・メキシコ)［監督］アルフォンソ・アラウ**

原作の小説（ラウラ・エスキバル作）は、12ヶ月分のボーダー料理のレシピを文体偽装したポストモダン小説。女四人（母と三人の娘たち）によって、料理をすること、食らうこと、セックスすること、すなわち生きることをめぐって壮絶なバトルが繰りひろげられる。女の子どもしかいない家庭では末っ子が結婚しないで両親の面倒を見るといった、19世紀のボーダーの慣習の壁を主人公のティタが破る。次女のヘルトルーディスは母が愛人のムラートの男とのあいだに産んだ混血の子。この子はダンスと戦いの才能を発揮する。

## 37

### 『エル・マリアッチ』 El Mariach ★★★

**(1993年・米国)［監督］ロバート・ロドリゲス**

日本の市場には、続編の『デスペラード』（1995年）や『レジェンド・オブ・メキシコ――デスペラード』（2003年）が出まわっているようだが、この低予算で作ったデビュー作のほうが圧倒的にすばらしい。続編のほうは、ありあまるハリウッドの金を、有名俳優と銃撃戦のためだけに使ってしまっているから。無名の俳優カルロス・ガジャルドの演じる〈エル・マリアッチ〉は、ギターを抱いた流しの歌手。国境の町にやってきて、人違いの争いごとに巻きこまれるが、持ち前の機転を利かして乗り切る。

## 38

### 『アモーレス・ペロス』 Amores Perros ★★★

**(1999年・メキシコ)［監督］アレハンドロ・イニャリトゥ**

イニャリトゥ監督と脚本のギジェルモ・アリアガのコンビは、階級や身分の異なる人びと同士の遭遇を、ポストモダンのフラグメンタルな話法でつなぎ合わせるワザに特徴がある。メキシコの生んだ美形の俳優ガエル・ガルシア・ベルナールの演じる不良少年オクタビオがメキシコシティで交通事故をおこす。事故の現場に居合わせるのは、ホームレスの老人だが、かれは元教授のアナーキスト。テレビメディアの大物を襲う計画がある。ともすれば、第三世界のイメージで見られがちなメキシコ内部の階級差を、偶然の人の出会いの中に溶け込ます。

## 39
『カクタス・ジャック』 Matando Cabos ★★

(2004年・メキシコ) [監督] アレハンドロ・ロサーノ

メキシコでは、ボス（親分、上司、父親）のことをヘフェと呼ぶ。この映画は、アステカ帝国以来、メキシコに存在するヒエラルキー（ピラミッド）的身分制度の中で、絶対的な権力を持つヘフェに楯を突くことをモチーフにしている。悪役を演じさせたら右に出る者がいないメキシコの名優ペドロ・アルメンダリスの演じる独裁者・鉄鋼王カボスの存在感が圧倒的。メキシコの大衆娯楽、ルチャ・リブレと同様、反則をおかす財界の大物がやっつけられるのがおかしく爽快。バイオレンスとコメディが不思議に混在する奇作。

## 40
『バベル』 Babel ★★½

(2006年・メキシコ) [監督] アレハンドロ・イニャリトゥ

この映画は、コミュニケーション手段を奪われた無能な現代人というテーマに焦点を当てる。「バベルの塔」建設の寓話ではなく、「バベルの塔」崩壊以後の寓話。そこでチエコという女子高生（菊地凛子）が主役として浮上する。彼女は聾唖であり、言語コミュニケーション機能を奪われて、社会の周縁に追いやられている。さる映画祭で「助演女優賞」にノミネートされたが、このテーマからすれば、北アフリカを旅するアメリカ人（ブラッド・ピット）ではなく、チエコこそが「主演」でなければならない。

### ◉中南米・カリブ編

## 41
『闇に響く声』 King Creole ★★

(1958年・米国) [監督] マイケル・カーティス

冒頭のシーンが象徴的。舞台となっているニューオーリンズの、霧深い早朝の街なかを三人の黒人の物売りが威勢のいい声をあげながら、通り過ぎてゆく。ニューオーリンズは長らくカリブ海のフランス植民地と行き来があり、混交のクレオールの土地柄。ダニー青年（エルヴィス・プレスリー）の父の有していたディクシー・ロックの店が他の人に渡り、その店は経営が傾いてしまうが、ダニーがブルースやロックで店の復活を担う。プレスリーが歌うバイユー地方の料理の歌（黒人の歌）が魅力的。

## 42
『ケマダの戦い』 Burn! ★★★

(1969年・イタリア=フランス合作) [監督] ジッロ・ポンテコルボ

独立運動が盛んな19世紀のカリブ海の小アンティル島が舞台。ウィリアム・ウォーカー卿（マーロン・ブランド）は、ポルトガル領で砂糖の権利を狙う英国に雇われる。現総督の暗殺を企てたり、混血児テディを大統領に祭りあげ自分が実権を握ったりする。ポーターだった黒人のホセ・ドロレスは「与えられた自由は自由ではない」との発想から反乱ゲリラ軍を組織し、奴隷制の廃止と、英国白人の追い出しを画策。6年におよぶ戦いが繰り広げられる。ケマダとは「野焼き」という意味で、英国軍はゲリラ兵を炙りだすためにサトウキビ畑を焼き払うが、リーダーのホセは見つからない。

## 43
『ラティーノ』（日本未公開） Latino ★★
**（1985 年・米国）** ［監督］**ハスケル・ウェックスラー**
1979 年ニカラグラのマナグア市の広場では、人々が共産主義のサンディニスタ政権の誕生を祝っていた。独裁者ソモサが失脚したのだ。しかし、隣国ホンデュラスでは、元ニカラグア政府軍やソモサの私兵からなる〈コントラ〉が CIA によって訓練を受け、3 年後にニカラグアのちいさな村を襲う。LA に住むメキシカンのエディ・ゲレーロは職業軍人（グリーン・ベレー）として、〈コントラ〉と一緒にニカラグラに侵入。認識証はつけない。ニカラグアで米兵が見つかると、サンディニスタ政権の格好の宣伝材料になるから。

## 44
『ウォーカー』 Walker ★★★
**（1987 年・ニカラグア＝米国合作）** ［監督］**アレックス・コックス**
19 世紀半ばウィリアム・ウォーカー大佐（エド・ハリス）は、メキシコ侵略に失敗した後、ニカラグラの産業界のボス、自称〈提督〉のコルネリウスに誘われて、西部の荒くれども 60 人近くを連れてニカラグラへ。ウォーカーは新聞を発行してマスメディアを掌握、デマを流しながら大統領選挙で勝つ。〈提督〉から権益を奪い、奴隷制をしく。19 世紀の中米の戦闘シーンに、ヴェトナム戦争を彷彿とさせる大型ヘリコプターによる救出作業をかぶせるという SF 的な時間軸の交錯によって、80 年代の米軍によるニカラグア介入を批判する。

## 45
『イチゴとチョコレート』 Fresa y Chocolate ★★☆
**（1994 年・キューバ）** ［監督］**トマス・グティエレス・アレア、フアン・カルロス・タビオ**
革命後のキューバでは、芸術家や文学者は表現の自由を規制されて息苦しい。ディエゴはホモセクシュアルの作家だが、自分の評価する芸術家の展示会が政府によって禁じられて絶望的な気持ちになる。あるときハバナの喫茶店で田舎出の素朴な学生ダビドと遭遇、ひと目ぼれする。いっぽう、学生ダビドはディエゴと友達づきあいするうちに、家父長的なマチョの価値観から徐々に抜け出してゆく。キューバ革命の裏面史を伝える佳作。背後で流れるイグナチオ・セルバンテの曲「アディオス・ア・クーバ（さよなら、キューバ）」が美しく悲しい。

## 46
『カベサ・デ・バカ』（日本未公開） Cabeza de Vaca ★
**（1993 年・米国）** ［監督］**ギジェルモ・ナバロ**
1528 年、スペインの探検隊の船がフロリダ沖で座礁し、600 名ちかく亡くなるが、カベサ・デ・バカだけは生きのびて、大陸を放浪。キリスト教から見れば、呪術にしか見えない血の儀礼にうつつを抜かす異教徒のインディアンにつかまり、そこで暮らす。やがて一人逃亡して、8 年後の 1536 年にスペインの軍勢のもとに帰還。本編は、大航海の時代の探検家の物語を忠実に再現。旧世界のヨーロッパ人と新世界のインディアンの衝撃的な出会いをヨーロッパの側から見ているので、新鮮さはない。

## 47
『シティ・オブ・ゴッド』 Cidade de Deus ★★★
**（2002 年・ブラジル）** ［監督］**フェルナンド・メイレレス**
リオデジャネイロのスラム〈ファベーラ〉の少年ギャングたちの生態を扱う。が、ハリウッド映画にありがちの安っぽいヒューマニズムに染まることはない。リトル・ダイス（長じてリトル・ゼと改名）は冷徹な殺人鬼でギャングの頂点に立つが、やがて年端もいかないストリート・

キッズに殺されてしまう。たとえリトル・ゼがいなくなっても、ギャング同士の抗争はつづく。そうしたスラムの現実を証言するのが、偶然のいたずらで報道カメラマンの道を歩むことになるブスカペ少年だ。その存在が本作をただの血みどろのバイオレンス映画に収斂させない。

## 48

### 『ウィスキー』 Whisky ★★½

**(2004年・ウルグアイほか)** ［監督］**フアン・パブロ・レベージャ、パブロ・ストール**

かぎりなくミニマルな舞台と私生活を扱いながら、心の中で繰り広げられる大きなドラマを語る。テーマは擬装結婚。ブラジルからウルグアイにやってくる弟の目を欺くために、ユダヤ系の工場長のハコボは弟の滞在する数日だけ、夫婦のふりをしてほしいと従業員の女性マルタに頼む。擬装とは形式上のウソだが、ときにはウソが真を生むことがあり、この映画はそうした虚実の綾を狙う。ぎこちない二人に真の愛は訪れるのか。見方を変えれば、この映画の扱う擬装結婚というのは、500年前にマラーノとして世界に散ったユダヤ人好みの、もうひとつの民族変装の一形式といえるかもしれない。

## 49

### 『イノセント・ボイス――12歳の戦場』 Voces Innocentes ★★

**(2004年・メキシコ)** ［監督］**ルイス・マンドキ**

80年代の中米エルサルバドル。反政府ゲリラと政府軍のはざまで戦場になってしまうプエブロが舞台。少年は12歳になると、政府軍によって徴用される。少年が主人公になることによって、バスの車掌助手の仕事をしたり、叔父さんにもらったラジオを聞いたり、悲惨さの中にも喜びを見いだすヒューマニスティックな色合いが生じる。が、反共のレーガン政権が軍事顧問を送りこんで、この小国を内戦に追い込み100万人が難民となった、そうした歴史的事実の省察は不可能になる。戦争は、難民個人の罪意識の問題ではない。

## 50

### 『タブロイド』 Cronicas ★★

**(2005年・エクアドル=メキシコ合作)** ［監督］**セバスチャン・コルデロ**

米国では21世紀に入って、ヒスパニック系住民が最大のマイノリティになった。そうした人口流動やそのラティーノ音楽の盛況と連動するかのように、映画界でも南米やカリブ海で作られた映画が活況を呈している。冒頭の暴動シーンが、南米という映像対象を「犯罪」や「貧困」や「暴力」といった派手な紋切り型で切り取る米国の「植民地主義者」的な視線を反映しているが、それは特大スクープを取るためだったら手段を選ばない視聴率至上主義のテレビ放送の危うさに警告を発するための、この映画の戦略だった。

# 参考文献

## A. 米墨国境の文化や詩をめぐる評論（外国語）


Alarcón, Norma. "Chicana's Feminist Literature: A Re-Vision Through Malintzin/or Malintzin: Putting Flesh Back on the Object." *This Bridge Called My Back: Writing by Radical Women of Color*. Ed. Cherríe Morraga and Gloria Anzaldúa. New York: Kitchen Table, 1983. 182-190.

---, and Cherríe Moraga, eds. *The Sexuality of Latinas*. Berkeley: Third Woman Press, 1993.

Anaya, Rudolfo A., and Francisco A. Lomeli, eds. *Aztlán: Essays on the Chicano Homeland*. Albuquerque: U of New Mexico P, 1989.

Anzaldúa, Gloria. *Borderlands/La Frontera: The New Mestiza*. San Francisco: aunt lute books, 1987.

---, ed. *Making Face, Making Soul/Haciendo Caras: Creative and Critical Perspectives by Feminists of Color*. San Francisco: aunt lute books. 1990.

Arce, Jose Manuel Valenzuela. *Entre la Magia y la Historia*. Tijuana: El Colegio de la Frontera Norte, 2000.

Arteaga, Alfred, ed. *An Other Tongue: Nation and Ethnicity in the Linguistic Borderlands*. Durham: Duke UP, 1994.

---. *Chicano Poetics: Heterotexts and Hybridities*. Cambridge: Cambridge UP, 1997.

Baca, Jimmy Santiago. *Working in the Dark: Reflections of a Poet of the Barrio*. Santa Fe: Red Crane Books, 1992.

Brady, Mary Pat. *Extinct Lands, Temporal Geographies: Chicana Literature and Urgency of Space*. Durham: Duke UP, 2002.

Bruce-Novoa, Juan. *Retrospace: Collected Essays on Chicano Literature—Theory and History*. Houston: Arte Público Press, 1990.

Calderón, Hector, and José David Saldívar, eds. *Criticism in the Borderlands: Studies in Chicano Literature, Culture and Ideology*. Durham: Duke UP, 1991.

Carlson, Lori M., ed. *Cool Salsa: Bilingual Poems on Growing up Latino in the United States*. New York: Fawcett Books, 1994.

Castillo, Ana. *Massacre of the Dreamer: Essays on Xicanisma*. Albuquerque: U of New Mexico P, 1994.

---, ed. *Goddess of the Americas: Writings on the Virgin of Guadalupe*. New York: Riverhead Books, 1996.

Castillo-Speed, Lillian, ed. *Latina: Women's Voices from the Borderlands*. New York: Simon & Schuster, 1995.

Castro, Rafaela G. *Dictionary of Chicano Folklore*. Santa Barbara: ABC-CLIO, 2000.

Candelaria, Cordelia. *Chicano Poetry: A Critical Introduction*. Westport: Greenwood Press, 1986.

Chabram-Dernersesian, Angie, ed. *The Chicana/o Studies Reader*. New York: Routledge, 2006.

Córdoba, Socorro Tabuenca. *Mujeres y Fronteras: Una Perspectiva de Género*. Chihuahua: Instituto Chihuahuense de la Cultura, 1998.

Crosthwaite, Luis Humberto, John William Byrd, and Bobby Byrd eds. *Puro Border: Dispatches, Snapshots and Graffiti from La Frontera.* El Paso: Cinco Puntos Press, 2002.

Cushing, Frank Hamilton. *Zuni Selected Writings*. Ed. Jesse Green. Lincoln: U of Nebraska P, 1979.

Cypress, Sandra Messinger. *La Malinche in Mexican Literature from History to Myth.* Austin: U of Texas P, 1991.

Del Castillo, Adelaida R. "Malintzin Tenépal: A Preliminary Look into a New Perspective." *Essays on La Mujer*. Ed.Rosaura Sánchez and Rosa Martinez Cruz. Los Angeles: UCLA Chicano Studies Center, 1977. 124-149.

Dunnington, Jacqueline Orsini. *Guadalupe: Our Lady of New Mexico.* Santa Fe: Musium of New Mexico Press, 1999.

Dutton, Bertha P. *American Indians of the Southwest.* Albuquerque: U of New Mexico P, 1975.

Fregoso, Rosa Linda. "Re-Imagining Chicana Urban Identities in the Public Sphere, Cool Chuca Style." *Between Woman and Nation: Nationalism, Transnational Feminism, and the State*. Durham: Duke UP, 1999. 72-91.

Galindo, D.Letticia, and María Dolores Gonzales, eds. *Speaking Chicana: Voice, Power, and Identity*. Tucson: U of Arizona P, 1999.

Gómez-Peña, Guillermo. *Warrior for Gringostroika: Essays, Performance Texts, and Poetry.* Saint Paul: Graywolf Press, 1993.

---. *The New World Border: Prophecies, Poems and Loqueras for the End of the Century*. San Francisco: City Lights, 1995.

Gaspar de Alba, Alicia. *Chicano Art Inside/Outside the Master's House: Cultural Politics and the Cara Exhibition*. Austin: U of Texas P, 1998.

---, ed. *Velvet Barrios: Popular Culture of Chicana/o Sexualities*. New York: Palgrave Macmillan, 2003.

Griswold del Castillo, Richards. "The Treaty of Guadalupe Hidalugo." *U.S-Mexico Borderlands: Historic and Contemporary Perspective.* Ed. Oscar J. Martinez. Wilmington: Scholarly Resources Inc., 1996. 2-9.

Hicks, Emily. *Border Writing: The Multidimentional Text*. Minneapolis: U of Minnesota P, 1991.

Kaplan, Caren. *Questions of Travel: Postmodern Discourses of Displacement*. Durham: Duke UP, 1996.

---, Norma Alarcón, and Minoo Moallem, eds. *Between Woman and Nation: Nationalism, Transnational Feminism, and the State*. Durham: Duke UP, 1999.

Karttunen, Frances. "Rethinking Malinche." *Indian Women of Early Mexico.* Ed. Chroeder, Susan, Stephanie Wood, and Robert Haskett. Norman: U of Oklahoma P, 1997.

Hernández-Gutierrez, Manuel de Jesús. "Mexican and Mexican American Literary

Relations." *Mexican Literature: A History*. Ed. David William Foster. Austin: U of Texas P, 1994. 385–435.

Herrera-Sobek, María. "Death of an Immigrant" *Borderland Literature*. Ed. Harry Polkinhorn, et al. San Diego: Institute for Regional Studies of the Californias, San Diego State University, 1990. 145–166.

---. *The Mexican Corrido: A Feminist Analysis*. Bloomington: Indiana UP, 1990.

---. *Northward Bound: The Mexican Immigrant Experience in Ballad and Song*. Bloomington: Indiana UP, 1993.

Ikas, Karin Rosa. *Chicana Ways: Conversations with Ten Chicana Writers.* Reno: U of Nevada P, 2002.

Lafaye, Jacques. *Quetzalcóatl and Guadalupe: The Formation of Mexican National Consciousness 1531–1813*. Trans. Benjamin Keen. Chicago: U of Chicago P, 1976.

Latorre, Felipe A, and Dolores L. Latorre. *The Mexican Kickapoo Indians*. New York: Dover Publications, 1976.

Lechugo, Ruth D., and Chloë Sayer. *Mask Art of Mexico*. San Francisco: Chronicle Books, 1994.

Leon, Luis D. *La Llorona's Children: Religion, Life, and Death in the U.S.-Mexican Borderlands*. Berkeley: U of California P, 2004.

Leon-Portilla, Miguel, ed. *The Broken Spears: The Aztec Account of the Conquest of Mexico.* 1959. Boston: Beacon Press, 1962.

Limón, José E. *Mexican Ballads, Chicano Poems: History and Influence in Mexican-American Social Poetry*. Berkeley: U of California P, 1992.

Maciel, David R. *El Norte: The U.S.-Mexican Border in Contemporary Cinema*. San Diego: San Diego State University, 1990.

---, and María Herrera-Sobek, eds. *Culture across Borders: Mexican Immigration and Popular Culture.* Tucson: U of Arizona P, 1998.

Martínez, Demetria. "Voices from the Gaps: Demetria Martínez." <http://voices.cla.umn.edu/newsite/authors/MARTINEZdemetria.htm>

Martínez, Elizabeth, ed. *500 Años del Pueblo Chicano/500 Years of Chicano History in Pictures*. Albuquerque: SWOP, 1991.

Martínez, Oscar J. *U.S.-Mexico Borderlands: Historical and Contemporary Perspective*. Wilmington: Scholarly Resources Inc., 1996.

Michaelsen, Scott, and David E. Johnson, eds. *Border Theory: the Limits of Cultural Politics*. Minneapolis: U of Minnesota P, 1997.

Miller, Tom, ed. *Writing on the Edge: A Borderlands Reader.* Tucson: U of Arizona P, 2003.

Moraga, Cherríe. *The Last Generation: Prose & Poetry*. Boston: South End Press, 1993.

---, and Gloria Anzaldúa eds. *This Bridge Called My Back: Writing by Radical Women of Color*. New York: Kitchen Table, 1983.

Mulroy, Kevin. *Freedom on the Border: The Seminole Maroons in Florida, the IndianTerritory, Coahuila, and Texas*. Lubbock: Texas Tech UP, 1993.

Neely, Carol Thomas. "WOMEN/UTOPIA/FETISH: Disavowal and Satisfied Desire in Margaret Cavendish's *New Blazing World* and Gloria Anzaldúa's *Borderlands/La Frontera*." *Heterotopia: Postmodern Utopia and the Body Politics.* Ed. Tobin Siebers. Ann Arbor: U of Michigan P, 1994. 58–95.

Noriega, Chon A., ed. *Chicanos and Film: Representation and Resistance*. Minneapolis: U of Minnesota P, 1992.

Pagán, Eduardo Obregón. *Murder at the Sleepy Lagoon: Zoot Suits, Race, and Riot in Wartime L.A.* Chapel Hill: U of North Carolina P, 2003.

Palm, Verlag, and Enke Erlangen. *Partial Autobiographies: Interviews with Twenty Chicano Poets*. Erlangen: Druckerei Jürgen Sieland, 1985.

Paredes, Américo. *With His Pistol in His Hand: A Border Ballad and Its Hero. 1958.* Austin: U of Texas P, 1996.

---. *Folklore and Culture on the Texas-Mexican Border*. Austin: CMAS, U of Texas at Austin, 1993.

Pérez, Emma. *The Decolonial Imaginary: Writing Chicanas into History*. Bloomington: Indiana UP, 1999.

Pérez-Torres, Rafael. *Movements in Chicano Poetry: Against Myth, Against Margins.* Cambridge: Cambridge UP, 1995.

Ponce de León, Juana, ed. *Our Word is Our Weapon: Selected Writings—Subcomandante Insurgente Marcos*. New York: Seven Stories Press, 2001.

Pratt, Mary Louise. "'YO SOY LA MALINCHE': Chicana Writers and the Poetics of Ethnonationalism." *Callaloo* 16. 4(1993): 859–973.

Quintana, Alvina Eugenia. *Homegirls: Chicana Literary Voices*. Philadelphia: Temple UP, 1996.

Rebolledo, Tey Diana. *Women Singing in the Snow: A Cultural Analysis of Chicana Literature*. Tucson: U of Arizona P, 1995.

Rendon, Armando B. *Chicano Manifesto: The History and Aspirations of the Second Largest Minority of America*. New York: Collier Books, 1971.

Reuman, Ann E. "'Wild Tongues Can't Be Tamed': Gloria Anzaldúa's (R)evolution of Voice." *Violence, Silence, and Anger: Women's Writing as Transgression.* Ed. Deirdre Lashgari. Charlottsville: UP of Virginia, 1995. 305–319.

Rodriguez, Jeanette. *Our Lady of Guadalupe: Faith and Empowerment among Mexican-American Women.* Austin: U of Texas P, 1994.

Rodríguez, Joseph (photographs), Rubén Martínez (essays), and Luis Rodríguez. *East Side Stories: Gang Life in East LA*. New York: powerhouse Books, 2000.

Ruiz, Vicki L. *From out of the Shadows: Mexican Women in Twentieth-Century America*. New York: Oxford UP, 1998.

Saldívar-Hull, Sonia. *Feminism on the Border: Chicana Gender Politics and Literature*. Berkeley: U of California P, 2000.

Saldívar, José David. *Border Matters: Remapping American Cultural Studies*. Berkeley: U of California P, 1997.

Saldívar, Ramón. *Chicano Narrative: The Dialectics of Difference*. Madison: U of Wisconsin P, 1990.
Sánchez, Marta Ester. *Contemporary Chicana Poetry: A Critical Approach to an Emerging Literature*. Berkeley: U of California P, 1985.
Sánchez, George J. *Becoming Mexican American: Ethnicity, Culture and Identity in Chicano Los Angeles, 1900–1945*. New York: Oxford UP, 1993.
Santabella, Sylvia. "Nican Motecpana: Nahuatl Miracles of the Virgin of Guadalupe." *Latin American Indian Literatures Journal* 11. 1(Spring 1995): 34–54.
Sollors, Werner. *Beyond Ethnicity: Consent and Descent in American Culture*. New York: Oxford UP, 1986.
---, ed. *Multilingual America: Transnationalism, Ethnicity, and the Languages of American Literature*. New York: New York UP, 1998.
Stevans, Ilan. *Spanglish: The Making of a New American Language*. New York: HarperCollins, 2003.
Villa, Raúl Homero. *Barrio Logos: Space and Place in Urban Chicano Literature and Culture*. Austin: U of Texas P, 2000.
Villarino, José "Pepe." "Mexican and Chicano Music: A Brief Sketch." *Chicano Border Culture and Folklore*. Ed. José Villarino and Arturo Ramírez. San Diego: Marin Publications, Inc., 1992. 195–199.
Wright, Barton, ed. *The Mythic World of the Zuni/ As Written by Frank Hamilton Cushing*. Albuquerque: U of New Mexico P, 1988.
Wright, Bill, and E. John Gesick, Jr. *The Texas Kickapoo: Keepers of Tradition*. El Paso: Texas Western Press, 1996.

### B. 米墨国境の文化や詩をめぐる評論、研究（日本語）

アルトー、アントナン（高橋純・坂原眞里訳）『革命のメッセージ』（アントナン・アルトー著作集 IV）白水社、1996 年。

アンサルドゥーア、グロリア（管啓次郎訳）「野生の舌を飼い馴らす」今福龍太・沼野充義・四方田犬彦編『旅のはざま』（世界文学のフロンティア 1）岩波書店、1996 年、187–209 頁。

行松孝純「ロック・エン・エスパニョールのボルテージの高さは、政治的な背景と大きな関係がある——新プロジェクトを始めた大物プロデューサー、グスタボ・サンタオラージャ」『ミュージック・マガジン』2004 年 1 月号、56–61 頁。

今福龍太『移り住む魂たち』中央公論社、1993 年。

——『荒野のロマネスク』岩波現代文庫、2001 年。

——「"Red" の縞模様を織るように——グレーター・メキシコへの旅」『すばる』2006 年 12 月号、212–227 頁。

井村俊義「ボーダーを溶解するチカーノという生き方——イラン・スタバンス論のための序章」『現代詩手帖』2005 年 5 月号、64–69 頁。

上野清士「ボーダーとしての川、希望、そして悲劇の川」『現代詩手帖』

2005年5月号、102-104頁。

上野久『メキシコ榎本殖民』中公新書、1994年。

ヴァカ、ジミー・サンティアーゴ「おれたちは自分の国にいても移民だ」ほか。D・W・ライト編（沢崎順之助、森邦夫、江田孝臣訳）『アメリカ現代詩101人集』思潮社、2000年、491-498頁。

エステス、クラリッサ・ピンコラ（原真佐子・植松みどり訳）『狼と駆ける女たち――「野生の女」原型の神話と物語』新潮社、1998年。

大泉光一・牛島万編『アメリカのヒスパニック＝ラティーノ社会を知るための55章』明石書店、2005年。

大橋敏恵「チカーナ壁画家ジュディス・バカの作品とフェミニズムに関する一考察」『イメージ＆ジェンダー』Vol. 2、2001年、14-34頁。

大森義彦『アメリカ南西部メキシコ系の文学――作品と論評』英宝社、2005年。

カスティーリョ、アン（今福龍太訳）「『私の父はトルテカ族』より」今福龍太・沼野充義・四方田犬彦編『私の謎』（世界文学のフロンティア5）、岩波書店、1997年、209-214頁。

加藤薫「チカノ・アートの現在」『神奈川大学国際経営論集』No. 4、1993年、153-188頁。

――『ニューメキシコ――第四世界の多元文化』新評論、1996年。

――『21世紀のアメリカ美術　チカーノ・アート――抹消された〈魂〉の復活』明石書店、2002年。

喜納育江「「ラ・マリンチェ」とチカーナ文学――「売女」についての一考察」『すばる』2006年11月号、326-335頁。

楠元実子「チカーノの伝説の狂女――ラ・ジョローナ／泣き女の語りなおし」早瀬博範編『アメリカ文学と狂気』英宝社、2000年、301-316頁。

越川芳明『トウガラシのちいさな旅――ボーダー文化論』白水社、2006年。

――編訳「チカーノ／チカーナの詩人たち」『現代詩手帖』2005年5月号、34-39頁。

五島一美「法的には白人、社会的には非白人――メキシコ系アメリカ人の人種問題と文学」『アメリカ文学』日本アメリカ文学会東京支部会報67号、2006年、66-74頁。

ゴメス＝ペーニャ、ギレルモ（今福龍太訳）「ボーダーの魔術師」今福龍太・沼野充義・四方田犬彦編『旅のはざま』（世界文学のフロンティア1）岩波書店、1996年、135-18頁。

ゴンサレス、マニュエル（中川正紀訳）『メキシコ系米国人移民の歴史』明石書店、2003年。

斉藤修三「バリオの使者――ジミー・サンティアゴ・バカ、リーディング同行記」『現代詩手帖』2004年9月号、159-161頁。

――「チカーノ／チカーナの詩関連年表」『現代詩手帖』2005年5月号、106-109頁。

――「「スパングリッシュ」考――「パー」なアメリカを切り拓く「チョキ」

の言語」『すばる』2006年9月号、280–289頁。

——編訳「チカーノ／チカーナの詩人たち」『現代詩手帖』2005年5月号、30–34頁。

ジョンソン、シルヴィア（金原瑞人訳）『世界を変えた野菜読本　トマト、ジャガイモ、トウモロコシ、トウガラシ』晶文社、1999年。

管啓次郎「チカーノ・アパッチの肖像——ジミー・サンティアゴ・バカをめぐって」西村頼男・喜納育江編『ネイティヴ・アメリカンの文学——先住民文化の変容』ミネルヴァ書房、2002年、201–219頁。

——『コヨーテ読書——翻訳・放浪・批評』青土社、2003年。

——「X Southwest X」『現代詩手帖』2005年5月号、40–51頁。

——『オムニフォン——〈世界の響き〉の詩学』岩波書店、2005年。

清水透『エル・チチョンの怒り——メキシコにおける近代とアイデンティティ』東京大学出版会、1988年。

——「「他者化・自然化」をめぐって」西川長夫・原毅彦編『ラテンアメリカからの問いかけ——ラス・カサス、植民地支配からグローバリゼーションまで』人文書院、2000年、75–90頁。

スタインベック、ジョン（百瀬文雄、坪井清彦、深沢俊雄訳）『スタインベック全集18 サパタ　ノーベル文学賞受賞演説』大阪教育図書、1999年。

高尾直知「（海外新潮）無法ムリエタの一生」『英語青年』2001年1月号、25頁。

高橋均・網野徹哉『世界の歴史18——ラテンアメリカ文明の興亡』中央公論社、1997年。

高橋雄一郎「見物される未開人：グィエルモ・ゴメス＝ペーニャとココ・フスコのパフォーマンス、『未発見のアメリカ・インディアンが○○にやって来る』と、驚きを体験させる文化装置としてのミュージアム、演劇、ツーリズムが提起する諸問題」『アメリカ文学』日本アメリカ文学会東京支部会報61号、2000年、1–10頁。

鶴見俊輔『グアダルーペの聖母』筑摩書房、1976年。

ディーアス・デル・カスティーリョ、ベルナール（小林一宏訳）『メキシコ征服記』岩波書店、1986年。

富田虎男『アメリカ・インディアンの歴史』第三版　雄山閣、2002年。

トドロフ、ツヴェタン（及川ほか訳）『他者の記号学——アメリカ大陸の征服』法政大学出版、1986年。

野谷文昭「引き裂かれたアイデンティティ——〈モビミエント〉とチカーノ文学」『立教アメリカン・スタディーズ』2000年、第25号、53–69頁。

——「叫びから内なる声へ——「新しいチカーノ文学」の語り口」『現代詩手帖』2005年5月号、60–63頁。

パス、オクタビオ（高山智博、熊谷明子訳）「パチュコとその他の末端」『孤独の迷宮　メキシコの文化と歴史』法政大学出版局、1982年、1–20頁。

原成吉、斉藤修三、越川芳明「自分自身を架け橋として——チカーノ／チカーナ詩を語る」『現代詩手帖』2005年5月号、10–29頁。

堀真理子「新しい神話をつむぐラティーナの作家たち——「ボーダーランド」に生きる人々」原恵理子編『ジェンダーとアメリカ文学——人種と歴史の表象』勁草書房、2002 年、211-264 頁。

増田義郎『メキシコ革命——近代化のたたかい』中公新書、1968 年。

——編『世界の博物館 5——メキシコ国立人類博物館　太陽の国マヤ・アステカの文明』講談社、1978 年。

——ほか『新潮古代美術館 14——古代アメリカの遺産』新潮社、1981 年。

宮田信「チカーノ文化　バリオ・ミュージックの系譜——あらゆるボーダーが交錯するチカーノたちの「音」を紐解く」『立教大学ラテンアメリカ研究所報』第 35 号、2007 年、25-29 頁。

メキシコ大学院大学編（村江四郎訳）『メキシコの歴史』新潮社、1978 年。

ル・クレジオ（望月芳郎訳）『メキシコの夢』新潮社、1991 年。

——原訳（望月芳郎訳）『チチメカ神話——ミチョアカン報告書』新潮社、1987 年。

——(管啓次郎訳)『歌の祭り』岩波書店、2005 年。

山本純一『メキシコから世界が見える』集英社新書、2004 年。

山本匡史「農耕儀礼とフォーク・カトリシズムの諸相」綾部恒男監修、黒田悦子・木村秀雄編『講座　世界の先住民族——ファースト・ピープルズの現在、08　中米・カリブ海・南米』明石書房、2007 年。

吉田喜重『メヒコ 歓ばしき隠喩』岩波書店、1984 年。

# ギターを抱《だ》いた渡《わた》り鳥《どり》――チカーノ詩礼賛《しらいさん》

著者
越川芳明

発行者
小田久郎

発行所
株式会社 思潮社
〒一六二―〇八四二　東京都新宿区市谷砂土原町三―十五
電話〇三（三二六七）八一五三（営業）・八一四一（編集）
FAX〇三（三二六七）八一四二

印刷・製本
三報社印刷株式会社

発行日
二〇〇七年十月十五日　第一刷　　二〇二一年五月三十日　第三刷

ユカタン半島
コシティ
オアハカ
チアパス
AIKO. SAWADA